I0687075

Luna APOGEO II

RUBÉN AZORÍN

AGRADECIMIENTOS

A Lourdes, mi esposa, y a Javi, el hijo que gestamos. Mi sustento en largas noches de vigilia.

A mis padres. Por estar siempre ahí.

A José Villanueva. Por su energía positiva y profundos conocimientos científicos.

A Jordi Gozálvez. Por su enorme trabajo y constancia.

A mi sobrina Belén. Por su desinteresada colaboración.

A mi hermano JuanVicente. La presente novela es tan suya como mía.

A los compañeros de NEXUS.

A todos los lectores. Gracias a vuestro apoyo y confianza esta segunda entrega es hoy una realidad.

ÍNDICE

NOTA DEL AUTOR

Debido a la extensión y complejidad de *Luna: Apogeo*, decidí dividirla en dos partes. La primera se publicó con el título de la obra completa y *Nuevo Mundo* es directamente su continuación. Ruego al apreciado lector que siga este orden y que no lea una sin la otra, pues le resultará imposible seguir su hilo.

Mientras que en *Luna: Apogeo* primaba la ciencia, en esta segunda parte exploramos un poco más el campo de la ficción. En *Nuevo Mundo*, partiendo de un escenario postapocalíptico, conoceremos más a los personajes y asistiremos al desenlace de la trama que se intuía en *Luna: Apogeo*. El lector comprobará que son una única novela.

«Después de las misiones Apolo ya nada fue igual.

Consiguieron que la desequilibrada sociedad creyera que la vida seguía sin novedad e incluso obtuvieron nuestra complicidad haciéndonos partícipes de sus supuestos logros para evitar que viéramos lo que nos esperaba.

Todo fue una farsa, una maldita puesta en escena en la que vimos y creímos lo que quisieron hacernos ver y creer. En concreto, la misión Apolo 14 y las sucesivas, de las que en gran parte no tenemos ni conocimiento, propiciaron el cambio de rumbo de la humanidad… Un cambio que se produjo antes de lo establecido por los Constructores. Pero no nos dimos cuenta de ello hasta muchos años después…

Como saben, a partir de 2020 se dejaron sentir los primeros síntomas del inexorable desplazamiento de la Luna, y no solo en de los fenómenos que asolaron la superficie de nuestro planeta, sino también en sus habitantes. Y sobre todo en nosotros: los seres humanos. El influjo de la Luna sobre nuestros cuerpos y mentes era, y es, muy superior a lo que creíamos. La veíamos todas las noches salir y recorrer el firmamento, pero la mirábamos sin ver. Estábamos ciegos.

No sé si pueden escucharme y tampoco sé si podrán creerme… Realmente poco importa ya… Pero ellos ya lo sabían y, con una hipocresía solo comparable a nuestra veleidad, permitieron nuestra condena y autodestrucción… ¿Me escuchan? Todo fue un engaño… Fuimos manipulados, conducidos como un confiado rebaño.

Un grupo de científicos a cargo del *Programa de medición Lunar Láser*, encabezados por el ínclito Leslie Dean, supo anticiparse a lo que iba a ocurrir. Leslie Dean, ya fallecido, lo supo porque la organización para la que estuvo trabajando previamente fue, en parte, responsable del precipitado alejamiento lunar. Fue nuestra insaciable curiosidad, vanidad y prepotencia... Fue nuestra soberbia. Sí, fuimos culpables. Lo fue la raza humana. Y los principales causantes del cataclismo optaron por el silencio, no quisieron asumir su responsabilidad y decidieron esconderse cobardemente bajo tierra. Como ratas.

Mientras nosotros tomábamos despreocupadamente comida precocinada y veíamos hipnóticas series de televisión, ellos empezaron a prepararse para lo que intuían que se avecinaba. Mejor dicho, a lo que sabían que se avecinaba. De alguna forma, Leslie Dean sabía lo que iba a suceder y elaboró un meticuloso y mesiánico plan: el llamado *Proyecto NOE*. Un proyecto en el que se incluía un ARCA para preservar la vida humana, un ARCA en la que solo había espacio reservado para unos pocos. Un proyecto autojustificado bajo la premisa de que, casi en palabras de Nietzsche, sacrificar al resto por el bien de los elegidos era un fin noble. Y a ese ARCA, ni usted ni yo estábamos invitados.

Trataré de explicarme.

Crearon dos complejos subterráneos para poder sobrevivir cuando la superficie dejara de ser habitable. El llamado Rascasuelos, ubicado en México, D.F., en el corazón de la suntuosa Ciudad Amurallada. Una auténtica ciudad bajo tierra construida alrededor de una pirámide de vacío invertida. Diseñada con capacidad para albergar a miles de personas, autosuficiente e impenetrable cuando fuera necesario...

El segundo es el Complejo ARCA, enclavado en pleno centro del Polo Sur, en el interior de las montañas subglaciales Gamburstev a más de tres mil metros bajo el hielo. Un complejo en forma de anillos circulares. Diseñado por el genial Cheng Hao, acompañado por los arquitectos e ingenieros que participaron en el Proyecto G-Cans, de la vieja escuela de Murakami. Este es de una capacidad muy inferior al Rascasuelos… Pero algo me dice que esta novedosa estructura es mucho más que un simple refugio.

Solo a los elegidos cuidadosamente por sus dotes físicas e intelectuales les fue permitido el acceso. En mi opinión, algo solo comparable en la era moderna a la barbarie del Führer…

No fue suficiente, el proceso se aceleró y ni ellos pudieron controlarlo. Sobreviven, sí, pero no todo marcha según lo planeado. Los afectados por el mal de la Luna asolan los complejos y la prematura muerte de Leslie Dean los ha dejado en manos de dos hombres, Irwin y Acab, de claro corte militar que los gobiernan a su discreción. Ellos, en su sinrazón, parecen haberse otorgado el poder expresado en la locura de Nietzsche y se creen capaces, como quisiera el mismo Hitler, de ser el origen del hombre futuro, dando la espalda a la degeneración del resto de seres humanos y sin sentir pudor alguno frente al apocalipsis sobrevenido a millones de almas ahora perdidas, a millones de "no hombres".

¿Que cómo lo sé? No, yo no soy uno de esos científicos. Como he dicho, ni siquiera tenía billete para el ARCA. Pero si mi viejo amigo Francisco Russo y yo estamos aún vivos fuera de tales complejos, tengo la esperanza de que haya otros como nosotros.

Efectivamente, Francisco, mi único contacto con los de mi especie, sobrevive en subterráneos de Austin. Él sí formaba parte del proyecto NOE pero, al parecer, tampoco había sitio para él en esos malditos búnkeres.

Yo simplemente soy uno de los pocos «humanos» que ha

sobrevivido a la hecatombe. Humanos ya no es un término común, es una especie en extinción. La superficie del planeta, como saben, se ha ido marchitando durante los últimos años hasta hacerse inhabitable para cualquier forma de vida. Si pueden escucharme es que se encuentran en una de las dos franjas habitables del planeta: en el Polo Sur o bien en una estrecha franja cercana al paralelo 30 norte. El resto del planeta es Zona Muerta, no deben abandonar bajo ningún concepto su localización, incluso si tienen familiares desechen toda posibilidad de viaje. De momento son zonas habitables, pero otra ligera inclinación del eje terráqueo podría condenarnos a todos.

Desde el instante en el que la Luna alteró su órbita y empezó a alejarse de forma irregular, todos los seres humanos quedamos infectados. No se trata exactamente de una enfermedad, pero la comparación es válida. Cada organismo, cada uno de nosotros, responde de forma diferente a la influencia de ese distanciamiento. Los síntomas más comunes son pérdidas graduales de memoria, sentimientos, sentido del tiempo y orientación. Es decir, una especie de pérdida total de consciencia. En otros organismos, los menos, los síntomas se manifiestan como periodos de enajenación transitoria que derivan en un estado catatónico permanente. Hay un «antídoto», una medicación cuya composición publiqué en mi videoblog que consigue retrasar estos efectos, aunque nunca eliminarlos. Pero también hay personas que no se ven afectadas: como es el caso de Francisco… y, por tanto, hay esperanza.

Lo más seguro, por el momento, es permanecer bajo tierra hasta 2055 y evitar los seres del exterior con los que cohabitamos. No son zombis… son simplemente animales. Y animales peligrosos.

He nombrado 2055 ¿Por qué esa fecha?

La Luna se está frenando. Aún no puedo explicarlo, pero lo que se sabe es que, cuando la Luna detenga su inusual alejamiento, se detendrá la infección. Obviamente no todo volverá a ser como antes.

Debido al debilitamiento de la magnetosfera, y en particular del cinturón de Van Allen, los vientos solares y la radiación cósmica han conseguido penetrar peligrosamente en la atmósfera. Esta se ha vuelto más densa, casi eléctrica. Nociva para nuestro organismo. Pero gracias a ella ideamos este precario sistema de comunicación cuando Internet y los satélites de comunicaciones dejaron de funcionar. Además ha aparecido un organismo, un parásito que prolifera en el exterior. Al parecer, sus raíces lo devoran todo y su savia es altamente corrosiva. Se esparce como una plaga, presumiblemente mediante esporas. Intuyen que se trata de una mutación. Pero todo esto son suposiciones, se necesita una muestra para estudiarla con detalle.

Deben creerme, durante todos estos años de oscuridad he tenido contacto con los creadores del Plan de Leslie Dean a través de Francisco Russo, una de las piezas clave en ese mismo Plan. Dean, el artífice, lo sabía todo desde antes de que ocurriera, y también conocía que lo que estábamos viviendo ya había ocurrido antes y que no debíamos cometer los mismos errores pero, a la vista de los resultados, creo que hemos fracasado.

Seguiré informando.

Cambio y corto».

¿Y si la Luna estuviese relacionada con la misma esencia del
ser humano, con su despertar?
Doctor McKee, informe 218/2033

Quien me ve a mí, ve al Padre
Juan 14,9

Primeros bocetos del Rascasuelos

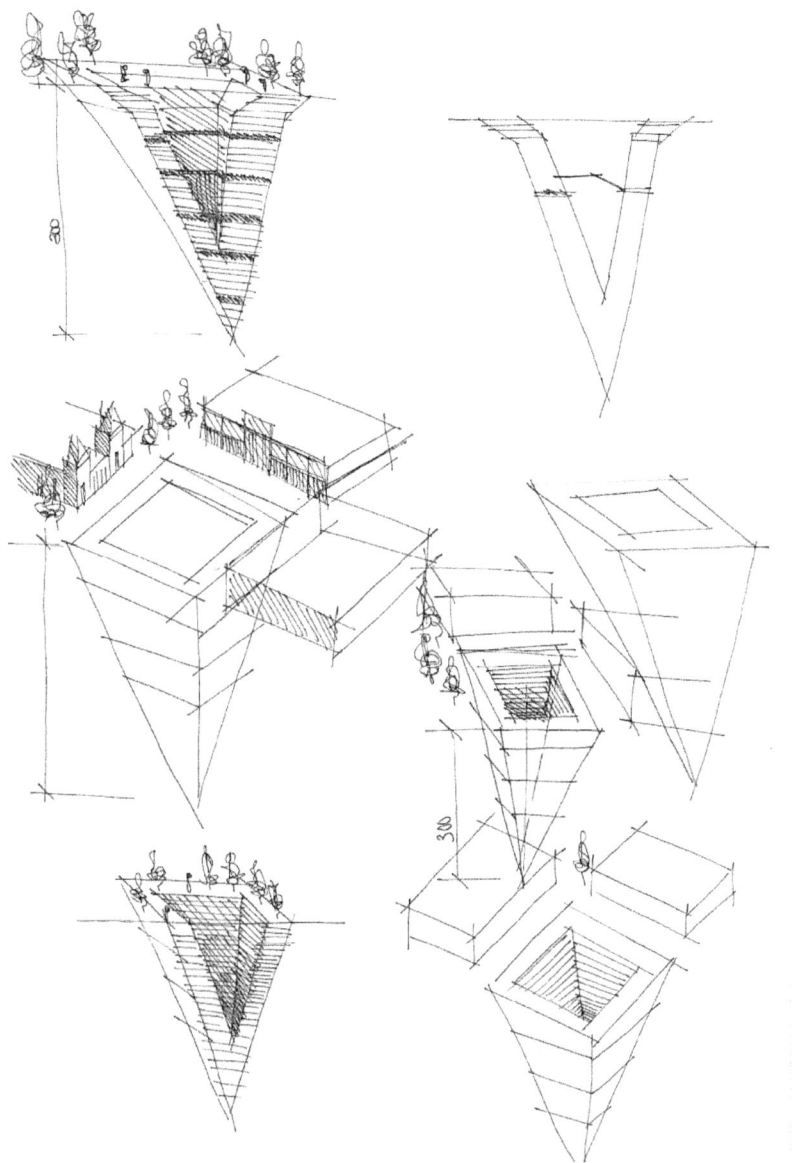

Exp. NOE RV. IX CH 019

Cheg Hao. Apunte inicial del Complejo ARCA

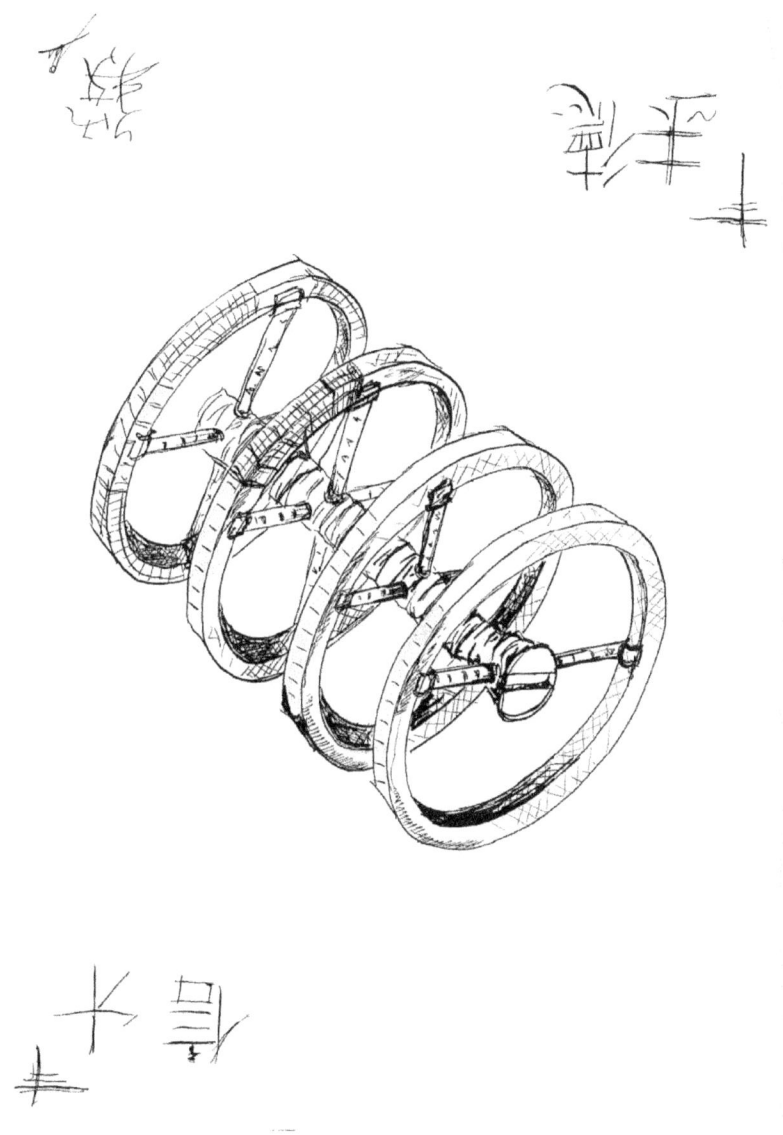

Exp. NOE RV. XV CH 172

Recreación de la experiencia del doctor E. D. Mitchell a su vuelta

Exp. NOE RV. VII CH 09

NUEVO MUNDO

Prólogo

Año 1964

Universidad Estatal de Ohio, Columbus, Ohio

—¿Se puede viajar al futuro? —pregunta la profesora Enma, desafiando a toda la clase.

Silencio.

—La respuesta es sí —afirma contundente antes de continuar—. ¿Y al pasado?

La profesora deja la cuestión en el aire y da la espalda a sus alumnos para empezar a repiquetear en la pizarra con unos seguros trazos de tiza y algún molesto chirrido.

—Como todos saben, las famosas leyes de Newton se formularon para ir por casa y poco más. Se quedan pequeñas cuando salimos al espacio… Digamos que son un parche hecho a nuestra medida, fuera del perfecto equilibrio cósmico que rige en el Universo conocido.

Se escuchan algunas risas mal contenidas de los alumnos. La profesora las ignora y se vuelve hacia la gran pizarra verde y rectangular:

Distancia Tierra-Sol: 149.600.000 km

Radio Sol: 695.800 km
Distancia Sol-Alfa Centauri: 4,367 años luz
Velocidad de la luz: 299.792.458 m/s
Velocidad de la nave al abandonar la atmósfera terrestre: 18.000 km/s
Velocidad de la nave máxima tras 5 horas: 130.000 km/h
Orbita a 800.000 km de la superficie solar. Realiza 3 órbitas.
*Se despreciará el tiempo de trayecto de giro alrededor de Alfa Centauri por la elevada velocidad de la nave.
*Se considerará, para simplificar, que la distancia Tierra-Sol es la recta tangente a la atmósfera de la Tierra en el lugar en que empieza la nave a acelerar de 18.000 a 130.000 km/h y a la órbita que seguirá la nave cuando llegue a las cercanías del Sol.
*Se considerará que todos los trayectos en los que la nave cambia de velocidad ocurren a aceleración constante y que la aceleración angular es constante mientras orbita alrededor del Sol.

La profesora, mientras escribe los datos necesarios para su resolución, expone de palabra el problema. Una nave abandona la atmósfera terrestre en dirección al astro rey. Alcanzada su órbita, con cada radián de giro la nave es capaz de acelerar y aumentar en un sesenta por ciento su velocidad antes de abandonar la órbita solar para dirigirse a Alfa Centauri, la estrella más cercana, a la que rodeará para realizar el proceso inverso y regresar a la órbita terrestre.

La profesora concluye escribiendo una pregunta:

«¿Cuánto tiempo empleará en completar el viaje?».

Se retira brevemente sin volverse, se ajusta las gafas y contempla con orgullo el planteamiento matemático que propone. Con un estudiado movimiento, impulsa la pizarra escrita hacia arriba y provoca la bajada simultánea de su gemela, que cae limpia de tiza. Durante el trasiego, se gira hacia el anfiteatro con las gafas deslizándose de nuevo hacia la punta de su fina nariz.

—La pregunta permanecerá ahí durante toda la semana, para que reflexionen…. —anuncia, señalando su obra.

Mientras habla, se abre la puerta del aula y accede un joven con el pelo encrespado y unos *jeans* descoloridos que, sigiloso, trata de subir por las escaleras laterales de acceso a los pupitres en forma de semicírculo. La profesora parece ignorarle hasta que interrumpe su discurso.

—¿Dónde cree que va, jovencito?

El sorprendido intruso detiene sus pasos y tarda unos segundos en responder:

—A buscar un asiento, señorita Enma.

El aula queda en silencio, con una silueta inmóvil en mitad de la escalera. La profesora arquea teatralmente las cejas al escuchar su nombre en boca de aquel personaje, que no es desconocido para ella.

—¿Sería tan amable de bajar aquí y presentarse a sus compañeros como es debido?

El muchacho baja hasta enfrentarse a la clase, junto a la profesora, que atrapa con dos dedos sus gafas en un gesto que aprovecha para estudiarlo sin pudor.

—Parece muy joven, creo que se ha confundido de lugar… ¿No debería estar en el instituto?

No hay burla en su voz, incluso parece sincera. Pero ello no impide las carcajadas del resto de alumnos desde sus butacas que no amainan hasta que dirige las gafas triangulares hacia ellos.

El joven permanece en silencio y con apariencia tranquila. La profesora se vuelve de nuevo hacia él y le susurra:

—No tolero enchufes entre mis alumnos, ¿me ha entendido? —Y en voz alta concluye—: Todos los que hay aquí se han ganado su plaza a pulso. La astrofísica no es un juego para niños.

—Me llamo Less… —Trata de presentarse a la clase, pero las nuevas risas le impiden continuar.

—Y, dígame, Less —pregunta la profesora enfatizando el Less—, ¿por qué debería aceptarle en… mi clase?

Less, ignorando el sarcasmo de los compañeros y de la propia profesora, toma una tiza, la parte por la mitad y se sitúa frente al verde de la pizarra para hacerlo desaparecer poco a poco con mano diestra. Vuelve el silencio. Enma le deja hacer, incluso se ajusta un par de veces las lentes aproximándose a distintos puntos de la pizarra. El joven Less subraya con dos fuertes trazos la solución al problema, se gira y descubre una media sonrisa en el rostro de su inquisidora.

—El viaje dura cuatro años, trescientos treinta y tres días y veinte horas —afirma contundente, limpiándose las manos en los viejos pantalones.

»Eso para el astronauta… —Matiza despertando de nuevo la atención de su profesora—. Puesto que si determinamos la dilatación del tiempo según la relatividad especial — rápidamente escribe una compleja fórmula con otra tiza—, podemos saber que al recibirlo en la Tierra habrán pasado once años, doscientos cuatro días y diecinueve horas. Por lo tanto, sí se puede viajar al futuro, al menos el astronauta lo habrá hecho, aunque no podrá volver al pasado para contárselo a nadie.

Más que silencio, ahora hay expectación.

—Ocupe su asiento, Less —le invita la profesora, con admiración.

REM

Un interminable desierto gris se despliega ante él. Un mar de polvo salpicado de oscuras rocas y cráteres a la deriva. Se siente liviano. Lo único que rompe el silencio es su propia respiración artificial, que suena como si resoplase dentro de un casco que no lleva. Se concentra en ella llenándose los pulmones con aquel fluido vacío, muerto. La curva del horizonte contrasta con el oscuro cielo cubierto por un manto de estrellas que parecen acariciar la superficie. Teme girarse, pero no puede evitar hacerlo.

El bosque circular aparece frente a él, su vista es capaz de abarcar la enorme circunferencia compuesta por altos e irregulares obeliscos. Consigue detenerse antes de rebasar el primero de aquellos ceremoniales anillos concéntricos que forman una muralla que desearía no tener que atravesar.

Al cruzarla, una sensación reverberante inunda su cabeza, como si todas aquellas afiladas estalagmitas se hubiesen convertido en gigantescos diapasones para dirigir una inaudible nota hacia el fondo de su propia médula. Pero están quietas, tan quietas como todo lo que yace en aquel paraje sin vida. Podría tratarse del viento que silba entre los dientes que muestran los laterales de aquellas agujas, pero allí no hay viento que surcar. John evita su contacto con movimientos pesados.

Emergiendo de entre las sombras, una silueta humana se

materializa unos anillos más adelante. Como ante un hipnótico fuego, John siente una irrefrenable atracción y temor. Según se aproxima hacia ella, crece la intensidad de la vibración en su cabeza y el inerte fluido que llena sus pulmones inunda a su vez el interior de su mente.

No le reconoce hasta penetrar su alcance, aunque sabe que espera ese encuentro desde antes de su existencia.

—Padre...

La figura permanece en silencio frente a él y manifesta una presencia tan poderosa que no requiere lenguaje para dominar su razón.

La sigue, adentrándose en aquel bosque de obeliscos. Avanzan más rápido de lo que sus cortos pasos podrían permitirle. Cada anillo que atraviesan hace más intenso el miedo en el interior de John y más evidente la insignificancia de su voluntad.

—Ken, tu padre es solo un recuerdo. Lo que reconoces no es más que el reflejo de una de las mil posibles caras de su existencia de haber continuado evolucionando en el espacio y el tiempo antes de hacerse uno con el legado de los que fueron y son.

John despierta en el nicho hexagonal de la Sala Blanca del complejo ARCA. El cuerpo del niño rechaza el humor acuoso que colma sus pulmones. Desde la partida de su padre sufre aquel sueño de modo recurrente. Un sueño que su mente no es capaz de transponer al despertar.

Año 2037/38

Tras *Luna: Apogeo…*

Markus Whitemann, brazo derecho de Leslie Dean en el desarrollo del proyecto NOE, fue capturado por un grupo de guerrilleros que lo mantuvo cautivo durante meses. Sus compañeros lo dieron por muerto. Sin embargo, el secuestro no fue casual. Sus captores habían trabajado para distintas agencias gubernamentales donde tuvieron acceso a las claves primarias del proyecto. En el momento que Whitemann fue interrogado por el líder guerrillero, entendió el peligro que todos ellos, incluido él mismo, representaban para el Plan de Leslie. Disponían de armas, información y ahora eran independientes. Whitemann simuló ceder y les condujo hasta el Rascasuelos, pero su verdadera intención era acabar con todos ellos activando uno de los sistemas de seguridad de la enorme estructura en forma de Grifo que sellaba la pirámide invertida. Con un disparo, Whitemann liberó el gas nervioso aun sabiendo que reclamaría también su vida.

Capítulo 1

Ciudad Amurallada, México, D.F.

Interior del Rascasuelos

El general Irwin, escoltado por dos de sus hombres, atraviesa uno de los corredores inferiores del Rascasuelos cuando una delgada luz azul divide en dos la banda auricular que rodea su nuca.

—Tenemos problemas —anuncia el intercomunicador.

Irwin detiene sus pasos llevándose instintivamente la mano al extremo del dial que ocupa el lugar de su oreja izquierda. Sus hombres, ahora algo más adelantados, detienen la marcha y se vuelven hacia él a la espera de instrucciones.

—Continúen. Luego me reuniré con ustedes. —La voz del general revela su cólera.

Sin más explicaciones, Irwin invierte el sentido de su marcha y desaparece por el corredor con pasos decididos.

Al entrar en la sala de vigilancia del Rascasuelos encuentra a Anderson y a su oficial al mando en pie frente a la enorme pantalla, dividida en múltiples cuadrículas.

—Han cegado una de las cámaras exteriores —tartamudea el oficial, incapaz de enfrentarse a su mirada.

Irwin clava la vista en la cuadrícula ennegrecida y su boca se tuerce. Termina de aproximarse y apoya las dos manos en la barandilla de acero que hay frente al gran monitor, abriéndose hueco entre ambos.

—Amplíe el cuadrante 23 —ordena con urgencia.

—¡Es Whitemann! —exclama Anderson, antes de que la totalidad de la pantalla quede monopolizada por dicho cuadrante.

—Corte el gas.

—Señor, el procedimiento... —vacila el oficial.

—¿Acaso no me ha oído? —amenaza Irwin sin volver la vista—. Anderson, usted establezca comunicación inmediata con alguno de esos vehículos.

Antes de que el aludido pueda replicar, el general levanta la palma de su mano y exige silencio. Mientras los dos hombres cumplen las órdenes, Irwin permanece escrutando el monitor con las manos anudadas ahora a su espalda. Segundos después vuelve a intervenir:

—No me falle, Anderson. No haga que me arrepienta de haberle salvado la vida y darle este cargo.

Exterior del Rascasuelos

El cabecilla de los mercenarios, al ver la sonrisa de su rehén, sigue su mirada hasta la boca del Grifo y actúa rápido. Golpea secamente a Whitemann en la nuca con la base del arma, al tiempo que toma aire y se lanza de bruces al suelo gritando:

—¡Máscaras!

Sus hombres retroceden asustados. De los diez que les acompañaban en la avanzadilla, seis huyen ignorando la orden y los otros cuatro se encierran en los vehículos. El jefe trata de hablar, pero una espesa tos se lo impide. Whitemann, inconsciente, permanece tendido a su lado.

Segundos después, dos de los cuatro hombres que habían alcanzado los vehículos corren hasta ellos para socorrerles con dos máscaras en las manos. Mientras se las colocan, aún tendidos en el suelo, apenas reaccionan y se ven obligados a arrastrarles para alejarlos del humo verde que los envuelve. Con pasos lentos y torpes retornan a los vehículos bajo el desconcierto del resto de los ocupantes. A unos veinticinco metros, los gestos del militar que tira de su jefe demuestran que la protección de la máscara no es suficiente. Se desploma y ya no vuelve a levantarse. El líder, con gran esfuerzo, consigue reincorporarse y lucha por continuar avanzando conteniendo aún más la respiración. Sabe que nada puede hacer por reanimar al caído.

Los tres hombres consiguen alcanzar *in extremis* los vehículos. El resto de la tropa desciende y queda distante a su alrededor sin arriesgarse a tener contacto con ellos. El esbirro que ayudaba a Whitemann le deja caer de rodillas para llevarse las manos al cuello. Todos observan inmóviles cómo se le oscurecen las venas entre los dedos y se congestiona su rostro. Agónico, abre la boca de forma desmesurada al tratar de respirar, pero solo consigue expulsar unos espumarajos blanquecinos. El jefe guerrillero, al verlo caer al suelo presa de violentos espasmos, da órdenes al resto para que acudan a socorrerlo. Los soldados que se destacan del grupo lo único que pueden hacer es inmovilizarlo antes de ver cómo se le hincha el cuerpo al tiempo que se le escapa la vida.

El mercenario líder, congestionado, pero manteniendo su autoridad, vuelve la vista hacia Whitemann, que permanece de rodillas respirando con dificultad. Se aproxima a él, le arranca de la cara la poco eficaz máscara y le arrastra hasta el hombre que yace tendido en el suelo. Le sitúa la cara frente a la del muerto y lo mantiene así durante unos segundos sujeto por la nuca.

—¡Míralo bien! —vocifera antes de dejarlo caer y quitarse su propia máscara para lanzarla contra el suelo.

Impulsivamente libera la funda del cuchillo ceñida sobre su bota, pero la voz de un hombre asomado desde la trampilla del carro blindado interrumpe el movimiento de la hoja deslizándose casi ritualmente.

—Jefe, nos vigilan desde dentro. El mismo general Irwin pide hablar contigo.

Empuja con desprecio a Markus Whitemann y, abriéndose paso entre sus hombres, grita:

—Rodrigo, Vélez, quiero a los desertores que han desobedecido mis órdenes y huido como ratas.

Interior del Rascasuelos

Irwin, flanqueado por Anderson y su oficial, observa en el monitor cómo aquellos energúmenos sitúan a seis hombres uno al lado de otro y, por último, arrastran a Markus hasta un extremo. Todos de rodillas. Todos frente al Grifo.

—Tenemos comunicación —notifica Anderson.

Irwin asiente en silencio. En ese instante, observan al que parece al mando de los secuestradores salir del interior del vehículo ajustándose un comunicador en su oreja derecha. Se coloca ante la hilera de los siete reos y camina de un extremo a otro sin pronunciar palabra. En la tercera vuelta, repite el gesto para abrir la funda de su correaje y, ahora sí, empuña un enorme y dentado cuchillo. Se detiene ante el que tiembla en el extremo opuesto a Whitemann, y lo oculta al interponerse contra la cámara de vigilancia exterior.

—Aprendimos una cosa, general. No se puede volver a confiar nunca en un traidor. El código no escrito, ¿recuerda?

Anderson, desconcertado al escuchar aquellas palabras entre la distorsionada comunicación, observa al general Irwin. Pero no se atreve a intervenir.

—Recite conmigo: un traidor no es un hombre, ni siquiera un animal…

Observan un movimiento brusco acompañando la última frase. El jefe narco da un paso lateral y se sitúa frente al siguiente desertor. El primero se desploma con el cuello cercenado. Irwin asiente frente al monitor y, entre dientes, acompaña la feroz arenga con el rostro impertérrito. Anderson, incrédulo, no puede contenerse:

—¡Deténgase! —grita al interfono.

Pero el implacable verdugo lo ignora por completo y continúa su ronda, hablando, al parecer, exclusivamente para el general Irwin. ¿Es posible que se conozcan? Va ejecutándolos uno a uno ante el espanto de Anderson, que ve al oficial convulsionarse y al general impasible. Al llegar el turno de Whitemann, el asesino hace una pausa para limpiar la hoja del cuchillo sobre el último cadáver. A Anderson le resulta incomprensible la pasividad de Irwin, pero antes de que pueda volver a intervenir, la voz del general llena la estancia:

—Ese último no es un traidor. Es un prisionero.

El guerrillero duda.

—Guzmán, esperaba algo más de usted. Fue un brillante

militar y ahora se ha convertido en un vil mercenario...

Irwin y Anderson no pueden apreciarlo en los monitores, pero la mano de Guzmán empieza a temblar.

—Sin embargo —continúa Irwin—, sé que usted es un hombre íntegro. Fiel a sus ideales. ¡Nuestros ideales! —Grita con autoridad—. ¿Los romperá ahora?

Ven cómo Guzmán se vuelve hacia ellos, enfrentándose al Grifo, y amenaza con volar todo el complejo si no se les permite de inmediato la entrada. Irwin permanece unos segundos en un tenso silencio antes de proseguir:

—Guzmán, usted sabe perfectamente que toda salida o entrada al complejo no es viable. Además, no está en mis manos cambiar esta situación.

Silencio.

«Mis órdenes son muy claras. Un único hombre. Solo debía facilitar la salida del complejo de un único hombre si llegaran a saltar las alarmas. Markus Whitemann ya se encuentra en el exterior. Nadie más saldrá del Complejo».

Antes de que el general termine sus reflexiones, Guzmán se gira y tumba a Whitemann de un violento golpe en la cabeza con el mango del cuchillo.

Tras *Luna: Apogeo*...

El Proyecto NOE recuperó una sonda que había lanzado al espacio hace años y la mantuvo oculta en una cámara inferior del Complejo ARCA. El joven John, cuya vida transcurre en la enfermería del Complejo bajo los cuidados de la doctora Allenda Witzel, se encuentra solo. Su padre, Ken Dean, se vio forzado a marchar en aquella sonda y al mismo tiempo está perdiendo a Isa, su madre, que apenas le reconoce y permanece separada de su lado por órdenes del capitán Acab y el profesor Friedrich.

Friedrich ha pasado a ocupar el puesto del doctor McKee, que quedó en estado catatónico tras una sesión con su cobaya, Phil Rewer, que a su vez permanece en un estado de animación suspendida. John nunca se ha enfrentado al profesor, pero intuye que está a su merced, tal como estuvo su propio padre con el doctor McKee.

El capitán Acab domina todo el Complejo de forma estricta e implacable, pese a que muchos de los habitantes allí refugiados desaprueban sus métodos marciales.

Capítulo 2

Complejo ARCA, Antártida

John se encuentra en el interior de la bañera de la enfermería. Su cuerpo desnudo tirita sin control, sumergido en un agua fría que no deja de correr. La luz blanca, artificial y monótona que impregna la sala resalta su frágil figura.

La doctora Allenda permanece en pie frente a él con una toalla blanca extendida entre las manos. Reprime su natural reacción de ayuda frente a otro ataque de tos que precede a un vómito gelatinoso y todo el cuerpo del niño se convulsiona.

Los bruscos espasmos se repiten una y otra vez hasta que el único sonido que queda es el de los potentes chorros de agua de la bañera que apenas le cubre hasta las costillas. El niño yace desmayado con los brazos flotando y la cabeza apoyada en un soporte cervical metálico en forma de U. Sus ojos abiertos y oscuros parecen no mirar nada.

Allenda se arrodilla frente a él y levanta con delicadeza uno de sus brazos para frotarlo con la toalla y retirar el gel viscoso que tiene adherido a toda su piel. Terminada la limpieza, acompaña el brazo que vuelve sin fuerza al agua; enrolla la toalla húmeda y la deja caer al suelo antes de tomar una limpia y repetir la operación con el otro brazo.

La doctora corta el agua antes de incorporarlo ligeramente y empezar a frotarle el cuello y la espalda, sujetándole la cabeza para mantenerla erguida.

—He visto a mi padre —dice John, repentinamente.

Allenda, sobresaltada, interrumpe los cuidados e involuntariamente aparta su cuerpo de él sin llegar a soltarlo. Pronto consigue dominarse y vuelve la cabeza del niño hacia ella. Los ojos apagados y la falta absoluta de actividad vital le hacen preguntarse si todavía permanece sedado. La regénesis suele ser más lenta.

—Cada vez me lleva más cerca —continúa John.

Termina la frase con un ligero temblor que le estremece de nuevo el cuerpo. Allenda aguarda más palabras unos instantes antes de proseguir con la limpieza de la piel sintética.

—Cada vez más cerca —insiste John, con miedo en la voz.

—¿Cerca de qué? —pregunta Allenda con ternura, al tiempo que acaricia suavemente la frente del niño con una toalla limpia.

Cuando la doctora renuncia a obtener una respuesta, los labios de John se mueven ligeramente sin apenas despegarse.

—No lo séeeee —susurra confundiendo las palabras con su propia respiración.

Allenda lo recuesta sobre la camilla que tiene preparada junto a la bañera. Le cubre el vientre con una toalla limpia y empieza ahora a frotar una de sus piernas. John habla a intervalos, pero Allenda no descuida la tarea.

—Pero no quiero llegar.

—No quiero llegar.

—No quiero…

Capítulo 3

Interior Rascasuelos, México, D.F.

Irwin permanece con las manos aferradas a la barra metálica frente al monitor, convertido ahora en una sola y gigantesca pantalla que muestra el convoy de vehículos militares que avanzan alineados: dos orugas M2A3 Bradley y dos todoterrenos de ruedas desproporcionadas. No hay nadie en el exterior; nadie vivo. Uno de los tanques abandona la formación y el cañón empieza a girar hacia las cámaras instaladas en las alas del Grifo.

—Guzmán, sé que me está escuchando —interviene Irwin—. Existe una solución intermedia… Quiero su palabra de que dejará a Whitemann con vida.

Transcurridos unos tensos segundos de silencio, Irwin aparta la mirada del monitor y pasea reflexivo. Anderson contiene la respiración y le vigila con su único ojo. El oficial permanece en posición de firmes con la vista perdida al frente. En la pantalla, el cañón del tanque se detiene perpendicular a ellos y se eleva ligeramente. Anderson hace ademán de intervenir para alertar al general, pero este vuelve a hablar con determinación:

—Tomo su silencio como un sí.

Inmediatamente después, Irwin lanza el comunicador a Anderson y se aleja unos pasos dando la espalda a la pantalla.

—Oficial, guíelos a la Catedral. Facilíteles coordenadas, planos y proceda a su apertura. —Irwin habla ahora para los del interior del puesto de vigilancia.

—Señor, sí señor esponde como un resorte el oficial, abandonando su rígida postura con un taconazo.

Anderson, atónito, pasea la mirada entre el oficial, el cañón que apunta al monitor y la espalda del general. Pasan unos instantes con la única voz del oficial que trata de cumplir las órdenes, sin respuesta del exterior. En el monitor se traza una ruta sobre los vehículos.

—General…. —le reclama Anderson.

Pero Irwin abandona la sala sin volverse ni responder. Al salir, presiona el extremo de la banda auricular que rodea su cuello:

—Informe de la situación. Estoy en camino.

Segundos después de que el general abandone la sala, el tanque retira el amenazante cañón y vuelve a ocupar su puesto en la formación. El convoy se pone en movimiento colmando la enorme pantalla.

Capítulo 4

Complejo ARCA, Antártida

Allenda se encuentra en el antiguo laboratorio del doctor McKee, ahora ocupado por el profesor Friedrich. Ambos se encuentran frente a frente, con las manos apoyadas sobre la mesa y las miradas en duelo. Allenda odia a aquel hombre tanto o más que al propio McKee, pero la visita era impostergable. Se desafían con frialdad, hasta que Allenda rompe el silencio:

—Hemos de interrumpir inmediatamente el tratamiento de John.

Friedrich no responde.

—¿Acaso no me ha oído, profesor? —vuelve a intervenir Allenda con furia mal contenida.

—¿Y por qué *habrríamos* de hacer eso, *querrida doctorrra*? —responde finalmente Friedrich, sin tomarla en serio.

—Estamos poniendo en peligro su vida.

El doctor esboza una ridícula carcajada y se incorpora con la apariencia de haber dado por concluida la audiencia. Allenda observa cada uno de sus movimientos. Sus manos tiemblan sobre la mesa.

—¿Es que no lo comprende? Cada vez le cuesta más despertar de la *regénesis*.

—Un simple efecto secundario —responde de inmediato, levantando las palmas de las manos como si no diera crédito a aquella innecesaria interrupción.

—Esos sueños son… —susurra Allenda.

—¿Ha dicho sueños? —le interrumpe Friedrich, repentinamente interesado.

Ahora es Allenda la que guarda silencio. El doctor se sonríe antes de amenazarla:

—Hábleme de esos sueños, doctora. A no ser que prefiera que sea yo con mis métodos el que haga hablar al joven John.

Allenda acaba por relatar a Friedrich los momentos en que John balbucea frases incoherentes mientras despierta, asegurando que cada vez son más frecuentes y que parece estar perdiendo la cordura. El profesor la interrumpe:

—¿Cómo no he sido *inforrmado* inmediatamente de tales episodios? —Hay rabia en su voz—. *Doctorrra*, no se trata de simples sueños, ¿quizá no esté todo perdido?

—¿Qué quiere decir?

El profesor toma un dispositivo holográfico y lo coloca sobre la mesa, entre ambos. Estudia la reacción de la doctora antes de intervenir:

—*Quierro* decir que vaya de inmediato a hablar con el joven John. Si es esto lo que ve en sus sueños, debe traerlo al instante a mi laboratorio.

—Sabe que eso nunca sucederá —niega Allenda, antes de tomar con aprensión el dispositivo.

—Se equivoca con *nosotrros*, doctora. Ahora permítame trabajar... No lo entiende... —añade entre dientes y niega con la cabeza.

—Conozco perfectamente quién o qué es usted —afirma Allenda antes de salir.

Capítulo 5

Complejo ARCA, Antártida

Allenda se toma un tiempo antes de entrar en la enfermería. A veces siente miedo de lo que pueda encontrar al otro lado de la puerta. No de John, claro está. Miedo de lo desconocido...

Entra.

Vuelven a encontrarse. Siempre ellos dos. No hay más niños en el complejo, al menos Allenda no los ha visto. Ya no le importa. Ahora sabe. Friedrich se ha hecho cargo de los pocos pacientes que trataba. Maldito Friedrich. ¿Friedrich? ¿Es realmente Friedrich?

Encuentra a John sentado sobre la cama. Allenda se sitúa a su espalda y le acaricia la cabeza durante unos segundos antes de preguntarle con mucha delicadeza por los sueños que, cada vez más vívidos, le atormentan tras sus sesiones en la Sala Blanca.

John tarda en responder. Lo hace de un modo mecánico, observando cómo las puntas de sus pies se balancean sobre el suelo.

—No solo veo a mi padre, también veo una habitación acolchada y de paredes blancas. Un sarcófago... y dolor. Mucho dolor. ¿Es ese mi destino?

Quedan en silencio. Allenda no le interrumpe, pues sabe que no ha terminado.

—Tú y yo no somos como los demás —añade finalmente John, parafraseando las últimas palabras de su padre antes de partir. Antes de que lo abandonase.

—Lo sé —responde Allenda sin meditarlo ni un instante. «Aunque no debería saberlo», razona para sí misma con inquietud.

John levanta la cabeza y, forzando una media sonrisa, dice:

—Veo que han desaparecido todos los espejos de la enfermería.

Silencio.

—No podrás huir de Sobol —continúa John, llevándose una mano al pecho—. Él ya está dentro de ti.

—¿Quién es Sobol? —pregunta Allenda exaltada, al identificar ese nombre como el que encierra todos sus miedos.

—¿Quién o qué? ¿Es o fue? O mejor... ¿Será? —responde el joven, enigmático.

Allenda abandona el tono maternal y se coloca delante de él con una postura inquisitiva. El niño continúa jugando con sus piernecillas.

—John, necesito que me hables de esos sueños —insiste Allenda, que reclama su atención.

John no responde. Allenda no quiere que el maldito profesor se haga cargo de John; no quiere que le ponga las manos encima pero, en contra de su voluntad, busca en el bolsillo del uniforme el dispositivo que le entregó Friedrich, sabedora de que no puede ocultarlo por más tiempo.

—¿Es siempre el mismo sueño?

—Sí y no —responde John sin precisar más.

Allenda, exasperada, exige que se explique mejor.

—Siempre es el mismo lugar, pero no siempre ocurre lo mismo. Cada vez estoy más cerca de mi destino.

Aquella respuesta, sin valor para la doctora, la decide a depositar el dispositivo sobre una de las camas que, siempre preparadas y vacías, ocupan la sala. Lo activa: instantáneamente se proyecta en forma de V el holograma de un astro circular que rota sobre sí mismo. Con el segundo giro, la imagen hace *zoom* en un punto determinado hasta revelar una especie de bosque de piedra circular.

—¿Es esto lo que ves? —pregunta la doctora tratando de encontrar sentido a todo aquello.

John observa tranquilo, sin dejar de jugar con los pies.

—Sí y no.

Allenda, perdiendo los nervios, interrumpe la proyección con firmeza.

—¿Sí o no? —pregunta casi gritando—, ¿sí o no? —Apoya las manos sobre los hombros del chico, se arrodilla frente a él y llora.

John mantiene la mirada perdida unos segundos hasta que, sin volver la cabeza, desliza entre sus labios una breve explicación:

—La formación en anillos concéntricos es idéntica. También los obeliscos… Pero el horizonte…

Allenda alza el rostro, pálido y surcado de lágrimas. Sus ojos azules están irritados y apagados. El rojo fuego de su cabello, ahora veteado por mechones blancos, destaca sobre la bata blanca. Esta respuesta le duele más que el silencio. Le obliga a aceptar que el profesor Friedrich está en lo cierto.

Capítulo 6

Austin, Texas

Francisco, refugiado en el subsuelo de la Universidad, mastica sin necesidad frente a los ordenadores.

—Los cálculos del tercer monitor... ¡Ahí está la clave! —descubre con la boca llena y señalándolo con la cuchara de plástico.

Traga. Introduce inconsciente la cuchara en el tarro que sostiene con la otra mano y la hace girar lentamente mientras las pupilas de sus ojos recorren la cascada de código que vierte la pantalla. Se lleva otra cucharada a la boca como un autómata y finge degustarla, sin desviar ni un instante la mirada.

—Un momento, tienes razón —concede, sosteniendo la cuchara entre los labios y tecleando con la mano libre.

—No puede ser...

Mueve la cucharilla arriba y abajo con los labios.

—¡Imposible!

La mano libre se mueve como una araña sobre el teclado y la mirada vuela de un lado a otro.

—¡Imposible!

Francisco, sin dejar de teclear, posa inconscientemente el yogur de cordero sobre el banco del escritorio, junto a la larga hilera de recipientes a medio terminar. La pasta blanca forma en algunos de ellos una costra seca en los bordes. Todo aquel desorden evidencia que desde hace semanas no ha abandonado aquella sala y la ha convertido en su residencia.

—Im... po... si... ble...

Pega la nariz a la pantalla para verificar con ansiedad la validez de la secuencia que recibe del satélite.

—Imposible. No puede ser... —repite incrédulo.

Finalmente, vuelve la cabeza hacia la carta de Katy, aún colgada en la pared, y con los ojos brillantes eleva la mirada hacia el techo.

—¡Lo has conseguido! —grita en la soledad de la estancia—.

¿Me has oído? —El triunfo en su voz trasciende el hormigón de su refugio—. Lo has conseguido.

Francisco se pone en pie y recorre la sala, sin perder de vista el punto rojo que ha comenzado a parpadear en el Polo Sur del planisferio que muestra uno de los monitores en respuesta a su petición. Pronto se establece la comunicación y con impaciencia se abalanza sobre la silla tomando los auriculares.

—El alejamiento lunar se está frenando. Ken lo ha conseguido. El muy bribón lo ha logrado —anuncia con entusiasmo.

—¿Entendí frenando? ¿Puedes confirmar? —interroga la entrecortada voz de Iben Jacobsen al otro lado de la línea.

—Lo sabía. Está vivo. Tiene que estarlo —asegura Francisco, ignorando la pregunta de Iben.

Capítulo 7

Interior Rascasuelos, México, D.F.

—Disculpen el retraso —gruñe Irwin nada más entrar en la sala.

Alrededor de una gran mesa se cuadran seis de sus oficiales de confianza, con rostros severos. Todos en pie, armados y uniformados con el distintivo de mayor rango de vigilancia del complejo.

—Descansen. Informe de la situación —ordena Irwin, tomando la cabecera.

Todos los rostros se vuelven al centro de la mesa digital donde aparece la estructura del Rascasuelos en una representación tridimensional que parece hundirse en ella. Numerosas zonas de los niveles superiores destacan en rojo. Un hombre de pelo cano y bigote partido comienza a manipular los controles de la proyección al tiempo que toma la palabra:

—General, como puede observar, en los niveles superiores

del Rascasuelos es donde más casos de afectados se han detectado. Hasta ahora son las mismas personas de su entorno las que lo advierten. Los pabellones médicos están saturados y no disponemos de personal sanitario para atenderlos a todos.

—¿Conducta agresiva? —pregunta Irwin.

—En los primeros síntomas aparece un bajo porcentaje de casos violentos, aun así he restringido el acceso a las plantas inferiores. Los ascensores están bloqueados con nivel de seguridad delta dos. Hemos contenido algunas refriegas y necesitaremos refuerzos cuando esta situación sea de dominio público.

Irwin asiente con la cabeza aprobando la decisión. Inspira profundamente y destaca dos gimnasios sobre los planos que muestra la imagen.

—Hoy mismo quiero ambos gimnasios desmantelados y reconvertidos en salas de aislamiento. Dotados con camas, medicinas y personal. Todo el que presente el menor síntoma será trasladado a los pabellones médicos y a estas nuevas salas habilitadas. Disponga hombres armados para impedir cualquier contacto con el resto de ciudadanos, incluidos familiares y amigos. Los ascensores permanecerán inhabilitados.

—¿Las dosis?

—Los inhibidores se dosificarán como hasta ahora —le interrumpe el general—. No podemos permitirnos un aumento.

Capítulo 8

Ciudad Amurallada, México, D.F.

A poco más de trescientos metros de la gigantesca figura que sella la entrada del Rascasuelos, el Grifo con cuerpo de león alado y cabeza de águila convertido en guardián de Ciudad Amurallada, se descubren los últimos vestigios rectilíneos de hormigón sembrados de vidrio que cimentaban la planta cruciforme de la que otrora fue la Catedral de Cristal, emblema y refugio de sus habitantes. Los cuatro vehículos de la caravana militar se sitúan estratégicamente para dominar todos los ángulos de su perímetro.

Al abrirse la escotilla superior del tanque que cierra el cerco, Guzmán es el primero en salir. Escruta a su alrededor con mirada templada antes de saltar con decisión y permanece durante unos segundos con las piernas flexionadas ocultando el dolor que recorre su cuerpo, aún afectado por el gas, tras el impacto de las botas contra el suelo. A una señal suya descienden dos guardaespaldas y avanzan hacia él. Indiferente, Guzmán se arrodilla y elige al azar un trozo de vidrio azul de uno de los montones de escombros irisados. Lo sopesa mecánicamente entre sus manos mientras recorre con la mirada toda la superficie sin dejar de mascar. De pronto, se lanza hacia un extremo de lo que fuera el atrio de la nave central de la Catedral. Sus pasos dejan de crujir al llegar al punto que ha elegido y con varios golpes del tacón de su bota deja señalado un hueco entre los cristales. Con las armas montadas al cuello, cinco de sus vigilantes no dejan de observarle desde lo alto de los carros mientras se dirige al otro extremo y repite la operación.

—Risco, Hernández, levantad dos puestos de guardia con ametralladoras calibre 50. Sin malgastar ni un disparo. —Escupe tras dar la orden.

Mientras Guzmán se dirige hacia el centro de la planta, los aludidos descargan grandes cajas de madera con el equipo necesario.

Guzmán, al alcanzar el lugar indicado por el oficial de Irwin, susurra unas palabras al intercomunicador de campaña. De inmediato, el resto de sus hombres carga con parte del equipo y corre hacia su posición, dejando a dos vigilantes sobre los tanques.

—Una catedral de cristal —masculla Guzmán, estrellando contra el suelo el vidrio que aún mantenía en la mano—. ¿Dónde se ha visto eso…?

El que lleva a Whitemann amordazado y sujeto por el brazo es el último en acudir. Le quita la capucha y le empuja haciéndole caer al suelo. Monta el arma para apuntar a Whitemann e interroga a Guzmán. La siniestra sonrisa pronto se le desvanece del rostro ante la negativa del resuelto movimiento de cabeza del líder, que vuelve a hablar al intercomunicador.

Casi imperceptible, el triunfo asoma en la cara de Guzmán al comprobar, un segundo después, que el suelo cede a solo unos pasos por delante de ellos y se hunde dibujando una escalera de caracol que se pierde en el vacío. Los hombres mantienen tensos la firmeza y, en silencio, contemplan la lluvia de cristales precipitándose al interior.

Guzmán, sin dudarlo, avanza hacia el foso y comienza a desaparecer en su interior:

—¡Luz! —grita desde dentro.

Inmediatamente uno de sus hombres le apunta con un arma cuyo cañón dispara un potente haz de luz. Le ve perderse en lo profundo antes de seguirle.

Pasan unos interminables minutos para los del exterior. El mercenario que sujeta a Whitemann aprovecha para darle un golpe en las costillas con la culata de su arma, en respuesta a un leve movimiento de este.

—Despejado. Bajad el material de comunicación y el armamento ligero. Quiero montado el equipo de seguridad con visión interior y exterior. —Resuena la voz de Guzmán desde dentro.

Capítulo 9

Complejo ARCA, Antártida

Acab irrumpe visiblemente enojado en el laboratorio del profesor Friedrich.

—Por fin, llevo días *trratando* de *hablarr* con usted —saluda Friedrich.

El capitán le ignora y pasea entre las mesas cubiertas de instrumental; el disgusto se refleja en su rostro al observar las secuencias de imágenes tomográficas que se revelan en los monitores que adornan las paredes como lienzos. Llama su atención un brazalete desmontado, lo toma con dos dedos y lo examina con aprensión. Es evidente que desaprueba los métodos de aquel hombrecillo.

—¿Cómo ha permitido que el señor Ken Dean abandone el ARCA? —pregunta finalmente el profesor en un tono que suena a acusación.

Acab se gira hacia él llevándose la mano a la cicatriz que ocupa el lugar de su oreja para intentar taponarla y acallar así el incesante zumbido cada vez más frecuente e intenso.

—El señor Dean era nuestro único enlace con Leslie, y usted… —insiste el profesor levantando la voz.

—Leslie está muerto —le interrumpe Acab, tajante, dejando claro que no tolera aquel tono de voz.

—No entiende nada, *¿verrrdad?* —añade Friedrich con un desesperanzado susurro.

La severidad en la mirada de Acab exige una explicación por el nuevo atrevimiento.

Friedrich se apresura a conectar el holomonitor y comienza su exposición mientras ofrece una silla al capitán, que queda vacía.

—Ken Dean descubrió que el alejamiento lunar no es progresivo, sino escalonado. Lo que estamos viviendo ya ha ocurrido en otros periodos trascendentes de la historia. Leslie, iluminado por alguien más, se encargó de hacérnoslo saber. El doctor McKee llegó a la conclusión de que la Luna era una especie de pantalla que protegía a la humanidad, pero nos equivocábamos...

—Basta —le interrumpe Acab—, nada me importan sus desvaríos científicos —amenaza aproximando el desfigurado rostro a apenas un palmo de la cara del enjuto profesor—. No he venido para atender su llamada, estoy aquí porque el número de afectados aumenta. Sus malditos brazaletes —continúa el capitán, dejando caer al suelo el que todavía sostiene entre los dedos— ya no parecen funcionar. Y si no funcionan, usted dejará de serme útil, ¿lo comprende?

—¡Olvide de una vez las pastillas y los *brrazaletes*! No nos enfrentamos ni a un trastorno ni a una enfermedad común. Estábamos... El doctor McKee —se corrige— estaba convencido de que sufrimos una especie de posesión. Apuntaba a una posible invasión de un ser alienígena capaz de afectarnos según los movimientos lunares. Es una *teorría*, aunque la mía es diferente. En cualquier caso, ahora *considerrramos* que estamos ante el despertar de unos códigos genéticos y la humanidad es culpable de haber provocado ese despertar antes de tiempo... ¿Ha oído hablar del ADN oscuro? Son fragmentos que existen grabados desde hace miles de años en nuestro ADN, pero que nunca han llegado a revelarse, hasta ahora. Los creíamos inservibles, pero tampoco podían ser eliminados del genoma o el individuo dejaba de ser biológicamente viable. —El profesor se interrumpe unos segundos ante el escepticismo de Acab—. Es más, *deberrríamos* desactivar del brazalete la inoculación de inhibidores a determinados pacientes. Todo esto es un error.

—¿Y acabar como Isa Dean? —le vuelve a interrumpir Acab—. ¡Está loco! Lástima que no podamos contar con McKee.

—Olvídese de McKee, ahora estoy yo. ¡Míreme! *Ahorra* yo soy su McKee —replica Friedrich—. Jamás debió permitir que Ken Dean abandonara el ARCA. Si busca culpables...

—¡Escuche, profesor! —Hay desprecio en la voz del capitán al pronunciar el título de profesor—. La marcha de Ken estaba prevista. Yo me limito a cumplir el plan establecido.

—¿Plan establecido?

—Exacto, ese es mi cometido aquí. Nosotros estamos vivos y el resto del mundo agoniza ahí arriba. Seguiremos las directrices del Proyecto NOE —sentencia Acab.

—Al menos permítame total acceso a su hijo, a John Dean.

—¿A John? —pregunta Acab, realmente interesado por primera vez.

—Debe permitirme tratar al niño —casi suplica Friedrich.

El capitán le atraviesa con la mirada.

—No se acerque a John mientras esté consciente. Solo se le permite verle en la Sala Blanca.

—Yo podría abrirle la mente, como hice con su padre. —Se apresura a intervenir el profesor—. Es lo que desea McKee…

—¿Y eso cómo lo sabe? Ahora McKee no es más que un vegetal.

—¿Es que no lo entiende? Yo soy McKee, debe confiar en mí tanto como confiaba en él… —insiste el profesor Friedrich tocándose la sien.

Acab sonríe y vuelve a entretenerse con uno de los aparatos del laboratorio.

—Yo nunca he confiado en el doctor McKee, al igual que jamás confiaré en usted. Nos ceñiremos a las órdenes, ¿entendido? —dictamina Acab, intentando dar por zanjada la conversación y dirigiéndose a la salida.

—Entiendo… —murmura el profesor juntando nervioso los dedos en la frente, antes de elevar el tono—: ¿Y si le dijera que Leslie Dean está vivo?

Acab detiene sus pasos.

—El señor Dean vive en su nieto Ken, vive en su mente. —Friedrich se interpone entre Acab y la puerta—. Por eso estoy yo aquí, en el ARCA. Yo liberé la memoria de Ken y cuando conseguí que *empezarra* a recordar, usted le dejó marchar. Leslie Dean habla con nosotros a través de Ken, a través de los recuerdos de un niño de siete años. Solo podremos conocer la siguiente fase del plan accediendo a esos recuerdos.

Acab desconfía.

—Aún tenemos una oportunidad —insiste esperanzado el profesor—: John. Permítame acceder a él.

Acab aparta al profesor de su camino con desdén pero, antes de salir, añade:

—Prepare la Sala Blanca. Tendrá una única oportunidad. Asistiremos los cuatro.

—¿*Cuatro?* —casi tartamudea el profesor, dejando de asentir.

—La doctora Allenda Witzel, John Dean, usted y yo, por supuesto. —Acab guiña un ojo antes de abandonar definitivamente el laboratorio.

Capítulo 10

Sala Blanca, complejo ARCA, Antártida

—Es la hora. —La determinación en la voz de John es sobrecogedora.

Allenda pasea nerviosa por la enfermería, arrepentida de la decisión que ha tomado.

—Hoy no me harás dormir, ¿verdad?

Allenda niega con la cabeza sin dejar de moverse para huir de su mirada. Abre la puerta de la enfermería y le espera apoyada contra la pared del corredor. Inspira profundamente tratando de armarse de valor.

Mientras avanzan, John siente la protección de la mano de Allenda sobre su hombro y, aunque nunca antes ha transitado consciente por aquellos pasillos, habla con la doctora sobre todo lo que les rodea, que no le es desconocido. También afirma reconocer la Sala Blanca donde les esperan el capitán Acab y el profesor Friedrich. La luz es difusa y se adivinan fugaces destellos en la neblina que parece envolverla. Todo es nuevo: la cúpula sobre sus cabezas, la densa atmósfera, el enjambre de celdillas hexagonales de la pared frontal… Pero todo, de alguna forma, le resulta curiosamente familiar. Cuando John deja de buscar similitud con sus recuerdos, se ve rodeado por los dos individuos y también por Allenda, que ahora parece una de ellos.

—Jovencito, háblenos de esos sueños —le anima el profesor Friedrich, sin poder ocultar su impaciencia.

John guarda silencio y en la mirada que dirige a Allenda se revela tristeza y resignación. Ella inclina la cabeza, consciente de su deslealtad.

—Hijo, puede entenderme, ¿*verrdad*? —insiste el profesor.

John asiente en silencio mientras Acab castiga a Friedrich con un gesto de reproche.

—Y también puedo verle. ¿Me entiende usted, profesor McFriedrich?

La última pregunta del chico provoca unos segundos de conmoción.

—Muy bien, entonces también sabrá que debe confiar en *nosotrros*. —El profesor Friedrich se arrodilla y le apoya las manos en los hombros—. John, el ser con el que hablas en sueños no es el padre que recuerdas, al menos no es solo tu padre —añade, adoptando un tono de indiscutible certeza.

—Lo sé. Él mismo me lo dijo.

—Existe un vínculo entre lo que queda de él y tú. Tiene que haberlo —afirma el profesor para sí mismo tratando de convencerse—. ¡Aprovechémoslo! Necesitamos la ayuda de tu padre. Necesitamos conseguir que te permita «hablar» con tu bisabuelo, con Leslie Dean. Debes preguntarle por lo acaecido en el año 2000: ¿dónde me llevaron? ¿Qué contenía aquella base militar? Ellos lo sabían todo… —asegura Friedrich, elevando el tono al lanzar el torrente de preguntas y respuestas ante las atónitas miradas de Acab y Allenda—. Pregúntale por el primer paciente, pregúntale por qué se aceleró todo, qué falló, dónde obtuvieron el implante de tu padre…

John retrocede ante el airado hombrecillo que parece crecerse con su discurso. Acab le hace callar levantando una mano frente a su rostro.

—Suficiente. Procedan —ordena el capitán.

John se deja hacer sumiso y, sin apartar nunca los ojos de la mirada del profesor, poco a poco siente cómo los párpados le pesan y termina por cerrarlos.

Profundamente dormido, le introducen en el nicho hexagonal. Lentamente, y bajo la vigilancia de los tres adultos, el interior de la celda se va llenando de un fluido color ámbar hasta colmarse. De inmediato se percibe cómo empieza a palpitar todo el interior. Los nudillos enrojecidos destacan en los puños cerrados de Allenda.

—Doctora, avíseme en cuanto despierte. Profesor, ni se le ocurra acercarse al chico sin estar yo presente —ordena el capitán Acab con repulsión.

Capítulo 11

Ubicación desconocida

«Mis peores temores se están materializando. Puedo percibir cómo mis antiguos fantasmas abandonan impunemente sus tumbas. La absoluta oscuridad se cierne sobre mí, pues no existe oscuridad más profunda que la soledad. La soledad digital.

Las infinitas conexiones que dan vida a Internet se apagan. Casi puedo sentir sus estertores mientras agonizan. Internet, el altavoz al mundo, ha enmudecido y mis *posts* no obtienen respuesta.

Estoy solo.

Al sentarme frente al monitor siento miedo, es la misma sensación que descolgar un viejo teléfono de cable y sentir el vacío al otro lado de la línea. Un abismo insalvable. Es el sueño que me atormenta desde niño y que ahora ha despertado en la realidad. Vuelve el pasado y, créanme, jamás he estado tan solo como cuando me encontraba rodeado de gente. Me refugié en mi pequeña habitación y en ella hice mi mundo. Años después lo cambié por este búnker en el que me liberé de las paredes gracias al prodigio de la comunicación digital. —Silencio—. Por primera vez me siento solo en él. Ya ni la dulce caricia de la música de la gramola que me acompaña consigue paliar mis miedos, mi angustia, mi soledad. La oscuridad.

Mi mundo agoniza. El verdadero, el *cibermundo*. Y se abre ante mí un nuevo mundo, un nuevo orden. Un orden en el que no tengo cabida. Y no me refiero al exterior... Como ya creo haber comentado, me resulta casi indiferente que la superficie de nuestro planeta acabe tan árida y desértica como la lunar. La soledad física no me preocupa en absoluto.

Sé que lo que falla es la Red. Pero... si Francisco y yo aún estamos vivos y, lo que es más importante, conectados... ¡Deben quedar más como nosotros! ¡Da igual vivos o muertos! Solo quiero escuchar voces... Igual que escucho a Francisco y no me importa su realidad física. —Silencio.

Por ello seguiré emitiendo, seguiré lanzando ondas al igual que lo hizo el proyecto SETI al espacio durante años. La respuesta llegará... ¿Llegará?».

Kevin deja de atravesar con los dedos el teclado láser y relaja los brazos apoyándose en el sofá. La nueva entrada de vídeo para el *vlog* que acaba de visualizar está lista. Una secuencia de su imagen en primer plano queda congelada en el monitor. Kevin la observa: lleva gorra, coleta y el mismo mono que cuando visitó a Isa Dean. Ya no desfigura su rostro. Justo antes de lanzar la publicación a la Red, se incorpora impulsivamente para añadir un fragmento de audio desesperado.

«¿Hay alguien ahí? ¿Al otro lado? ¿Alguien puede escucharme? ¿Pueden escucharme?».

Año 1967

Capítulo 1

Cuartel general de la NASA, Washington, D.C.

Pronto se cumplirán tres meses desde que Less se integró en el programa *Lunar Orbiter*. Hoy es un día importante, lo intuye. Conoce a la gente con la que trabaja mano a mano; el ambiente lleva unos días tenso y la reunión de hoy puede ser decisiva. Llega al auditorio casi una hora antes del comienzo de la junta. La sala, presidida por una gran mesa, se encuentra completamente vacía y destacan los dos carretes del moderno proyector instalado en un extremo. Less se acerca a la mesa y la bordea despacio, siguiendo con el dedo índice un surco de la madera hasta llegar a su silla. Se sienta y espera en silencio. El resto de compañeros no tardan en entrar y ocupar sus respectivas butacas con un protocolario y casi imperceptible asentimiento como saludo. Less se sabe mucho más joven que ellos; sabe también que cuenta con su respeto. Transcurren unos incómodos minutos hasta que, finalmente, entra el director de la Oficina de Exploración Lunar acompañado por un técnico encargado de poner en funcionamiento el proyector, que abandona invisible la sala una vez terminada su labor. No hay más saludos. El director apaga las luces y su silueta se recorta frente a las imágenes proyectadas.

—Señores, hoy les presentaré algunas conclusiones del *Proyecto Lunar Orbiter*, en el que casi todos ustedes trabajan. Y un nuevo desafío... Permítanme un breve resumen para poner en situación a los señores Johnson y Bred, del Departamento de Defensa.

»El *Proyecto Lunar Orbiter* es nuestro segundo programa de exploración robótica de la superficie lunar. Se han enviado cinco misiones con sondas de reconocimiento no tripuladas entre el 10 de agosto de 1966 y el 1 de agosto de este año. Todas ellas han cumplido su objetivo sin ningún percance. Todas las sondas han recabado la información programada y han sido estrelladas contra la superficie lunar para no interferir en las misiones posteriores, excepto la *Lunar Orbiter 5*, de la que luego hablaré con más detalle.

»Gracias a estas misiones, disponemos de más de mil quinientas imágenes de la superficie lunar. Entre ellas, las primeras fotografías del Polo Sur, cortesía de la sonda *Lunar Orbiter 4*, y toda la cara oculta con la *Lunar Orbiter 5*.

»Con toda esta cartografía, los señores Bowker y Hughes, aquí presentes, están elaborando el primer atlas fotográfico de la Luna.

El director Lee R. Scherer hace una pausa para beber agua. Casi todos los allí reunidos conocen palabra a palabra la exposición, pero nadie interrumpe.

—El señor Kosofsky, también presente, tras analizar ciertas anomalías en la órbita de la sonda *Lunar Orbiter 5* ha descubierto alteraciones gravitacionales en ciertos puntos de la superficie de nuestro satélite. Estas zonas poseen una densidad de masa muy superior a la media del resto de la corteza lunar. Estos lugares, estos «*mascons*» o masas de concentración, experimentan un ligero aumento de la gravedad. Nuestro experto, Kosofsky, sugiere que pueden estar originados por la transformación de los basaltos lunares en rocas más densas o por masas de origen meteórico.

»Hemos encontrado *mascons* en algunos mares tan regulares

como el *Imbrium, Serenitatis, Nectaris, Crisium, Humorum, Humboldtianum, Orientale, Smythii, Aestum* o el mismo cráter *Grimaldi.*

Leon J. Kosofsky asiente mientras se proyectan las imágenes de los citados lugares acompañados de una gráfica topográfica y de campo gravitacional de colores azules, verdes y rojos. En la gráfica gravitacional se puede apreciar claramente un cono convexo con la parte superior de un rojo intenso.

—Señores —llama al orden el director Scherer—. Ahora pasaré a mostrarles otros dos *mascons* —entona la palabra *mascon* casi como una pregunta— y sus gráficas gravitacionales, que, como verán, son mucho más pronunciadas.

Se proyectan las gráficas tricolores de dos zonas con evidentes perturbaciones gravitacionales, una claramente superior a la otra. Luego es el turno de las imágenes de la superficie, que poco a poco van cobrando nitidez. Un suspiro contenido satura el auditorio cuando en algunas de ellas se evidencia la presencia de algo más que un *mascon*. El director no cambia de imagen hasta que cesan los murmullos.

—Como han podido comprobar, la alteración detectada junto al cráter *Tsiolkovski*, situado en la cara oculta, es muy superior a las demás. Presten atención al margen derecho del cráter.

La nueva imagen presenta un *zoom* muy superior directamente sobre lo que parece una estructura no natural, aumentando el asombro en la sala.

Nadie se atreve a respirar.

—Los soviéticos, en 1959, ya fotografiaron con su satélite *Luna 3* la cara oculta —interviene uno de los allí reunidos.

El comentario desata una vehemente polémica sobre si habrían captado mejores imágenes y descubierto lo que ahora aparece en pantalla.

—Calma, señores —modera Scherer, tras retomar la palabra—. Por de pronto, no sabemos a ciencia cierta qué es lo que estamos viendo y tampoco nos consta que la Unión Soviética conozca su existencia.

—Debemos preparar otra misión *Lunar Orbiter* para estudiar con mayor detalle esas coordenadas —propone otro asistente poniéndose en pie.

Less guarda silencio y analiza pausadamente las expresiones de los que participan en el debate. Finalmente interviene:

—Hemos de ir allí.

Todos le observan con incredulidad.

—Nada de fotos —continúa Less—, debe ser una misión tripulada para inspeccionar en primera persona lo que revelan las imágenes antes de que lo hagan ellos. Aprovecharemos las imágenes obtenidas y la sonda *Lunar Orbiter 5* para determinar los posibles puntos de alunizaje. Incluiremos también *microsatélites* en las misiones tripuladas para estudiar con detalle los *mascons*, especialmente estos dos últimos. Y debe realizarse antes de que acabe esta década. Para ello, hemos de adelantar la misión no tripulada AS-501, o Apolo IV, para finales de este mismo año.

Su propuesta desata una nueva polémica. La resume un hombre de color levantando su voz por encima de las demás.

—Ni siquiera hemos sido capaces de llevar a cabo un alunizaje con éxito de nuestras *Orbiter*, no como los obstinados soviéticos con su *Luna 9*. Además, la cara oculta plantea graves problemas de comunicación y telemetría. Lo que propone es inviable. —Y añade solemne—: ¿Acaso ya hemos olvidado a Grissom, White y Chaffe…? No podemos arriesgarnos a otro fracaso como la reciente prueba de lanzamiento del Apolo I en Cabo Kennedy. No quiero más muertes sobre nuestra conciencia hasta estar realmente preparados. Además, en caso de no tener éxito, la opinión pública acabaría con el programa Apolo.

El director reclama silencio y mira a Less para darle la palabra.

—¿Quién más está al corriente? —inquiere Less, arrebatando el control de la conversación.

—Donovan, de la agencia, y el sargento Karl Wolfe.

—¿Sargento Wolfe? —pregunta Less con evidente

desaprobación.

—Es un colaborador externo, técnico experto en fotografía.

—¿Wolfe? —repite Less con tono de reproche.

Se hace un intenso silencio en el que los ojos del resto de los asistentes saltan entre Less y el director de proyecto.

—Era precisa su participación para obtener lo que estamos viendo hoy aquí. —Nuevo silencio—. No hablará, al igual que no lo haremos ninguno de nosotros. Y si lo hace —añade el capitán Scherer con severo rictus—, el menor de sus riesgos será que lo tomen por un loco.

Año 1980

Capítulo 1

Mansión G.R.R., Houston

Khinda despierta temprano y se acerca a la ventana. Al abrirla, una suave brisa hace ondear su batín permitiéndole una agradable caricia sobre la piel. Inspira profundamente el olor a césped recién cortado que tanto le gusta mientras acompaña con las caderas el rítmico chasquido de los aspersores que difuminan todo el manto verde con cortinas de agua transparente. Se ciñe el kimono; hace fresco aún. Recorre con la vista el azul de la piscina exterior y el muro que cerca la totalidad de la hacienda hasta detenerse en la verja, alta y negra, que guarda la entrada principal. Todo está vacío; está sola. El servicio tiene hoy el día libre y su marido, como siempre, está en otro de sus constantes viajes de negocios.

Khinda entorna la ventana y se acerca con sigilo al lado de la cama de su marido, como si alguien pudiera verla u oírla en la opresiva soledad de más de quinientos metros cuadrados de mansión que la rodean. Arrodillada frente a la mesita de noche, abre el último cajón con suavidad. Observa el interior durante un instante y tantea la parte inferior con la palma de la mano. La sonrisa de satisfacción que acompaña a un casi imperceptible clic pronto se desvanece al descubrir que el pequeño compartimiento secreto solo esconde una llave... ¿Qué esperaba encontrar? ¿Cartas de una amante? ¿Un regalo de lujo, un collar de diamantes…? ¿Realmente George creía que ella ignoraba su particular fijación con aquel cajón?

Khinda lo había dejado correr, hasta hoy.

Toma la llave y sale resuelta de la casa sin molestarse en cerrar la puerta principal. Cruza el jardín con los faldones recogidos; siente la humedad del césped en la planta de sus pies desnudos. Vuelve a inspirar profundamente y mira de reojo a ambos lados al situarse ante el santuario de George. Ella lo llama *Hangar*. Un enorme edificio rectangular al que tiene prohibida la entrada. Por supuesto que la tiene prohibida, pero eso no impide que lo haga a despecho cuando se siente abandonada. Como acaba de hacer ahora al usar el portillo, apenas dibujado en la enorme persiana de acero que da acceso a la nave, al *Hangar*.

George, su marido, atesora una colección de coches de época en su interior: tres filas formadas por tres reliquias en cada una de ellas. Brillantes como recién salidos de fábrica. También posee aparatosas maquetas de ingenios y construcciones en los laterales. Para ella no son más que juguetes caros que observa con desinterés. Su marido es un consumado coleccionista, y no solo de vehículos antiguos. Los objetos únicos son su pasión. Allí se encierra durante horas cuando no está trabajando o de viaje.

Khinda deambula entre las hileras de coches; el suelo es ahora áspero y poco agradable al tacto de sus pies. Haciendo saltar la llave en la palma de su mano, niega con la cabeza mientras trata de abrirlos uno a uno tirando de las manijas. Todos cerrados, excepto uno, cuya puerta se abre con un melodioso sonido sin necesidad de llave. Es un *Mustang*.

Se acomoda en el asiento del conductor con la respiración entrecortada. Siente la tapicería de cuero a través de la fina seda que la cubre y se recrea mirando sus propios ojos verde esmeralda reflejados en el retrovisor. Acaricia el volante con ambas manos mientras chasquea con la lengua al inspeccionar el interior: salpicadero y tapicería como recién salidos de fábrica, aroma a coche nuevo... pero al tirador del freno le falta algo de brillo. «A George siempre le sudan las manos», piensa haciendo un guiño a su joven sonrisa del espejo. ¿Freno de mano...? El vehículo ocupa el hueco central de la fila trasera, entre dos coches. Delante tiene otros dos, el primero de ellos a menos de un metro. Sin dejar de mirar por el retrovisor, sujeta la llave con los carnosos labios antes de liberar con energía el freno.

No pasa absolutamente nada.

Se apea del vehículo; sabe que el motor nunca se arranca. Pero en la parte trasera tiene espacio suficiente para moverlo unos metros. Lo empuja desde el capó delantero sin apenas resultado. El suelo le hiere los pies descalzos. Inclina su cuerpo y, apoyándose sobre el parachoques del vehículo de delante, vuelve a empujar gimiendo con fuerza hasta que consigue desplazarlo y casi cae al suelo. Sin poder pararlo, observa con expresión alarmada cómo el vehículo se desliza unos dos metros hasta pararse mágicamente antes de alcanzar la pared.

Debajo no solo hay hormigón, destaca una brillante plancha metálica con una cerradura en su centro. Khinda la observa con audacia y frota la llave entre sus dedos. Es el momento de usarla.

Encaja a la perfección.

Capítulo 2

Mansión G.R.R., Houston

Un simple giro de la llave provoca que la plancha rectangular se divida y las dos mitades, separándose, descubran una plataforma bajo ellas. La luz azulada que desprende ilumina el rostro de Khinda invitándola a subirse. Solo al apoyar el segundo pie sobre ella siente un ligero chasquido y la plataforma empieza a descender acompañada de un sonido neumático.

La planta subterránea es enorme, podría duplicar el tamaño del propio Hangar. Todo está iluminado y sin sombras. Infinidad de objetos aparecen meticulosamente ordenados y protegidos sobre interminables filas de peanas de distintos tamaños que ocupan todo el centro de la estancia. Una miríada de vitrinas iluminadas visten las paredes laterales.

Khinda pasea por los estrechos pasillos entre las filas de peanas cuyo contenido, para ella, carece de valor. Rocas, figuras de bronce o de alguna aleación metálica. La mayoría de ellas incompletas, simples fragmentos que parecen recién salidos de una excavación arqueológica clandestina. Ni siquiera presentan una plaquita explicativa de su contenido. Le invade una mezcla de rechazo y celos ante aquella obsesiva pasión de su marido por coleccionar de todo. Acelera sus pasos sin prestar atención a los últimos objetos para alcanzar el extremo del subterráneo. La gruesa pared revestida de plomo con la que se encuentra no es el fondo que parecía, sino parte de otra cámara completamente sellada. Descubre en ella un pequeño ojo de buey por el que se asoma poniéndose ligeramente de puntillas para espiar en su interior.

Encuentra también una cerradura en la que encaja perfectamente la llave. El interior es más viejo y gris. Sucio, caótico y apenas iluminado. Algo impropio de George. Sin embargo, lo que encierra le resulta más atractivo a Khinda: dos voluminosos trajes de astronauta, o algo similar, dispuestos uno junto al otro. Le recuerdan a los vistos por televisión en los lanzamientos de las últimas misiones Apolo. En el centro hay una cápsula en forma de cono corroída por la herrumbre, abierta y agrietada. Khinda, descalza y con ropa poco apropiada, no duda en sentarse en su interior frente a un intrincado panel de mandos, que obviamente ya no funciona. Las teclas, de forma cúbica, parecen inútiles y mohosas. De la leyenda en lo que fue la insignia grabada en un lateral de la cápsula, solo alcanza a descifrar «Roos» y «14» tras retirar el moho frotando con la base del puño.

Al abandonar la cápsula, unos objetos metálicos con forma de pelota de rugby atraen su atención unos instantes antes de volver la vista hacia las escafandras. Parecen hinchadas de aire o algún gas. «¿Es posible que George se haya hecho con los auténticos trajes usados por los astronautas en las misiones lunares?». Mientras estos pensamientos asaltan su mente, aproxima la cabeza a uno de los cascos, donde puede ver reflejado su ovalado rostro. Se humedece los labios antes de darle, inconscientemente, un suave golpe con los dedos al cristal en el que se observa.

Un pitido hueco inunda su cabeza. Desconcertada, no aparta la mirada del fondo del casco hasta que una luz roja e intermitente ilumina en silencio la estancia y, con un reflejo del haz giratorio, cree adivinar lo que podría ser el rostro de un cadáver en el interior. Se aparta sobresaltada, con pasos vacilantes y respiración entrecortada, mientras la luz barre con ráfagas verticales toda la estancia a su alrededor. Intenta taponarse los oídos con las manos, pero el agudo pitido parece alojado en la base de su cerebro, provocándole arcadas que le cortan la respiración.

De rodillas, rasgando la seda mientras se arrastra hacia la puerta, consigue abandonar y cerrar la cámara. La luz sigue destellando a pulsos a través del ojo de buey. Corre angustiada hacia la salida para escapar de aquel sótano entre toses cavernosas y al borde de un colapso nervioso. En su frenética carrera tropieza con algunas peanas, que no llegan a caer.

En el exterior, trastabilla hasta acertar en la cerradura con la llave para accionar la plancha metálica que sella la entrada. Por fin lo logra e intenta devolver el *Mustang* a su posición original. Siente que las fuerzas le abandonan. Una agobiante sensación de pesadez y cansancio la invade justo en el momento que escucha el rugido de un motor proveniente del exterior. ¿Quién puede ser? Su marido no vuelve hasta dentro de unos días. Hace un último esfuerzo, pero el vehículo apenas se mueve unos centímetros. El claxon del exterior retruena en mil ecos dentro de su cabeza.

Sale.

Hay un *Rolls Royce* negro al otro lado de la verja de entrada a la finca. Necesita llegar hasta la casa y cambiarse de ropa. «¿Quién puede ser? ¿Quién puede ser?», piensa en bucle mientras se dirige a la puerta de entrada. Siente la boca seca, los pies descalzos dejan un imperceptible rastro de brillantes gotitas carmesí entre el rocío de la hierba. Asombrada, ve cómo la verja se abre lentamente y, aun consciente de que no podrá llegar a tiempo, continúa su extenuante carrera. Cuando hace un alto, con la respiración agitada y luchando por tragar algo de saliva, el *Rolls Royce* ya se ha detenido frente al porche de la mansión. Khinda observa impotente cómo se abre la puerta y baja un hombre joven y trajeado que se ajusta la chaqueta y alisa el pelo. Ella trata también inútilmente de retocarse la ropa y los rizos. No lo reconoce hasta que se vuelve hacia ella: es Tom Murphy. ¿Qué hace Tom aquí?

Tom se acerca y Khinda, sin darse cuenta, se encuentra caminando apoyada en él, cogida fuertemente de su brazo.

—¿Le ocurre algo, señora Rew…?

—Llámeme Khinda, por favor —le interrumpe con voz débil—. Estoy bien, solo necesito descansar.

Mientras avanzan, Khinda nota cómo Tom lanza una mirada furtiva al Hangar.

Ya en el sofá, Khinda se relaja y consigue templar la respiración. Aunque sabe que su aspecto debe de ser horroroso.

—¿Se encuentra bien? —insiste Tom.

—Perfectamente —disimula—, ¿podría acercarme esa botella de agua, por favor?

Tom obedece cortésmente y Khinda bebe a sorbos para aplacar la quemazón en su garganta y ganar algo de tiempo para pensar.

—¿Puedo preguntarle a qué se debe su visita, Tom?

—He venido a verla a petición de su marido, ya sabe cómo es…

—Lo sé —le vuelve a interrumpir, desconfiada.

Tom permanece un rato observándola en pie, frente a ella. Pero Khinda le obliga a retirarse forzando un prolongado silencio. Antes de que Tom pueda alcanzar la salida, Khinda habla:

—Usted no está aquí por mí, ¿verdad?

Tom no responde; tampoco abandona la casa.

—¿Qué guarda George ahí abajo?

—Sé tanto como usted, señora, me limito a cumplir órdenes. Jamás me inmiscuyo en lo que no me concierne.

—¿Podría hacerme el favor de colocar el vehículo en su lugar…? —pregunta Khinda, tendiéndole la llave con su mano derecha.

Tom asiente en silencio.

—¿Qué le dirá a mi marido?

Tom le responde con una ligera inclinación de cabeza y abandona la casa sin pronunciar palabra ni tomar la llave.

REM

—Abuelo, ¿eso quiere decir que los extraterrestres existen?

—Ja, ja… No exactamente… Presta atención: casos como el accidente en la Selva Negra de Alemania en 1936, el de Roswell en Nuevo México en 1947, y muchos otros, sucedieron… ¡Claro que sucedieron! Pero eso no quiere decir… —Pasan unos segundos antes de que la voz del hombre se torne más seria—. Efectivamente, recuperamos algunos artefactos accidentados, pero nada de alienígenas ni autopsias. Todo aquello fue una farsa, en parte alentada por la propia agencia. Ni siquiera podemos asegurar que fueran realmente accidentes.

—¿Hablas de platillos voladores, abuelo?

—Sí. De platillos voladores —responde con voz entre cansada y animosa por la vivacidad del niño. De nuevo deja pasar unos segundos—. Limpiamos las zonas de impacto y los hicimos desaparecer para estudiarlos. Nada funcionó, eran impenetrables. Objetos circulares de un color dorado uniforme excepto por unos símbolos que recuerdan las letras *ORCH* y que a día de hoy siguen siendo un enigma para nosotros.

—Pero…

—Querido Ken, debes prestarme atención aunque no entiendas todo lo que digo —le interrumpe benévolo—. Sólo escucha mi voz. —Deja pasar unos segundos hasta que el niño asiente—. Todas las misiones Apolo fueron vigiladas por objetos de los que desconocemos su procedencia e intenciones. Los identificamos incluso antes, desde las primeras misiones orbitales.

»La opacidad para el estudio de los que conservamos fue total. Nuestro propio gobierno y otros intentaron construir réplicas... Un sinsentido; otro fracaso. Llegamos a creer que ponerlos en funcionamiento fue un éxito... ¡qué ingenuos! —ríe con tristeza—. Simplemente los dejamos escapar... Fueron ellos mismos los que se activaron y desaparecieron en el firmamento ante nuestros ojos. Tenemos constancia de dos de esos casos. Yo estuve presente en la desaparición del primer *ORCH* durante nuestras pruebas. Intuyo que partió hacia la misma región a la que iba dirigida la señal emitida desde la pirámide lunar. El otro sabemos que acabó en cierto punto de la cara oculta de la Luna. Y allí permanece. Pero también quiero hablarte sobre... —La voz suena cada vez más distante, casi un susurro en su interior. Su mente vuelve a asimilar formas en vez de sonidos.

John abre los ojos y se presenta de nuevo el paisaje lunar ante él. Se encuentra entre los ornamentales anillos de piedra. Más cerca de su objetivo. Más cerca del centro geométrico. Busca a Ken, su padre, con la mirada, pero ya no puede verlo. Solo hay vacío y desolación en aquel bosque petrificado y sin vida. Los ecos de los silbidos en su mente son tan intensos que oprimen sus sienes. Tiene miedo. Mientras escuchaba aquellas voces fantasmales pronunciadas por sus generaciones anteriores, ráfagas de imágenes asaltaban su cabeza inducidas con toda seguridad por aquella presencia que ha dejado de ser solamente su padre.

—¡Quiero despertar! —grita John en el vacío, pero las palabras mueren en su boca—. No quiero estar aquí, no pienso volver. Tú no eres mi padre.

La opresión es insoportable, la llamada del epicentro del bosque de anillos también lo es. John cae de rodillas y termina en el suelo, recogido en posición fetal con las manos presionando su cabeza. La presión aumenta hasta que todo se vuelve oscuridad.

Año 2039/40

Capítulo 1

Ciudad Amurallada, México, D.F.

Interior de la Catedral

—Jefe, tenemos línea —informa exaltado el rudo encargado del aparato de las telecomunicaciones desajustándose los auriculares.

Guzmán, siempre masticando groseramente y sin apartar la mirada de Whitemann, inclina la silla en la que se sienta a horcajadas hasta prácticamente pegar el rostro contra el de su prisionero.

—Solo hablaré con Irwin. —Whitemann gira la cabeza para huir de su aliento.

—Es el general Irwin en persona —se apresura a confirmar su secuaz.

Guzmán separa los brazos del respaldo de la silla y se pone en pie. Escupe e intenta, discretamente, hacer desaparecer el esputo con la punta de la bota ante la mirada de Markus. Se ajusta los auriculares que le tiende su hombre.

—General, mi paciencia se ha acabado. Casi no queda agua ni comida. Por no hablar de las malditas píldoras, las reservas se agotan y mis hombres enferman…

—La situación es similar aquí adentro —le interrumpe Irwin.

Guzmán da unos pasos y se coloca frente a las cámaras de visión exterior. Muestran a dos de sus hombres que continúan en permanente vigilancia. Las observa hasta que unas interferencias hacen parpadear la señal y, enojado, tuerce el gesto.

—General, debe permitirnos la entrada al Rascasuelos o me obligará a tomar medidas con nuestro prisionero —amenaza Guzmán con voz fría.

—Sabe que no pue… entrad…

Guzmán golpea los cascos con las uñas y se gira interrogando al responsable de las comunicaciones, que se encoge de hombros antes de intervenir:

—Volvemos a perder la señal, cada vez ocurre antes…

—General… ¿General? —insiste Guzmán, que ignora el último comentario—. El plazo termina mañana, tiene veinticuatro horas para tomar una decisión.

—Es inútil, no puede escucharle.

Guzmán se quita los cascos y los lanza contra los monitores de visión exterior. Ahora solo hay nieve en ellos. Se vuelve hacia Whitemann con la furia marcada en las sienes.

—¡Voy a salir! —grita Guzmán, ignorando todo lo que le rodea.

Exterior de la Catedral

Apenas diez metros separan a dos antiguos militares.

Dos hombres que decidieron unirse al grupo de rebeldes que se volvió contra el sistema al ver vejados sus ideales y su lealtad, al comprender que no eran sino simples instrumentos de los que se valía el poder, tan falso como ignominioso, para continuar manteniendo la quimera social y afianzar su status aun a costa de sacrificar el mismo mundo que dominaba. Guzmán había sido su líder en el ejército. Y lo seguía siendo, tal vez más, en la insurrección. Guzmán les abrió los ojos y trocó la ciega defensa del poder que les compraba en la lucha contra sus falsos dogmas y la búsqueda, entre egoísta y justiciera, de su propia supervivencia. Al ser conscientes del mal que afectaba a la misma raza humana, se juraron actuar en contra de quienes lo provocaron y lo conocían. Se unieron para arrebatar las oportunidades a quienes las habían robado.

Dos hombres que cumplen su turno de vigilancia exterior. Ambos están sentados sobre las cajas de madera usadas para el transporte de armamento, justo en los extremos de la U formada por los vehículos.

Un cinturón de afiladas balas cruza el pecho del hombre de color que contiene la respiración hasta que el sonido sordo del disparo deriva en una sonrisa que rasga su cuadrada mandíbula y la consiguiente muesca en el lateral de la caja donde se sienta, grabada con el cuchillo que sostiene con su musculoso brazo.

—¡Tenemos órdenes de no desperdiciar munición, tá! —le reprende un recio acento rioplatense desde los diez metros.

—Mira aquel pendejo —replica el negro, señalando hacia el frente con la punta del cuchillo—, ni siquiera se mueve. Una sola bala y otra muesca. Con eso bastará...

Se escucha un nuevo disparo en el espeso silencio. Casi simultáneamente una silueta humana situada a unos cincuenta metros se desploma mientras ambos mercenarios sonríen y el más corpulento vuelve a usar el cuchillo en el lateral de la caja.

Llaman *Matar al tiempo* a aquel macabro juego. En ocasiones, algún ejemplar corre hacia ellos frontalmente o en zigzag, pero nunca consigue acercarse demasiado. Con el paso de las horas, ambas cajas se llenan de surcos como inventario de la siniestra pugna al tiempo que la atmósfera se torna cada vez más enrarecida y espesa según va oscureciendo. No tardan en aparecer unos diminutos corpúsculos que se iluminan y desvanecen sobre sus cabezas. En esos momentos, cada noche, los vigilantes empiezan a escuchar los primeros aullidos que no cesarán hasta el alba. Siempre es así. Esta noche, además, se ven envueltos por la niebla que cae como una catarata directamente sobre ellos. Nunca baja tanto.

La eléctrica bruma provoca destellos luminosos que recorren la munición de la canana en el pecho del negro. Ambos se miran sorprendidos durante unos segundos hasta que apenas pueden distinguirse.

—¡Dale! Deberíamos pegarle un *tubazo* al general —grita el de Montevideo sin ver más que los intermitentes brillos que emite el cinturón de su compañero desaparecido en la niebla.

Por respuesta obtiene unos aullidos más cercanos.

—¡Risco! —grita nervioso.

Alarmado, se levanta y busca con el cañón del arma la situación de su compañero. Intenta atravesar la bruma dirigiendo el foco hacia los fugaces chisporroteos del cinturón, cuyos chasquidos se convierten en la única orientación posible. Sin poder establecer comunicación con el interior de la Catedral, se acerca unos pasos hasta que un desgarrador grito le detiene. Permanece unos segundos quieto y en silencio, barriendo con el haz de luz todo el perímetro hasta que ve iluminarse una vez más la munición de su compañero, pero no está donde debiera estar. Se ha separado unos metros de su puesto de vigilancia.

—¡*Bo*, Risco estás ahí! ¿Puedes oírme...? ¡*Vamo* arriba!

Una sombra cruza imperceptible el túnel de luz proyectado por su arma y le hiela las palabras.

Guzmán sale al exterior y, rodeado por la condenada niebla eléctrica, apenas puede ver más allá de un par de metros. El cuchillo dentado que sostiene en alto desprende un halo azulado.

—Encended las luces de todos los vehículos —ordena Guzmán, antes de sellar la entrada al refugio provisional en el que se guarecen.

Se disparan potentes chorros de luz que en todas direcciones revelan movimiento de fantasmagóricas figuras. Le cuesta respirar.

—¡Risco! ¡Hernández! Abandonad vuestros puestos y volved al interior de inmediato.

No hay respuesta. El sonido de su propia voz suena amortiguado y distorsionado en aquella extraña y densa bruma. Guzmán avanza hasta alcanzar el primer arcón de armamento.

No hay rastro de Hernández. Se arrodilla frente a él y acaricia las muescas con la yema de sus dedos. Permanece unos segundos agachado tratando de dar forma a sus pensamientos. Finalmente avanza en silencio hasta el puesto de Risco. Tampoco está, pero su sangre impregna la caja. Frota sus dedos índice y pulgar. Aún está caliente. Algo centellea unos metros delante de él. Allí encuentra el cinturón de munición de Risco, también impregnado de sangre.

Capítulo 2

Complejo ARCA, Antártida

John abre los ojos.

No mueve ni un músculo; necesita varios segundos para reconocer la enfermería y asociar nombres a los tres rostros desdibujados que le observan desde arriba. Se concentra en recuperar la calma antes de hablar con voz estudiadamente temblorosa:

—Lo siento, les dije que no siempre ocurría —miente.

—Maldita pérdida de tiempo —mascula Acab, responsabilizando con la mirada al profesor Friedrich—. Dejémosle descansar.

El capitán se separa unos pasos de la cama en la que yace el pálido cuerpo de John y aguarda a que Friedrich le siga.

—Es la cuarta y última vez que le permito intentarlo. A partir de ahora la doctora Allenda volverá a hacerse cargo del niño, ¿entendido profesor? —sentencia Acab y abre la puerta para obligarle a abandonar la enfermería. Queda esperando y cuando por fin la doctora se decide también a salir, oyen el susurro de John.

—Quédate conmigo.

Acab le permite volver con John con un asentimiento.

Allenda cierra la puerta, se apoya tras ella y suspira aliviada. Por fin aquellos dos hombres están fuera de su enfermería. Otra vez los dos solos.

—¿Puedes cogerme la mano como hacía mi madre? —pregunta John.

Allenda se aproxima insegura; el sentimiento de ternura que creía haber perdido vuelve con fuerza. El recuerdo de su antigua vida pervive escondido en lo profundo de su alma, que creía vacía. El calor de su familia: de su marido, de sus dos hijos… Una lágrima le resbala por la mejilla mientras se sienta en la cama y el niño se aovilla buscando cobijo en su regazo. Ella solía permanecer así durante horas cuando alguno de sus hijos enfermaba. Saborea el momento pese a dudar de la sinceridad de John, que suele ser mucho más frío y distante.

—Friedrich tenía razón, mi padre ya no es mi padre…

—Eso no podemos saberlo —miente ahora Allenda.

—Isa… —La entrecortada voz del chico tiembla—. Mi madre tampoco es mi madre, ¿verdad?

—Tu madre solo está enferma, la curaremos… —dice Allenda, solo para tratar de consolarlo.

—Mientes, al igual que yo he mentido a esos hombres…

—¿Qué quieres decir? —pregunta Allenda de inmediato, secando sus mejillas con el dorso de la mano.

—Les he mentido.

Allenda le aprieta la mano y hace un esfuerzo para sostener su mirada.

—¿Has hablado con Ken?

—No. Mi padre ya no habla. Al menos no mueve los labios para hacerlo. Creo que allí no hay aire… —Y añade—: Me obliga a seguirle.

Allenda arquea las cejas y aguarda una explicación.

—Cuando le pregunto algo… escucho voces, fragmentos de conversaciones de otras personas que invaden mi cabeza. Ninguna de ellas es la voz de mi padre.

—¿Qué dicen esas voces? —La doctora Allenda suaviza su tono.

—No son solo voces, también percibo fragancias y sonidos… Incluso imágenes cuando estoy más cerca…

—Más cerca… —le anima la doctora.

—Son conversaciones fuera de tiempo y de contexto, como de otro mundo. Una pertenece a un niño como yo… —La soñadora voz de John se vuelve más dura cuando formula la pregunta—: ¿Está mi destino escrito desde hace mucho tiempo?

Allenda le observa sin terminar de comprender.

—¿Qué quieres decir?

—Según me aproximaba al anillo final, más podía sentir el viejo mundo. El mundo antes del desastre.

Allenda ladea la cabeza con interés mientras John sigue hablando:

—Cuéntame cómo era el exterior… Los trinos de los pájaros, las flores de los campos, los animales... Apenas los recuerdo… Hoy he podido escucharlos de nuevo. He podido sentirlos… También escuchaba un incesante rumor, un murmullo agradable y rítmico. Una brisa fresca…

Allenda, intrigada, se encoge de hombros y le invita a continuar mientras las olas del mar se balancean en su mente.

—Lo que dijo el profesor Friedrich es cierto. Los llaman *ORCH* y aún los tienen en su poder. O los tenían…

—¿Dónde? ¿Te mostró el lugar? —interviene Allenda, inclinándose sobre él sin soltarle la mano. De alguna forma ella también sabe qué son los OCRH.

—También escuché una canción de cuna —continúa John pensativo—, hablaba de la Luna… —Se interrumpe y su voz vuelve a ser fría—. Pude verlo, es un platillo dorado. Enorme…

—Tienes que recordar el lugar.

—Creo que introdujeron unos planos en mi cabeza…

—¡Dios mío! —exclama la doctora, poniéndose en pie—. ¿Podrías reproducirlos?

John niega con la mirada.

—Están incompletos. Solo si me acerco más me los dará todos. Creo que es el precio. Sabes lo que eso implica, ¿verdad?

—Friedrich —murmura Allenda, visiblemente preocupada.

John asiente.

—Solo hablaré con el profesor Friedrich si se me permite estar a solas con mi madre.

Capítulo 3

Austin, Texas

Francisco aguarda varios minutos con la oreja contra la puerta antes de abrirla y aventurarse a cruzarla. Escruta ambos extremos del corredor, sale, la cierra cauteloso y camina con todos los sentidos alerta.

Se refugia en la sala de comunicaciones siempre que puede. Duerme y come allí para evitar aquellos túneles. Ha sellado los accesos de los niveles superiores. En su planta solo queda abierto el tránsito, que ahora recorre, hasta la despensa. No puede silenciar el eco metálico de sus pasos cada vez más azuzados por el miedo. Enciende la linterna que aferra en su mano derecha cuando las hileras de luces del techo empiezan a parpadear eléctricamente. Y corre cuando, tras escuchar unos pasos y detenerse un instante, se cerciora de que no son los suyos. No es capaz de determinar si provienen de un nivel inferior o superior.

«En esta planta es imposible, me encargué de condenarla personalmente», se repite una y otra vez mientras corre. Las luces de emergencia parpadean cada vez más lentas y al cegarse van dando vía libre a la oscuridad.

Los pasos que le persiguen retruenan con más fuerza. Su mente debe de estar jugándole una mala pasada… Tanto tiempo de soledad y reclusión… Pero él es inmune, se siente bien. Ahora está seguro de que Leslie le hizo permanecer allí por ese motivo. Sin duda Leslie conocía que su organismo era inmune a la pandemia que asola el planeta, ¿por qué si no le habría abandonado allí? Leslie le quería, ¿le quería?

Alcanza la despensa y se detiene. Sus razonamientos se disipan al encontrar la puerta abierta. Es imposible que olvidara cerrarla… Imposible.

No entra.

Enfoca el interior con la linterna y espera al siguiente flash de los fluorescentes para una mejor visibilidad. Las cajas permanecen ordenadas en sus respectivas estanterías, al menos las que alcanza a ver. No hay signos de intrusión y el ruido de pasos ha cesado. Aun así no rebasa el dintel de la puerta hasta pasados unos instantes. «Quizá solo eran ecos o imaginaciones, quizá olvidé cerrar la puerta», se engaña Francisco para intentar tranquilizarse.

Rebasa la puerta. Las luces han dejado de encenderse. Se le hiela el pecho al escuchar de nuevo un rumor que avanza por los pasillos. Se recupera. Con determinación, se obliga a mantener la calma. Revisa minuciosamente el fondo del almacén iluminándolo con la linterna de mano. Todo está en orden. Se lleva la linterna a la boca y así la sostiene para poder apilar con premura varios envases de víveres sobre una mesa; los suficientes para varios días. Recoge con ambas manos todos los que puede llevar. Sale al pasillo y, huyendo del mismo vacío, se lanza en alocada carrera de vuelta a su refugio. La zigzagueante luz que escapa de la linterna, todavía entre sus dientes, no le permite ver dónde cae algún paquete de su cargamento: Ya no importa. Acuciado por sus propios pasos, renuncia a parar y recogerlo.

Por fin en la Sala de Comunicaciones, se deja caer de rodillas y descarga sobre el suelo lo que queda de su expedición. Trata de contener la respiración desbocada. Apaga la linterna; las baterías son ahora un bien valioso. Según consigue dominar el resuello, le invade un sentimiento de cobardía que le hace encogerse sin pudor. Deja pasar los minutos sin moverse hasta que una mirada sistemática a los monitores le descubre una llamada entrante.

Es Iben…

Capítulo 4

Complejo ARCA, Antártida

John extiende la palma de su mano contra el enorme panel de vidrio reforzado que aísla a su madre del exterior. El celador que le ha acompañado se separa unos pasos y desvía la mirada en respetuoso silencio.

Todo es blanco. Todo está revestido de un tapiz acolchado, como en su sueño... Sin embargo, la habitación es diferente...

Isa se encuentra sentada cara a la pared con las piernas cruzadas y parece no haberse percatado de su presencia. Lo que queda de su otrora largo y sedoso cabello es ahora un manojo de pelo trasquilado. Cae por encima de su hombro derecho y ella, ausente, lo peina con sus propias manos en un movimiento rítmico acorde al balanceo de todo su cuerpo. El mono blanco que lleva puesto parece algo más grueso que el habitual en el ARCA y acentúa la delgadez de las huesudas manos y del cuello.

—Madre —susurra John, pulsando el comunicador con el interior.

Isa interrumpe brevemente el peinado, pero no gira la cabeza. John se separa un paso y mira a su alrededor: el guardia continúa apartado y cabizbajo en un lado. En el otro, descubre una solitaria silla que desentona en el desnudo corredor. La toma y se sienta frente al panel dispuesto a observar a su madre. Sin prisa, en silencio, esperando su momento.

Isa se balancea cada vez con mayor intensidad. No puede ver sus labios, pero sabe que un permanente sollozo brota de ellos. Acelera el alisado hasta acabar tirándose del pelo para luego observar indiferente, con la cabeza ladeada, los jirones desprendidos entre sus dedos.

John la contempla. No se inmuta.

Su madre comienza a recorrer de un lado a otro los límites de la prisión. —Eso es exactamente lo que tiene ante él—. Lo hace con el cuerpo encorvado y ayudándose de las manos.

John ni siquiera parpadea.

El guardia hace amago de acercarse, pero se detiene ante el gesto imperativo que el niño le hace con el brazo.

El niño consigue atrapar la mirada de su madre y la mantiene inmóvil. Hipnotizada.

John se levanta muy despacio y se aproxima al panel que los separa sin perder nunca el contacto visual. Isa también da un paso hacia él. John busca a su madre dentro de aquellos ojos oscuros, pero no halla más que un profundo vacío. Intenta comunicarse, atraerla de vuelta a su lado como sospecha que Phil hizo con la doctora Allenda. Quedan durante unos intensos segundos unidos por la mirada. De pronto, Isa golpea violentamente el cristal con la frente y deja unas gotas de sangre antes de darse la vuelta y retornar a su posición inicial.

—He terminado —dice John con voz hermética, buscando ahora al guardia con la mirada.

Capítulo 5

Complejo ARCA, Antártida

El profesor Friedrich lleva horas encerrado en el laboratorio, sentado en el sillón de pruebas de Phil. Se masajea intensamente las sienes tratando de aplacar el agudo dolor de cabeza y controlar sus pensamientos. No es el primer ataque que sufre y cada vez son más frecuentes. La pugna en su interior es cruenta. Sabe que las consecuencias son imprevisibles y que los daños a nivel neuronal pueden ser irreparables.

Se pone en pie. Necesita consultar la hora para hacerse una idea del tiempo transcurrido. El dolor ha remitido y ahora puede volver a pensar con claridad. Intenta recordar momentos de su infancia, pero duda del torbellino de imágenes que le arrolla. ¿Son realmente vivencias suyas? Los nuevos recuerdos parecen estar desplazando a los originales y, lo que es más, apoderándose de sus actos. En ocasiones actúa de forma que se sorprende a sí mismo. Adopta gestos, expresiones y tics ajenos a su personalidad. Obviamente los nuevos recuerdos están condicionando su conducta.

Tiene miedo.

Su propio ego se hace pedazos. Parece que la esencia de McKee le está invadiendo e imponiendo una nueva personalidad, transformándolo en alguien diferente. Teme dejar de ser él mismo, aunque sabe que al fin no echará de menos su psique actual. Ni siquiera la recordará. El verdadero temor de Friedrich es si su organismo será capaz de soportar el proceso. De hecho borra parte de sus propios recuerdos para evitarlo.

No tiene amigos en el refugio en el que se esconden, en realidad nunca los ha tenido. Tampoco en el viejo mundo. Fuera le odiaban por su trabajo y ahora le odian allí dentro. Es un bicho raro. Únicamente el doctor McKee valoraba la línea de investigación que seguía, aunque es consciente de que tampoco gozaba de su simpatía. Ahora ya no puede contar con él, tampoco con Leslie. Solo puede tratar con un tosco y cuadriculado capitán al que sus inquietudes y descubrimientos científicos le traen sin cuidado.

Friedrich proyecta el monitor en forma de espejo y estudia su propio reflejo en él. Es la imagen de un fenotipo que provoca rechazo: apocado, raquítico y con aquel estúpido bigote que se niega a mutilar. Él tampoco buscaría la amistad de alguien con ese aspecto. Con todo, es uno de los pocos, entre los miles de millones de humanos que poblaban la Tierra, que sigue con vida. Eso es selección natural. Y posiblemente la supervivencia de la humanidad como tal dependa de él. No necesita el apoyo de nadie para desempeñar la misión para la que Leslie Dean le reclutó, contándole entre los elegidos que continúan con vida. Sin embargo, inexplicablemente, ha abandonado su tarea y se encuentra dirigiendo rutinariamente sus pasos hacia la celda de Phil Rewer. Otro bicho raro, otro monstruo…

Le ve sentado e inmovilizado en su silla, exactamente como en la última visita que le hizo. Aunque, siendo fiel a la realidad, Friedrich es la primera vez que pisa aquella celda. Evita los ojos de Phil y se sitúa a su espalda para colocarle la máscara, acción que ejecuta con precisión sorprendente para quien nunca antes lo había hecho. Con manos diestras, como algo habitual. Al poco, le conduce en la silla de ruedas a lo largo de los pasillos del complejo. No comprende bien qué le impulsa a hacerlo, simplemente lo necesita y la sensación le relaja. Es una sensación extrañamente familiar, próxima a la amistad quizá.

—Señor Rewer, siento comunicarle que el doctor McKee falleció anoche... En verdad murió mucho antes… —susurra el profesor mientras dirige la silla hacia el ascensor.

El rígido cuerpo del paciente no reacciona ni un ápice ante sus palabras.

—No debe sentirse culpable, su cerebro no estaba preparado. Él le apreciaba, y sabía que es usted mucho más de lo que aparenta. Algo similar ocurre conmigo… —añade autocomplaciente, con una sonrisa que le deforma el bigote.

Se abre la puerta del ascensor. Le acerca la boca al oído y continúa a modo de confidencia:

—Usted lo asesinó, pero ambos sabemos que está vivo… Pues qué somos sino recuerdos. —Transcurrido un momento, añade—: Está volviendo… y apenas soy capaz de controlarlo. Ahora puedo intuir por lo que tuvo que pasar Ken Dean y por lo que tendrá que pasar inevitablemente John… Pero aún no es el momento, ¿verdad?

Friedrich casi espera una respuesta que, evidentemente, nunca llega. Incluso le observa de frente en el espejo del ascensor durante unos segundos. No sabe bien por qué lo hace, pero ya no evita sus ojos.

—Quizá mis actos ya no sean solo míos —continúa, retirándose del ascensor, cuya puerta queda abierta unos instantes a su espalda y el interior vacío.

Desanda el camino.

Ya en el interior del laboratorio, mientras le quita la máscara del rostro y coloca a Phil Rewer de espaldas en un rincón, Friedrich añade:

—Este será nuestro pequeño secreto. Vuelvo al trabajo.

Capítulo 6

Complejo ARCA, Antártida

Las camas de la enfermería están preparadas y perfectamente alineadas en tres hileras. El resplandor blanco de las sábanas, magnificado por la luz, reclama en silencio pacientes que atender. Hace mucho tiempo que se encuentran vacías, pero la enfermería no lo está. La doctora Allenda Witzel se encuentra acurrucada en un rincón. Ya no quedan lágrimas para recorrer sus mejillas. Toca con detenimiento sus facciones con ambas manos: barbilla, pómulos, nariz, cejas y frente. Es como si quisiera cerciorarse de que su rostro no ha cambiado, de que sigue siendo la misma. Por último, se frota los ojos. Apenas se atreve a tocarlos, y jamás a mirarse en ellos.

Ha traicionado al pequeño John y sabe que el muchacho nunca podrá perdonárselo. Pero, ¿qué otra alternativa tenía? Se lo ha entregado a Friedrich como si fuese un manso cordero camino del sacrificio. «No tenía alternativa», se repite una y otra vez. Es muy posible que la vida de todos los habitantes del ARCA dependa de John, de los sueños de su querido John. Esa realidad no se puede negar.

La doctora Witzel levanta la cabeza sobresaltada. Alguien llama frenéticamente a la puerta. ¿Cómo es posible? Las órdenes de Acab, a instancias de Friedrich, impiden el acceso a la enfermería a cualquier habitante del Complejo. Y no espera ninguna visita. Unos segundos y la insistencia en la llamada hace que se ponga en pie, se alise la bata y, recuperando un antiguo instinto, se arregle el pelo frente al brillo de la pared que antes ofrecía un espejo. Inspira profundamente y trata de serenarse antes de abrir para enfrentarse al intruso. Conoce al individuo, lo ha visto en un par de charlas en la Asamblea. Pero, aun así, no debería estar allí.

—Todos los pacientes son atendidos ahora por el profesor Friedrich. Órdenes del capitán Acab. Lo siento —dice Allenda, manteniéndose en una postura firme.

—Disculpe, doctora, mi nombre es Iben Jacobsen. Soy…

—Sé quién es usted —le interrumpe, aunque el quiebro de su voz la delata.

—No la estoy buscando como paciente. Necesito hablar con usted de cierto asunto, si me lo permite. ¿Puedo pasar? —pregunta Iben, vigilando discretamente ambos extremos del pasillo.

Ante el silencio de la doctora, añade:

—Es importante.

Allenda cede con un gesto de cabeza y cierra inmediatamente la puerta tras Iben. Le invita a tomar asiento sobre una de las desocupadas camas.

—Su presencia aquí nos pone a ambos en una situación comprometida.

—Lo sé —admite con seguridad Iben.

—¿Y bien? ¿A qué espera?

—Se rumorea que el joven John puede hablar con su padre. Que Ken Dean vive.

Allenda Witzel enmudece, realmente sorprendida. No comprende cómo ha podido filtrarse tal información; se pregunta en qué ámbito ha podido ocurrir e instintivamente reconsidera su posible trascendencia. Espera que el capitán Acab no acabe culpándola a ella. Se mantiene en silencio para evitar revelar sus emociones

—Nuestro enlace con la Universidad de Texas y con el mundo exterior, llamado Francisco Russo, está seguro de ello. También sostiene que Ken Dean aún permanece con vida y que, gracias a él, se está ralentizando el alejamiento lunar.

—Interesante… pero con independencia de que ese tal Francisco esté o no en lo cierto, ¿por qué acude a mí? ¿Qué puede tener que ver conmigo?

—¡Todo! —Estalla Iben poniéndose enérgicamente en pie—. Vengo en su nombre. Francisco no era un desconocido para Ken Dean. Fueron estudiantes, colegas y amigos. Francisco hace años que está estudiando la sincronización orbital Tierra-Luna. Asegura que, si no hacemos algo para remediarlo, la totalidad de la superficie terrestre quedará pronto inhabitable para el ser humano durante miles de años.

—Insisto —ratifica la doctora—. ¿Qué hace usted aquí? No comprendo cómo puedo ayudarles.

—Usted no puede, doctora, pero John Dean, sí. Y nadie tiene acceso a él, salvo usted.

«Y ahora también el profesor Friedrich», piensa Allenda en un esfuerzo por sostener el silencio y la implacable mirada de Iben.

—Nuestro Francisco asegura que Ken Dean era... Es... Es el centro de una insondable arquitectura y que es el propio Ken quien proporciona una energía que controla ciertos elementos de la gravitación cósmica... Precisamente la sincronización orbital con la que han trabajado juntos durante su carrera... ¡Y asegura que existe otra similar en la Tierra...! Dean junior, su pequeño John, doctora, debe preguntarle a su padre cómo ponerla en funcionamiento.

Capítulo 7

Ubicación desconocida

Kevin cuenta una y otra vez los pasos que separan las paredes de su escondite subterráneo. Desde hace días, lo que había sido un confortable búnker refugio le parece una ratonera. Una prisión. En ocasiones siente que le falta el aire, pero ni se atreve ni quiere salir al exterior.

La Red de redes está muerta y la estadística de visitas en el videoblog es prácticamente nula, aun así continúa actualizando. Aunque nunca ha sentido empatía con sus semejantes desde una perspectiva física, como personas de carne y hueso, le sucede lo contrario si los observa como entes del ciberespacio. Desde esa dimensión siente la necesidad de ayudarles e informarles para liberarse de la sensación de haberles fallado por haber comprendido la realidad demasiado tarde. Los que considera sus discípulos, todos los que recurrían a su blog y dependían de sus noticias, siguen siendo sus seguidores y alguno debe permanecer con vida. Para ellos sigue publicando respuestas. Confiaban en él y podría haber hecho mucho más por ellos. Quizá aún pueda…

Francisco lo hizo por él, le salvó la vida. Francisco es ahora su único contacto con el exterior. Sabe que lo que hacen no es suficiente, pero se niega a rendirse.

Continúa andando con impaciencia de un lado a otro del sótano. En cada ronda levanta la vista hacia los monitores, donde permanece expuesta la última entrada de su vídeo blog. Una entrada que apenas ha llegado a nadie. En los monitores también se muestran diversos foros, todos sin actualización desde hace meses. ¿Estarán todos muertos?

Finalmente, se detiene frente a su singular colección de ingenios tecnológicos del siglo XX. Algo le ronda la cabeza últimamente. Es un fanático de la comunicación, miembro de la generación que a finales de aquel siglo lideró el auge de Internet. Le interesa el estudio de la necesidad del ser humano, histórica y cada vez más acuciante, de comunicarse con sus semejantes a pesar de la distancia. La pasión que Kevin demuestra por esta rama no se limita al análisis de los distintos sistemas que se han utilizado en cada época, sino también a la búsqueda, adquisición y colección de los aparatos que fueron utilizados como prototipos y modelos originales. Se enorgullece al contemplar aquellos ingenios y, aunque nunca llegue a usarlos, con su posesión experimenta un soberbio estado de plenitud.

Se siente fascinado al acariciar las viejas piezas de la antigua emisora HF que conserva como una reliquia y sobre la que está trabajando los últimos días mientras sus pensamientos vuelan. No puede dejar de admirar a quienes ya hace más de medio siglo, antes de Internet, pertenecían a la fantástica red de radioaficionados que pasaban horas y noches enteras entregados a sus legendarias estaciones de radio. Así, por un capricho del destino, interceptaron los japoneses la supuesta transmisión original del Apolo 11 con Houston. Se identifica con ellos y ha adoptado las directrices de su código como principios de su videoblog: consideración, lealtad, progreso, amistad con todos, disciplina y patriotismo son las premisas que respeta con vehemencia.

Kevin se encuentra junto a una estación Kenwood TS-950SDX de finales de los ochenta, con conexión RS-232 para controlar las frecuencias con ordenador. Justo ahora está acoplando una antigua unidad Pentium-II extraída de su santuario. Dispone de su propia licencia personal, que obtuvo para unirse al entramado de puntos unipersonales dispersos por todo el planeta, con una ID similar a la actual IP. También tiene el software necesario para operar y emitir en distintas bandas.

Durante los últimos años, gran parte de los radioaficionados pasaron al protocolo TCP/IP para usar el sistema de voz sobre IP. Desafortunadamente este sistema se mantenía sobre nodos de Internet y, por lo tanto, resulta inútil en la situación actual.

Sin embargo, las antiguas radios analógicas, que en una época relativamente reciente impregnaban el cielo con sus ondas invisibles, pueden seguir funcionando. Emiten con un alcance limitado en distancia y con notables retardos, pero…

Su transmisión podrán escucharla los antiguos receptores de radio, como los de coche. Es posible que cierto número de personas piensen como él y estén intentando entablar una comunicación por esta vía, incluso podrían repetir la señal y llevarla mucho más lejos. ¡Debe intentarlo!

Termina de ensamblar la estación de comunicación, ocupa el Centro de Mando y establece conexión con su único punto de contacto en el exterior.

—Aquí Francisco, te recibo alto y claro —no tarda en responder su amigo.

Kevin sonríe y comienza a mover las manos en el aire. No sigue la broma, se limita a exponer con precisión su plan. Francisco se toma su tiempo para meditarlo.

—Aunque funcionara, el alcance sería muy limitado. Además, el porcentaje de gente consciente ahí fuera a estas alturas debe ser mínimo.

—Tú y yo estamos vivos. Puede que otros también lo estén.

—No he dicho vivos —responde Francisco, hablando por micro y no por chat.

—Recuerda que terminé publicando el post con la composición del antídoto. No tuve elección. Lo siento.

Francisco parece reflexionar de nuevo. Kevin puede escucharle teclear y murmurar pues tiene abierto el micro. Algo se le debe de haber ocurrido. Cuando por fin responde, hay cierto entusiasmo en su voz.

—Tienes cerca un viejo repetidor, te paso las coordenadas exactas —Se muestran en el ordenador de Kevin—. ¿Recuerdas la niebla de la que te hablé? —Excitado, Francisco continúa sin permitirle responder—. No es una niebla normal, está ionizada. He estudiado los corpúsculos luminosos y, si nos apoyamos en los trabajos de Schumann, quizá podrían tener un efecto similar a la ionosfera. Podríamos usarlos para hacer rebotar la señal… Sería lento, pero acabaría llegando a cualquier rincón del planeta…

—¿Te refieres a la resonancia de Schumann?

—Exacto. Pero no a la relación con el pulso de la Tierra que seguro estás pensando. Olvidemos la supuesta conexión entre la resonancia de Schumann y el ritmo alfa de las ondas cerebrales que algunos pretenden demostrar y ciñámonos a la base científica probada.

Año 1990

(10 años después de la exposición de Khinda Rewer al
módulo del Apolo 14)

Capítulo 1

MCC-H, Houston, Texas

El calor y la humedad hacen irrespirable el exterior. Less recuerda cómo en 1980, Houston fue descrita por su aire acondicionado como la ciudad «más ventilada» de la Tierra. Se encuentra refugiado a 21°C en la Sala de Control de Misiones observando al transbordador Columbia en un monitor mientras espera su turno en la plataforma de lanzamiento en Cabo Cañaveral. Hace unos minutos ha despegado con éxito el Discovery usado para la misión STS-31 con el objetivo de llevar el observatorio astronómico Hubble a una órbita terrestre. De improviso, su grueso compañero Alec le estampa en el pecho un sobre no comercial con un sello de lacre quebrado. Less le observa con disgusto y sorpresa.

—George Rewer te reclama, me he tomado la libertad de leerlo en cuanto me lo ha dado el mensajero —aclara impúdicamente con un guiño.

—¿George Rewer, el magnate...? —pregunta Less con incredulidad.

—El mismo —responde Alec con una sonrisa enigmática—. Para ser más exacto, es su mujer la que está interesada en ti.

—¿Su mujer...?

—Treinta y pocos, rubia, buenas curvas... ¿No lees las revistas? —le interrumpe dibujando en el aire la silueta de una mujer, y sin poder contener la risa añade—: Quizá necesite cariño... —Se atraganta con su propia risa, mientras ejecuta un gesto obsceno—. En el interior del sobre figura la dirección, y yo no la haría esperar... Hay un vuelo privado esperándote en el aeropuerto de Ellington...

Less le mira desconfiado.

—... Y el mensajero te espera en la puerta.

El desconcierto de Less es total.

—Nueva York —sentencia Alec, sintiéndose orgulloso de sorprenderlo. Y en voz baja, añade—: El señor G. Rewer trabaja para nosotros desde hace años, pero eso es alto secreto. No la cagues, amigo... ¿Te vas a llevar ese sándwich?

El voluminoso compañero le da una fuerte palmada en la espalda y se marcha dejando a Less con el sobre abierto en las manos y un rancio olor en el ambiente.

En Nueva York, esa misma tarde, un hombre de mediana edad le recibe en el aeropuerto de La Guardia. Trajeado, de porte noble, con un simple gesto le invita a seguirle. Ambos de pocas palabras, durante todo el trayecto se limitan a cruzar esquivas miradas por el retrovisor, Less lo prefiere a una fútil conversación y lo agradece mientras toman dirección hacia East Hampton.

Se detienen unos instantes mientras las rejas altas y negras que custodian una mansión apartada de la ciudad se deslizan para cederles el paso. Less está ansioso por conocer el motivo por el que es reclamada allí su presencia pero, ante el elocuente silencio del chófer, decide no hacer preguntas y permanecer atento a lo que le rodea mientras atraviesan un cuidado jardín y dejan a un lado un recinto con una piscina y un mastodóntico edificio anexo.

El mismo chófer le abre la puerta del coche y espera en el porche de la puerta de entrada a la gran casa. Le acompaña por una suntuosa escalera en forma de media S hasta la puerta de lo que parece ser la habitación principal de la planta superior. Tom la golpea delicadamente, momento en que Less se quita el sombrero y lo sujeta por el ala con ambas manos. Es la hora de la verdad.

—Respete su dolor. —Son las únicas palabras que apenas susurra el reservado chófer antes de abrirse la puerta y ofrecerle paso.

Acorde al resto de la mansión, la habitación está lujosamente decorada con unos ostentosos muebles de corte clásico que, unidos a la penumbra, oprimen el ambiente y lo concentran sobre una gran cama cubierta por altos visillos, que se encuentra en el centro. Hay una mujer tumbada en ella, apenas puede adivinar su rostro, pero está lejos de ser esa mujer provocativa, rubia y de ojos verdes que le había descrito el inepto de su compañero. Velándola a su lado hay un hombre que vuelve lentamente hacia ellos su corpulencia sin ocultar su abatimiento. El chófer retrocede discretamente un paso y queda junto la puerta con un rictus solemne y la mirada perdida hacia el frente.

—Acérquese —le demanda quien parece ser el propietario de la mansión desde la cabecera de la cama.

Less cruza una mirada con Tom, que asiente. Duda un instante, el suficiente para cambiar el aspecto taciturno del anfitrión, que estalla en un inesperado exabrupto.

—¡He dicho que se acerque! —ordena con los ojos enrojecidos

Less intenta mantenerle la mirada y hace girar el sombrero entre sus manos antes de dar los primeros pasos.

—¿Quién es usted? —le interroga amenazante aquel hombre junto al lecho— ¿Por qué está aquí?

Less no contesta, no esperaba la misma pregunta que lleva horas haciéndose él mismo. Tampoco da su brazo a torcer y se limita a observar cómo el individuo presiona la pálida mano de la mujer.

El silencio envuelve la alcoba como una pesada capa hasta que la presencia del acompañante es descubierta por el dueño de la casa.

—Tom, ¿¡por qué sigue aquí!? Salga y cierre la puerta.

Tom obedece con más dolor que rabia u odio en su mirada pese a las malas formas en que es tratado. Al cerrarse la puerta, Less avanza hasta la cama: la mujer permanece inmóvil y en silencio. A través del visillo puede contemplar las facciones de su rostro pálido y delicado. Tiene los ojos cerrados y está cubierta hasta el cuello. Sin duda había sido una mujer hermosa.

—¿Por qué está usted aquí? —Less escucha de nuevo la pregunta de un G. Rewer ahora apagado, con una pausa entre cada palabra y una voz más calmada que parece tratar de ocultar el dolor.

En silencio, se aproxima un poco más a la cama y corre levemente el velo que la recubre. No habla, no piensa seguirle el juego a aquel energúmeno, por importante que sea. La mujer está extremadamente delgada, sin embargo nota el vientre abultado.

—Cariño —susurra el hombre, acariciando con el pulgar la mano de su mujer—, él está aquí.

No hay respuesta. Los dos hombres quedan escuchando el silencio de la mujer.

—¿No es lo que querías? —grita el magnate poniéndose en pie y soltando la mano—. Ustedes son los responsables — mascull entre dientes, con rabia contenida.

En ese instante, la mujer abre los ojos. No son verdes. Less no puede eludirlos y queda atrapado en ellos intentando recordar aquella oscura profundidad no desconocida para él mientras un vacío se abre en la boca de su estómago. El marido comienza a dar vueltas a la cama como ajeno a lo que allí sucede. Less, con manos temblorosas, deja caer la cortina y consigue romper el encadenamiento a aquella negra mirada. Se coloca el sombrero y, tras un ligero tambaleo, se dirige hacia la puerta de salida de la habitación. Antes de que el iracundo G. Rewer pueda intervenir rojo de ira, lo hace la mujer:

—Volveremos a vernos, señor Dean.

Esa misma noche, la señora Rewer sufrió una hemorragia cerebral que no pudo superar. Dieciséis horas después, el señor Rewer consiguió que los médicos trajeran al mundo a su vástago.

Año 1994
(4 años después)

Capítulo 1

Riverside Park, Nueva York

Less se encuentra leyendo apaciblemente el *Times* al norte de Upper West Side, cerca del Colegio donde participa en unas charlas matemáticas para profesores. Tiene las piernas cruzadas y sus ojos, de un azul intenso, pasean sobre las grandes páginas del diario. Unas incipientes canas en las sienes le dan una cierta distinción, en contraste con lo negro del resto de su cabello. Es media mañana y la gente empieza a acudir al parque. Carritos de niños, vigilados por *singles* de indefinidas edades y sexos, gente haciendo *footing* con camiseta ajustada de llamativos colores, paseadores de jaurías de perros aullando para hacerse oír entre ladridos, etc. Pero Less parece ajeno a todos ellos.

Un hombre corpulento se sienta al otro extremo del banco y apoya a su lado un vaso de café para llevar. Less no le mira. El hombre levanta la vista al frente y se quita las gafas, las limpia con un pañuelo blanco que luego usa para secar el sudor de su frente y cuello.

—¿Qué dicen sobre la undécima victoria de los Knicks sobre los Bulls? —Ante la indiferencia de Less, Alec vuelve a su cometido—. ¿Mismo sitio?

Less tarda unos instantes en asentir levemente sin levantar la cabeza del periódico.

—¿Te relevo? —pregunta el hombre mirándole.

Less pasa una página y niega con la cabeza, al tiempo que cubre con su sombrero el vaso de café.

Frente al parque se encuentra la *Escuela para Niños* del Colegio, donde la élite de la zona envía a sus hijos con la esperanza de que se conviertan en grandes hombres el día de mañana. Hace unos minutos que ha sonado la alarma del recreo y los niños juegan y corretean por el patio, ajenos a las grandes ambiciones de sus padres. Todos parecen divertirse, excepto uno, que se encuentra apartado del grupo en un extremo de la verja que rodea el recinto escolar y por la que, ensimismado, pasa de un barrote a otro tamborileando sobre ellos con los dedos en un monótono ritmo cadencioso.

Less, sumido en la lectura al otro lado de la valla, levanta la cabeza en el momento en que una niña pecosa y pelirroja se separa de su grupo de juego para acercarse al huraño chico que continúa en su obsesivo entretenimiento.

Less se lleva una mano a la oreja derecha.

La niña permanece indecisa unos segundos detrás del chico hasta que se coloca a su lado y le acompaña tamborileando en una barra de la verja sin lograr captar su atención.

—Hola, me llamo Allenda, pero todos me llaman Ally —se presenta la niña jovial.

El niño no responde e intensifica el tamborileo de sus dedos sobre la verja usando ahora las dos manos.

—¿Quieres jugar? —le invita Ally sonriente—. Siempre te veo solo, ¿estás castigado?

El niño tarda en reaccionar, pero finalmente se vuelve hacia ella. Less no puede ver su media sonrisa de agradecimiento ni tampoco sus ojos, pero incrementa la presión de su mano sobre el oído.

—Me llamo Phil —escucha Less desde el banco con mayor

nitidez.

La niña aplaude contenta. Phil es algo mayor que ella y Less, intrigado por la contestación del chico, se pone en guardia. Sin embargo, simplemente entablan una trivial conversación infantil que provoca en el rostro de Less una media sonrisa. Vuelve a la lectura del diario sin apartar la mano de la oreja hasta que la niña se aleja y se hace el silencio. Ahora el niño agarra los barrotes de la verja con las dos manos y le mira fijamente desde el patio de recreo del colegio, a unos cien metros.

Less deja el periódico sobre el banco y aguarda expectante. Finalmente, cansado de tantos días de trabajo infructuoso, toma un sorbo del olvidado café que le había traído su compañero y se levanta con decisión. Cruza el césped en dirección al colegio quitándose el molesto audífono de la oreja y lo deja colgando de un fino cable desde la solapa del traje. Sus días de permiso para seguir aquella corazonada están a punto de expirar y sabe que su fracaso no sentará nada bien en la Agencia. Se detiene cuando el timbre que anuncia el fin del recreo hace que el niño se retire de la verja, andando hacia atrás sin dejar de observarle hasta que llega la maestra con Ally para recogerle.

—Otro día perdido —maldice Less.

Capítulo 2

Wall Street, Nueva York

Less recorre sin mirarlas las imponentes columnas de la fachada del majestuoso edificio, en pleno centro de Wall Street, hasta llegar decididamente bajo la bandera que preside el vestíbulo. Entra por la puerta giratoria y se dirige con paso decidido a la recepción. La gravedad del rostro refleja los incontables fracasos. Hoy pondrá punto y final a aquella situación.

—Solicito una audiencia con el señor George Rewer —casi

exige Less.

—¿Tiene cita? —pregunta una joven, sin apenas prestarle atención.

—Señorita, haga el favor de comunicarle que el señor Dean está aquí.

La recepcionista levanta la cabeza y le estudia con desconfianza.

—Tranquila, señorita Evans. —El semblante de la joven revela la sorpresa de que conozca su nombre—. Esto no le supondrá ninguna amonestación. Todo lo contrario —añade Less con una sonrisa para infundirle la confianza que necesita.

El despacho se encuentra en la planta cincuenta y seis. Allí debe lidiar ahora con la secretaria personal del señor Rewer, algo que tampoco supone un gran reto para Less. Es muy persuasivo en el trato con las personas, especialmente con las mujeres.

—¿¡Usted!? —grita George desde el otro lado de su mesa.

Less se quita el sombrero y guarda silencio mientras el hombre se pone en pie y apoya ambas manos sobre una gran mesa de madera negra.

—Apártese de mi vista.

George Reewer, en pie y dejando caer el peso de sus hombros sobre los brazos apoyados en el tablero, vuelve la vista hacia abajo. Indiferente, el recién llegado avanza hasta quedar enfrente. No toma asiento.

—Su hijo es especial —replica Less simulando tranquilidad mientras cuelga el sombrero sobre una de las esculturas y le vuelve las palmas de ambas manos como disculpando la intromisión. Luego repite enfatizando—: ¡Su hijo es especial!

—Tiene el valor de presentarse aquí, ante mí —gruñe George rojo de ira—. Ustedes mataron a mi mujer —acusa sin miramientos.

—Ambos sabemos que eso no es cierto… —replica Less y deja pasar los segundos, sabe manejar los tiempos—. Por otra parte, eso no impidió que continuásemos trabajando juntos.

—¿Qué quiere de mí? —pregunta George Rewer, acusando el golpe.

—Nada, de momento… Solo su permiso para ver a su hijo.

George estudia en silencio la osadía del que sabe que es un gran científico, después vuelve a tomar asiento y acciona el intercomunicador. La puerta se abre al instante. «El chófer es diligente», piensa Less para sí, sin mover un músculo.

—Tom, acompañe a este sujeto a la planta de Phil y permanezca con ellos en todo momento. ¿Ha entendido? —La pregunta suena casi como una amenaza.

Tom asiente e invita a Less a seguirle. Apenas dan un paso cuando vuelve a intervenir George con aquella voz de permanente enfado.

—Dispone de cinco minutos.

El chico se encuentra en una especie de oficina adaptada como vivienda y sala de juegos. Mecanos y juegos de construcción se esparcen por gran parte del suelo y de la mesa. Phil mira por la ventana, dándoles la espalda.

—Hola, Phil —dice Less con cautela.

El niño se vuelve hacia ellos.

—Adelante, Phil —interviene Tom. Después se disculpa ante Less en voz baja—: Es algo reservado

—Buenas tardes, señor.

Less, sin despegar los labios, estudia la forzada decoración mientras pasea por la sala. Hay puzles complejos casi completos. Uno le llama la atención, cree reconocer la imagen del cometa Shoemaker-Levy 9 tomada recientemente por el telescopio espacial Hubble, antes de desintegrarse y lanzar sus fragmentos contra Júpiter. También halla una llamativa pila de bloques en forma de pirámide y numerosos papeles repletos de garabatos. Less toma uno de los papeles y vuelve a depositarlo en su sitio tras ojearlo, siempre vigilando con disimulo las reacciones de Phil.

—No le gusta que toquen sus cosas —se vuelve a disculpar Tom.

Less da una última vuelta antes de preguntar:

—¿Sabes quién soy, muchacho?

Phil niega con la cabeza.

Less se lleva un dedo a la frente antes de arrodillarse. Quedan cara a cara.

—¿Conoces mi nombre? —insiste Less.

El niño vuelve a negar, algo intimidado.

—Lo siento, señor —interviene Tom—, es hora de marcharnos. El señorito Phil todavía tiene que hacer sus tareas.

—Muy bien —concede Less, poniéndose en pie—. Tenía que intentarlo antes de volver.

—¿Volver? —pregunta Tom.

Less resta importancia a su comentario con un movimiento de mano y, chasqueando los dedos como despedida, se dirige hacia la puerta. Tom le acompaña mientras el niño sigue todos sus movimientos con detalle.

—Permítame acompañarle a la salida. —Se ofrece Tom al abandonar el cuarto del chico.

Less le observa y asiente después de decidir que sus palabras son sinceras.

En el exterior del edificio, Less agradece a Tom su amabilidad y acepta de nuevo sus disculpas en nombre del señor Rewer y de su hijo. Mientras baja las escaleras, Tom interviene por última vez:

—El señorito Phil no solo es reservado, a veces sueña despierto... y, entre usted y yo, detesta los juegos de construcción.

Less interrumpe sus pasos, pero cuando pretende volver, Tom ya ha desaparecido en el interior del edificio. Less consulta el reloj de bolsillo y se ve obligado a tomar la decisión de alejarse en busca de un taxi.

Capítulo 3

Houston, Texas

Las miradas de los investigadores del Departamento despiertan con un Less que, tras varias semanas de ausencia, irrumpe airado en la planta diáfana. Less Atraviesa entre las mesas sin saludar ni colgar el gabán y sombrero —que hoy no lleva—, como es su costumbre, para entrar con arrogante determinación en el despacho del director. Un despacho que pronto cambiará de dueño.

—¿Por qué me ha obligado a regresar? He de hablar con el chico y ambos sabemos que Alec es un completo incompetente —arremete con furia.

—¿Hablar? —pregunta el aludido con aparente calma.

Less intuye algo, pero continúa como un torbellino:

—Necesitamos a ese niño. He de ganarme su confianza para que hable conmigo —insiste con vehemencia.

—Ya ha hablado con él —sentencia el director, enigmático.

Less enmudece descolocado. En pocas ocasiones le ocurre, pero sabe encajar el golpe y permanece mudo. Entonces repara en la grabadora colocada sin disimulo sobre la mesa, entre ambos. Una intuición estremece todo su cuerpo y, cuando mira con conocimiento al superior, este asiente con altanería. Es el propio Less quien acciona la grabadora. El sonido no es bueno, apenas se escucha un repiqueteo entre molestos ruidos de estática. Ambos observan absortos cómo gira la cinta en el interior de la grabadora. Pasados unos segundos, entre los golpeteos, Less escucha la voz de su compañero Alec. Levanta la vista para chocar contra la sonrisa del superior.

—Dios mío, si es lo que creo, solo puedo decir que soy yo el auténtico incompetente... ¿Es lo que creo que es? Todos estos días... He estado ciego —se castiga Less.

Recibe por respuesta un sereno asentimiento.

—¿Qué nos ha dicho?

—Más de lo que pudiésemos imaginar. Vamos, alegre esa

cara. Su corazonada era acertada, siento haberle puesto tantas trabas.

—¿Morse? ¿Binario? ¿ANSI? —apunta Less, con el orgullo hendido.

—No exactamente, pero es interpretable. No son solo palabras. Es un diseño, nos está enseñando a construir algo.

REM

—Si todo falla, se activará el MEDEX.

—¿A qué te refieres, abuelo?

—Eso no importa ahora. Tu amigo Francisco Russo te lo explicará en su momento...

Tras unos segundos, la voz continúa:

—Si es necesario debes acudir a él.

—¿Quién es Francisco? —pregunta la inocente voz del niño.

—Alguien al que una vez conociste y pronto volverás a conocer.

John consigue dominar las voces e ir reduciéndolas a un murmullo hasta acallarlas por completo. Silencio y oscuridad ocupan ahora su mente, aunque sin convicción de soledad. Tiene escuchadas, casi vividas o revividas, tantas horas de conversación en sus sueños inducidos, que el esfuerzo por discernir si está o no en uno de esos trances es estéril. Al abrir los «ojos», vuelve a encontrarse entre los anillos de la Ciudad Lunar y su padre, el avatar de su padre, permanece frente a él, pero sigue siendo incapaz de encontrar una vía de comunicación para obtener la información que precisa.

Por más que no vibren sus cuerdas vocales o su boca no articule palabra, por más que el sonido no encuentre medio en el que viajar, es el poder del ser que tiene delante el que no le permite expresarse.

Cierra de nuevo los ojos e intenta concentrarse para rememorar la imagen del OVNI que visualizó en otro de aquellos sueños. Cuando los vuelve a abrir, su padre se encuentra algo más alejado. Está más cerca del centro de los anillos, esperándole. John avanza hacia él sintiendo crecer el miedo al inundarse su interior con infinidad de planos de una estructura que no es capaz de abstraer. Aun así continúa acercándose. Una vez alcanza la figura de Ken, resuenan de nuevo las voces. Pero ahora el escenario es diferente. Los aromas, la brisa, el lugar... todo cambia.

—El *ORCH* accidentado en la superficie lunar no cayó en un sitio al azar. Ni siquiera creo que se tratase de un accidente. Hoy quiero hablarte de la misión Apolo 20. La misión en la que todo salió mal, o casi todo...

—¿Murieron los astronautas?

—Murieron. —Hay un evidente dolor en la voz adulta—. Nadie lo supo jamás, murieron en el anonimato. Perdimos buenos hombres, auténticos héroes. Sin medallas ni condecoraciones. Yo estaba al mando de la operación, yo fui el responsable de aquellas muertes.

Se hace un silencio.

—¿Consiguieron recuperar el OVNI...? —pregunta la voz del niño.

—No, no. Ese no era el objetivo. El objetivo estaba debajo de él, enterrado a pocos metros en la arena sedimentaria del interior de un cráter en la cara oculta de la Luna.

Vuelven a quedar en silencio.

—Whitemann es la llave. Deberá aplicar el Protocolo Naranja cuando... Si todo falla. Él sabrá, sin realmente saberlo, lo que debe hacerse si yo ya no estuviera.

Al poco susurra casi para sí:

—Es más joven que yo.

—¿Qué quieres decir con que no estarás?

John vuelve a sentir que la conversación escapa a su control, que no recibe la información que ansía. Lucha por transmitir la pregunta de la doctora Allenda, pero no parece conseguirlo. De pronto, vuelve la voz del niño en otro tiempo y lugar con inusitada intensidad, ahogando incluso su consciencia:

—¿Para qué sirve la pirámide lunar? ¿Cómo funciona? ¿Quién la construyó?

—Controla su órbita y movimiento. —Tras un silencio—. No la construimos nosotros, ya estaba allí. Creemos que es antigua, increíblemente antigua.

Año 2040

Capítulo 1

Complejo ARCA, Antártida

—El chico nos ha estado mintiendo durante todo este tiempo. ¡Se lo advertí! Yo visité *perrrsonalmente* una de sus bases y le puedo asegurar que el señor Phil Rewer no es el *Paciente Cero*.

Acab apremia al profesor a ir al grano con un movimiento de mano.

—Además, sé que en ella esconden un *ORCH*. —Ante la cara de extrañeza de Acab, aclara—: Un OVNI.

—Por el amor de Dios, no estará hablándome de hombrecillos verdes. —Se burla Acab acentuando el movimiento de mano que todavía no ha bajado.

—El señor Ken… —comienza a decir el profesor Friedrich, pero deja la frase en el aire para replicar con mayor seguridad—: Leslie Dean reveló secretos del objeto a Ken y, por tanto, a John, que incluso ha podido verlo en uno de sus sueños.

El capitán Acab guarda silencio mientras estudia alternativamente los graves rostros de Allenda y Friedrich. Finalmente pregunta:

—¿Es cierto lo que afirma el profesor, doctora?

Allenda asiente con resignación.

—Necesitamos conocer la ubicación exacta de la base. En ella se encuentra el *arrtefacto* y el *Paciente Cero*. ¡Y quién sabe si incluso el ansiado antídoto! —interviene impaciente Friedrich, aprovechando su oportunidad—. Para ello necesito poder tratar a John Dean *perrsonalmente*. Además, el muchacho se ha prestado a colaborar de forma voluntaria —sentencia triunfal.

Allenda vuelve a asentir en silencio ante la quieta mirada de Acab.

—Si tal paciente ha existido alguna vez, ahora sin duda estará muerto —gruñe el capitán.

—No, capitán, esos pacientes no mueren —vuelve a tratar de explicarse el profesor—. Digamos que se mantienen en un estado de animación suspendida. Algún tipo de hibernación similar a la de Phil Rewer.

Capítulo 2

Complejo ARCA, Antártida

—*Porr* fin solos, hijo —casi ronronea el profesor Friedrich frotándose las manos.

John Dean, hasta ahora en silencio, toma asiento en el antiguo sillón de Phil

Rewer, en el mismo centro del laboratorio del malogrado doctor McKee.

—No es necesario que use ese estúpido acento, profesor McFriedrich —dice John con sorna, jugando a confundir los nombres.

—Muy bien, muy bien. Vayamos al grano. Sabe con certeza que McKee vive en mi persona, pero precisamente por eso yo también sé mucho de usted. Usted es una parte importante de los recuerdos del doctor McKee.

John, impasible, permanece quieto y observa al profesor moviéndose a su alrededor para ajustar el equipo. Se deja hacer con desdén mientras le venda los ojos.

—¿Es necesario? —pregunta finalmente.

—Por el momento, lo es —responde Friedrich sin interrumpir sus preparativos—. Lo siento.

Pasan unos minutos.

—Joven, sé que usted nos ha estado ocultando información valiosa. No le culpo... Pero ya es hora de conocer por fin la verdad.

—¿Está seguro? —John cambia languidez por desafío.

El profesor Friedrich, sin desviar la mirada, pierde el ritmo de su intervención y por un instante queda en alto el electrodo que está conectando al pecho del joven. Inmediatamente responde.

—Bastante seguro.

John le deja reflexionar un tiempo antes de volver a intervenir.

—Podría engañarle si quisiera...

Friedrich ignora el comentario y continúa cubriéndole de electrodos pecho y torso.

—¿Entrará en mi mente? —insiste John.

El profesor acerca el carro con el resto de instrumental antes de responder:

—No, no... No quisiera acabar como nuestro querido doctor McKee. Me limitaré a volcar sus recuerdos en la computadora.

—Eso es cobardía. Lo suponía —replica John autosuficiente—. Como le decía, puedo volver a engañarles. Nunca podrán diferenciar con exactitud lo que es realidad, sueño o simple imaginación.

El rostro de Friedrich se endurece e interrumpe la preparación. Con los ojos vendados, John intuye irritación y una chispa de indecisión en la mirada del profesor.

—¿Qué pretende, John?

—Simplemente opino que todo esto es... digamos... innecesario. Ustedes acabarán sabiendo exactamente lo que yo quiera que sepan.

—Es demasiado arrogante dada su corta edad, ¿no cree?

—Solo soy sincero.

—Muy bien —concede el profesor, retirándole la venda de los ojos—. Dígame entonces por qué estamos aquí.

John le mira fijamente hasta que una vez satisfecho, afirma:

—Esta vez quiero ayudar.

—Excelente —exclama el profesor fingiendo una exagerada alegría—. ¡El joven señor Dean quiere ayudar! ¿Y cómo piensa hacerlo, si se me permite la indiscreción?

—Respondiendo a sus preguntas.

—Entiendo. Por lo tanto, no es necesario el uso de mi neuro-espectrógrafo... ¿No estará tratando de eludirlo?

—Yo no he dicho eso, la máquina es necesaria.

—¿Necesaria?

—Sí. Pero preferiría empezar con las preguntas.

El profesor Friedrich, guardando un tenso silencio, separa uno a uno los electrodos de la piel del niño. Después pasea absorto a su alrededor.

—¿Desde cuándo ve a su padre?

—Desde que abandonó este complejo —responde de inmediato—. Siempre en los sueños inducidos por ustedes.

—¿Puede hablar con él?

—No directamente, pero eso ya lo sabe, profesor —matiza impaciente—. Se lo expliqué a la doctora Allenda.

—Por favor, tenga paciencia... ¿Qué es exactamente la pirámide lunar?

—Nadie lo sabe. Ni siquiera mi bisabuelo Leslie...

—¿Sabe si está en funcionamiento?

John asiente con la cabeza antes de responder.

—Puedo escucharla en mis sueños. La siento vibrar...

—Sabemos que el Rascasuelos de México, D.F. no es una ciudad subterránea ni tampoco un refugio, ¿me equivoco? —John mueve la cabeza dándole la razón—. He preferido mantenerlo en secreto por el momento, ¿cree que he hecho lo correcto?

John asiente.

—¿Podría explicarme qué es exactamente el Rascasuelos y cómo funciona?

John se pone en pie, toma la diadema del carro de intervención y la examina con curiosidad ante el irritado profesor.

—Veo que usted no sabe nada.

—¿Qué quiere decir?

—Las preguntas… no son las adecuadas. Perdemos el tiempo. —Pasan unos tensos segundos—. En el Rascasuelos hay otro como yo. Pronto el trabajo del general Irwin, Anderson y todos sus habitantes habrá concluido… —asegura John, duro y enigmático.

—Quiero que le pregunte a su padre por la pirámide… ¿Para qué sirve con exactitud? ¿Está realmente en funcionamiento? ¿Cómo se activa? —replica Friedrich evidentemente molesto y herido en su orgullo.

—El turno de preguntas ha concluido, profesor. Pero estamos aquí por otro asunto, ¿verdad?

John vuelve a sentarse y se coloca la diadema que aún sostiene entre las manos.

—¿Quiere o no quiere conocer la localización de su base secreta?

—¿La conoce? ¿Sabe dónde guardan el *ORCH*? —pregunta el profesor, impaciente.

John niega.

—Lo desconozco, pero está todo aquí —asegura señalando los extremos de la diadema sobre sus sienes—. Por eso le he dicho antes que su juguete es necesario. Cuando quiera podemos comenzar. Estoy listo.

El profesor, paciente y metódico, vuelve a preparar el kit de electrodos.

—Cree saberlo todo, muchacho, pero no es así. Yo liberé la mente de su padre y podría abrir la suya, ¿lo comprende? Me necesita tanto como nosotros le necesitamos a usted.

John cierra los ojos y guarda silencio.

El profesor Friedrich le aplica los sensores de flujo y conecta el regresor. Utiliza un microscopio para inyectarle un neuroléptico con la intención de conseguir un bloqueo psicoafectivo. Le dice suavemente:

—Concéntrese en los planos, déjelos fluir...

Capítulo 3

Complejo ARCA, Antártida

La Asamblea, la sala más amplia del complejo, parece aún más grande al encontrarse casi vacía y con las sillas apiladas en un extremo. Solo tres figuras se inclinan sobre la ovalada mesa digital. Los rostros, apenas iluminados por la luz que desprende la superficie de la mesa, se muestran serios, especialmente el del capitán Acab. El profesor Friedrich estudia de reojo todas sus reacciones faciales según va deslizando las imágenes sobre el tablero. La doctora Allenda parece ausente, mira sin mirar. En el momento que se muestra la imagen del bosque lunar, el profesor Friedrich se yergue y toma la palabra:

—Las Misiones Orbiter revelaron la existencia de extrañas estructuras en la cara oculta de la superficie lunar. La misión Apolo 14 fue una monumental farsa. El objetivo real de la misión era estudiarlas, y encontró algo que escapaba a nuestro entendimiento. —Deja pasar unos segundos para que el capitán asimile la información antes de continuar—. Lo que está ocurriendo no es casual, nosotros también fuimos responsables del inusitado alejamiento lunar. La raza humana es destructiva por naturaleza... Cuando no comprende algo, lo teme, e intenta destruirlo. Sí, señores... Por eso usamos bombas nucleares en posteriores misiones para tratar de eliminar esas formaciones que tanto nos preocupaban. Antes, por supuesto, buscamos un motivo, un pretexto que lo justificase. Como siempre hacemos. En este caso, los militares alegaron que era preferible destruirlas a que cayeran en manos de nuestros enemigos...

Acab, dándose por aludido, levanta altivo la cabeza y le atraviesa con la mirada. Pero Friedrich continúa.

—Al intentar destruirlas, activamos de forma involuntaria lo que posiblemente estaba programado en la pirámide de su centro. Desconocemos la causa concreta, tal vez un mecanismo de defensa, quizá provocamos un mal funcionamiento. Lo que sí sabemos con certeza es que ese bosque de anillos y su pirámide invertida es una especie de máquina cósmica, tal vez parte de un desconocido sistema gravitacional capaz de controlar la órbita lunar.

—¿Quién la construyo?

—El origen de los constructores nadie lo sabe, ni siquiera Leslie Dean… Sin embargo, sí fuimos capaces de construir una réplica de la misma en la Tierra. Con ayuda de los propios…

—¡Imposible! —exclama Acab, golpeando la mesa con el puño—. De nada de ello he sido informado.

—No se ofenda. Usted es un peón más, como cada uno de nosotros. Cada peón cumple la función que Leslie planificó que desempeñase, sin saber nada más que lo imprescindible. Piense que somos simples servos en un engranaje que escapa a nuestra comprensión. Es precisamente ahora cuando Leslie Dean nos pide que volvamos a actuar.

—Leslie está muerto —insiste secamente el capitán.

—Leslie Dean está vivo, y usted lo sabe bien. Sabe que se comunica con nosotros justo en los momentos oportunos. Todo está planeado al milímetro. Desconocemos cómo, pero de alguna manera fue y es capaz de anticiparse a todo lo que ocurre. Como sabe, el alejamiento lunar se está deteniendo. Al parecer su nieto, Ken Dean, pudo alcanzar esa estructura lunar y manipularla. Y creo que nuestra tarea consiste en activar la réplica terrestre.

La doctora Allenda niega con la cabeza. El cabello, cuyo fuego se ha ido apagando con los reflejos de cada vez más brotes plateados, cae sobre sus penetrantes ojos, que todavía destellan en azul.

Acab interviene:

—¿Quiere añadir algo, doctora? —pregunta, confundido.

—El proceso de activación del Rascasuelos ya está operativo y es irreversible. —La sentencia encierra una seguridad irrefutable.

Ambos la miran.

—Me lo dijo John —explica escuetamente.

—Puede que tenga razón, doctora —concede Friedrich, reflexivo—. Entonces nuestra misión es hacer que se cumpla el destino de John, como ayudamos a su padre a cumplir el suyo. Además, Ken le reclama en sus visiones, mejor dicho, en sus sueños —se corrige.

Allenda vuelve a negar con la cabeza e interviene con desazón en la voz:

—El tratamiento de John aún no ha concluido. Si liberamos su mente, como propone, le mataríamos.

—Un momento —interrumpe Acab—, ¿estamos hablando de hacer llegar a John a la Luna? Eso es totalmente inviable. No disponemos de ninguna otra nave, estamos atrapados aquí adentro sujetos a esta luz artificial y sin posibilidad de ver el exterior. ¿Cuándo piensan comprenderlo?

El profesor y la doctora cruzan una mirada. El ligero asentimiento con el que ella responde da pie a Friedich a ejecutar con ambas manos unos rápidos movimientos sobre los controles de la mesa para que esta se convierta en su totalidad en un mapa de la superficie terrestre sobre el que resaltan tres ubicaciones en rojo. Con destreza, ajusta a la mesa un dispositivo que de inmediato desprende una luz azulada en forma de cono invertido para revelar, girando en su interior, imágenes de una compleja obra de ingeniería.

—Es un holograma de los planos extraídos directamente de la memoria de John. Unos diseños facilitados por su padre, Ken Dean, o tal vez sería mejor decir, por el fantasma de Leslie Dean.

El capitán Acab le interroga con la mirada, pero Friedrich guarda silencio. Al cabo, da un paso y, ladeándose, señala uno de los puntos rojos del mapa:

—Presa Hoover.

El militar, entre incrédulo e irritado, vuelve a intervenir con un gruñido:

—Vuelve a hacerme perder el tiempo. La presa Hoover se encuentra a miles de kilómetros del ARCA. Es un objetivo fuera de nuestro alcance.

—Pueden pasar —susurra Friedrich, acercando los labios al brazalete Vitam que cubre parte de su antebrazo.

Un instante después, Iben Jacobsen y Erik Akku entran en la sala. Iben se aproxima a la mesa mientras Erik se mantiene apartado, guardando la puerta con los brazos cruzados. Un silencio opresivo inunda el vacío de la Asamblea.

—Por eso este caballero —el profesor Friedrich señala al recién llegado Iben—, debe contactar con el Rascasuelos. Desde allí hay solo unos dos mil quinientos kilómetros. —Como respuesta a sus palabras, se traza sobre el mapa la ruta más corta entre ambos puntos.

Acab escruta a los nuevos invitados. El trato con civiles le exaspera; con el rostro rojo de ira, va midiendo sus palabras al replicar:

—Creo que no lo ha entendido, profesor. El general Irwin no permitirá que nadie abandone el Rascasuelos. Al igual que yo no permitiré que nadie entre o salga del ARCA...

—Ahí es donde interviene el señor Markus Whitemann —apunta Friedrich, cediendo la palabra a Iben.

—El señor Whitemann sigue con vida, capitán —confirma Iben sin atreverse a mirarle directamente a los ojos—. Se encuentra en un búnker subterráneo situado en el exterior del Rascasuelos. Es rehén de un grupo paramilitar, me lo comunicó nuestro enlace allí, Julius Anderson.

Un rotundo golpe en la mesa interrumpe el discurso de Iben. El rostro de Acab se endurece aún más. Odia no controlar la situación.

—Lo siento, capitán. Por motivos de seguridad, Anderson me obligó a ser discreto por el momento.

Acab, con las manos tensas en la espalda e ignorando la

aclaración de Iben, da una vuelta alrededor de la mesa. Sabiéndose observado por el resto, estira el tiempo y la tensión del momento antes de exigirles una explicación.

—Los captores cuentan con cuatro vehículos, dos blindados y dos aptos para todo tipo de terreno. Están equipados con armas, provisiones y combustible... Hemos de organizar una partida y, para ello, usted debe hablar personalmente con el general Irwin. —Al escuchar el nombre de Irwin, Acab hace un gesto de reconocimiento.

—Está bien —concede—. Supongamos que salimos, que llegamos a Nevada y que nos hacemos con un maldito OVNI... Si ellos no consiguieron hacerlo funcionar, ¿por qué nosotros sí íbamos a poder?

Iben se vuelve hacia el profesor y recoge fuerzas para continuar.

—Ken Dean lo hizo. Quizá su hijo también pueda...

El capitán Acab levanta los brazos con gesto de disconformidad e incredulidad. Vuelve a pasear alrededor de la mesa mientras habla:

—Supongamos que alcanzan la base, supongamos también que cargan el supuesto OVNI. —Les desafía uno a uno con la mirada antes de proseguir—: Nunca podrían traerlo hasta aquí, hasta John.

Acab dibuja una fría sonrisa mientras deja de nuevo en el aire un espeso silencio, casi saboreando la victoria, hasta que el olvidado Erik interviene desde la puerta con los brazos aún cruzados.

—Quizá no sea necesario traerlo... Quizá baste con llamarlo.

Los cuatro contertulios, desconcertados, se vuelven hacia él para escucharlo.

—Durante la construcción del ARCA, en el exterior, junto a la estación de comunicación, se instaló una plataforma de un metal áureo, algo menor que el helipuerto. Nunca había visto nada igual, pero aunque el secretismo era absoluto, pienso que está dotada de lo que yo identifiqué como unos potentes aceleradores magnéticos. No pudieron verla a su llegada porque se encuentra enterrada bajo la nieve. Intacta. Además descubrí que está conectada con la sala inferior que contenía la cápsula usada por Ken Dean.

Todos continúan mirándolo, incrédulos.

—Puedo mostrársela —concluye, separándose de la pared.

—Como le he dicho, cada uno de nosotros sabe exactamente lo que debe saber. ¿Qué sabe usted, capitán Acab? —pregunta Friedrich, arrebatándole aquella sonrisa indescifrable.

Capítulo 4

Catedral, Ciudad Amurallada, México, D.F.

Niebla. Las cámaras exteriores no muestran más que nieve y niebla soportando los crujidos de continuas descargas eléctricas. Han transcurrido más de tres meses desde la desaparición de los dos vigilantes que permanecían en la superficie y la bruma sigue rodeándoles. La tensión y el desánimo aumentan con cada minuto que pasan allí encerrados. Al parecer todos están tan condenados como Whitemann.

Dos hombres desaparecidos en el exterior. Muertos. Y otros dos ejecutados en el interior. Enfermos. Guzmán no es un asesino despiadado. No hubo alternativa. Ha prohibido toda salida al exterior hasta que la niebla se disipe y recuperen la visión exterior. Antes caía con la llegada de la noche y se levantaba con el alba. Ahora no llega a levantarse.

Todo ha empeorado. Solo quedan siete con vida, incluyendo al rehén. Tampoco funciona la comunicación con el interior del Rascasuelos.

Guzmán es consciente de que Whitemann es la única baza que tienen ante el general Irwin, pero también sabe que el miedo, la impotencia y la asfixiante claustrofobia están haciendo mella en el espíritu de sus hombres y que no están dispuestos a compartir los escasos alimentos y medicinas con él.

Ha estado protegiendo al rehén durante todo este tiempo contra la ira de la mayoría de los mercenarios. En cierta forma le respeta. Sin duda es valiente para ser un maldito científico y un despreciable político. Aun sabiendo que pronto será ejecutado, Whitemann parece aceptar estoicamente su destino.

Pero a él solo le respetan porque le temen y por eso no puede mostrar debilidad hacia el prisionero. Ya no puede continuar suministrándole a escondidas el antídoto como lo ha venido haciendo durante el sinfín de interrogatorios. Por el momento consigue mantenerlo aislado, encerrado en una habitación separada mientras el resto de los recluidos reclaman su cabeza.

Su suerte está echada: la tendrán.

Guzmán no quiere más muertes, pero sabe que nada puede detenerlos y que de otra forma serían dos las cabezas que rodasen. Suele permanecer apartado de sus hombres, inaccesible y tratando de buscar una solución. Necesita encontrar una vía de escape que le haga ganar algo de tiempo. Y de pronto esta llega con una llamada:

—Jefe, hay una llamada del Rascasuelos. Al parecer han logrado restablecer las comunicaciones. Es el general Irwin.

Guzmán se pone en pie y escruta el rostro desconfiado de sus hombres que, rudos y desafiantes, le miran con absoluto desinterés, sin dar importancia a la novedad. Se aproxima a los monitores: la niebla sigue allí, pero ahora se abre en ciertos instantes y puede entreverse algo del exterior.

—General… —responde Guzmán con odio contenido.

—Soldado, escuche…

—¡Escuche usted, general! —grita enfurecido—. ¡Nos tendió una trampa! ¡Esto no es un refugio! ¡Es nuestra tumba! Apenas disponemos de víveres y medicinas. Mis hombres enferman y mueren. Nos atacan…

—¿Markus Whitemann sigue con vida? —le interrumpe el general Irwin.

Silencio.

—No por mucho tiempo. Ahora le diré lo que va a ocurrir:

vamos a salir ahí afuera y vamos a volar la entrada de su preciado y confortable Rascasuelos.

—Basta de amenazas, soldado —interviene Irwin con voz inflexible—. Y ahora preste atención a mis palabras. Su acceso al Rascasuelos es totalmente inviable, y los riesgos a los que se exponen en la Catedral no se limitan a alimentos y medicinas. Los niveles de CO_2 y radiación están aumentando de forma alarmante en el exterior, pronto no serán tolerables para el cuerpo humano. Deben abandonar la zona de inmediato. Existe otro refugio…

—Ja, ja —interrumpe Guzmán con una falsa risa de incredulidad—. ¿Más trampas? No, mi general, ustedes morirán con nosotros.

—Silencio —exige Irwin—, sus armas son inofensivas contra la estructura que sella la entrada. Debe escucharme, solo trato de salvarles la vida. Como le he dicho, existe otro refugio no muy lejos de sus coordenadas, a apenas un par de días de camino.

—¿Un par de días? Se ha vuelto completamente loco, general.

—¿Conoce la presa Hoover? —Vuelve a interrumpirle.

Guzmán se lleva una mano a la frente para mirar discretamente a sus hombres antes de responder. Todos tienen la mirada clavada en su espalda y permanecen atentos, sin respirar. Piensa a toda velocidad. Debe mostrarse inflexible ante ellos, pero también debe aceptar la propuesta del general. Mejor, debe conseguir que crean ser ellos los que la aceptan. Nada gana con arrastrar a los miles de personas refugiadas en el Rascasuelos en su muerte. No piensa hacerlo y, por supuesto, el general Irwin lo sabe.

—¿Sabe, general? Lo primero que haremos es ejecutar a Whitemann. Usted lo mató al traernos aquí, no nosotros.

El grupo de mercenarios asiente.

—Si mata al señor Whitemann, ustedes morirán con él —replica Irwin con voz calmada.

—Lo siguiente que haremos es salir, volar el maldito Grifo y, quizá, buscar ese otro refugio.

—Repito, sus armas son ineficaces. Además, Whitemann es la llave de acceso al otro refugio. Sin él no podrán entrar.

—¡Mentiras! Vélez, traiga al prisionero. ¡Ahora!

El aludido se pone en pie como un resorte.

—Lo que piensa hacer es firmar su sentencia de muerte y la de sus hombres. Hemos trazado la ruta, puede verla en los monitores.

Vélez vuelve con Whitemann y lo empuja al suelo junto a Guzmán. Este le coge por la nuca exponiendo su garganta.

—¿Te dice algo la presa Hoover? —le interroga fuera de sí.

—Trabajé allí algunos años —responde Markus con sorpresa.

—¿Algo más?

—Nada más.

—Es todo lo que necesitaba saber, ahora ponte de rodillas.

Guzmán coloca al rehén de forma que la cámara pueda recoger la escena a la perfección. Después levanta la vista y grita contra el objetivo:

—Más mentiras, general. Moriremos todos por ellas.

—Pregúntele por el Protocolo Naranja. —La voz de Irwin mantiene la calma.

Whitemann habla antes de que nadie más pueda hacerlo.

—Es alto secreto. Leslie Dean me hizo trabajar en él durante un par de años. Nunca llegué a entender su finalidad. Ni siquiera entendía el porqué de mi presencia en aquella vasta red de túneles subterráneos de la Presa… Hasta, quizá, ahora…

Guzmán desenfunda el cuchillo.

—Basta de palabrería.

—Jefe, no perdemos nada por escucharle —dice con cautela uno de sus hombres.

Guzmán oculta a sus hombres la sonrisa de triunfo que se forma en su rostro mientras devuelve el cuchillo a su funda. De una patada tira a Whitemann al suelo.

Capítulo 5

Exterior Catedral, Ciudad Amurallada, México, D.F.

El brillo de las armas que exhiben manifiesta el deseo por volver a la acción de los tres mercenarios que, con rostros impacientes, vigilan a escasos metros de los carros blindados. Inconscientemente, sus desconfiadas miradas se desvían hacia la densa niebla que, como cada tarde, se va espesando a su alrededor antes de volver, inexorablemente, a caer sobre ellos. La posibilidad de abandonar aquel encierro ha devuelto el ánimo al grupo de hombres que, incluido Guzmán, trabajan con vehemencia en la puesta a punto de los vehículos y en el traslado de la carga necesaria. Por fin, al menos, intentarán dejar atrás la siniestra bruma.

Otra vez aquella claustrofóbica oscuridad. Confunde el latir de su propia sangre en las sienes con los golpes metálicos, los pasos presurosos y los gritos que provienen del exterior. Las voces suenan lejanas. Son voces secas y amenazantes, cargadas de ira y urgencia. Voces que tratan de ocultar el miedo. Markus Whitemann sabe que no soportará volver a pasar por todo de nuevo, los días de reclusión y soledad amenazan con violencia su equilibrio mental. Pronto su mente se resquebrajará en pedazos y casi desea que ocurra cuanto antes. La gruesa tela le dificulta la respiración y convierte cada toma de aire en un suplicio. Quizá lo mejor sea levantarse y correr con la esperanza de que una bala ponga fin a su sufrimiento. La agonía se prolonga indefinidamente, hasta que un rugido precede a que todo vibre a su alrededor. Vuelve a encontrarse en el vientre de una de esas bestias de hierro. Escucha el estruendoso cierre de la escotilla y siente el eco en su estómago. Alguien le quita la capucha, justo a tiempo para vomitar entre sus propias piernas. De nuevo encuentra a Guzmán sentado en el banco de enfrente con la desgastada bota militar descansando sobre el suyo, con aquella imborrable mueca de sonrisa y mascando groseramente su tabaco, yerba o lo que quiera que sea.

—Conozco bien al general Irwin —dice Guzmán, hablando casi para sí—. Jamás nos permitirá entrar al Rascasuelos.

—Quizá no esté en su mano hacerlo.

Guzmán se arrellana en su asiento con una carcajada.

—Amigo, serví bajo sus órdenes y te aseguro que aunque pudiera no lo haría. —Escupe antes de continuar—: Toda esta farsa es solo para alejar la amenaza de su lado. Muertos dejaremos de ser una amenaza —concluye ampliando la sonrisa.

—¿Y por qué lo hacemos? —pregunta tímidamente Markus.

Guzmán le observa durante unos segundos antes de contestar.

—Lo creas o no, yo no soy ningún asesino. No hay honor en morir matando, aunque no todos aquí piensan como yo. —Dibuja un círculo en el aire con su dedo índice—. Respeto al general...

Una tos acuosa interrumpe sus palabras y le obliga a escupir de nuevo. Marcus no puede dejar de observar el esputo.

—Está enfermo.

—Ja, ja —ríe entre toses de nuevo Guzmán—. Tu numerito del Grifo ya le ha costado la vida a varios de mis hombres y también se cobrará la mía, pero a su debido tiempo...

—Fuiste tú quien ejecutó a esos hombres, no yo.

Por primera vez Guzmán borra la sonrisa de la cara para aproximarla amenazante al rostro del prisionero.

—¡Estúpido inconsciente! Tú provocaste el motín que les costó la vida. Eran ellos o nosotros. ¿Aún no lo comprendes?

Un segundo después se separa y vuelve a acomodarse y mostrar la cínica sonrisa mientras mastica y continúa hablando.

—No te guardo rencor, y al general tampoco. Tú tampoco debes hacerlo, ambos hubiésemos hecho lo mismo en su lugar. Puedo verlo en tus ojos. Eres valiente y por eso sigues vivo.

Pasan unos minutos en silencio, siempre vigilado por aquella siniestra sonrisa y sufriendo los sanguinolentos esputos. El traqueteo del carro les hace tambalearse: la cabeza de Guzmán, recostada sobre el banco con los ojos cerrados, se mueve a su compás acaricia el mango del cuchillo de su bota. No se molesta en abrir los párpados cuando habla de nuevo con voz monocorde.

—Jamás me discutas o me lleves la contraria delante de mis hombres. Jamás hagas o digas algo que pueda molestarme o molestarlos a ellos. Jamás hagas una tontería… ¡Jamás! —Levanta la voz—, o yo mismo te rebanaré el cuello sin pensarlo un segundo. ¿Me has entendido?

Whitemann asiente en silencio.

—No sé cuánto hay de verdad en las promesas del general Irwin, pero quiero que actúes en todo momento como si sus palabras fueran ciertas. Quiero que actúes como si supieras lo que estás haciendo, como si realmente pudieras salvarnos la vida. Sé un buen actor hasta el final. No les permitas dudar, la duda es tu peor enemigo. La duda puede ser tu sentencia de muerte. ¿Me sigues?

Sin permitirle contestar, Guzmán se incorpora y extiende un viejo plano sobre sus raídos pantalones de camuflaje. Una línea trazada con rotulador azul une los dos puntos rojos. Guzmán sigue la ruta lentamente con el dedo índice.

—¿Conoces a un tal Francisco Russo?

Markus asiente.

—Él ha calculado la supuesta mejor ruta. —Y dibujando algunos círculos con el dedo sobre el mapa, añade—: Ha identificado estas áreas como zonas muertas. Asegura que las condiciones para la vida humana en ellas son imposibles. Tampoco cree que funcionen las comunicaciones ni los aparatos eléctricos, ni siquiera tenemos la seguridad de que estos carros de hierro sigan rodando al atravesarlas. —Golpea el lateral del tanque—. Por ello necesitamos este viejo mapa.

Guzmán permanece un rato estudiando el mapa, ni siquiera levanta la vista al formularle una nueva pregunta:

—¿Le crees?

Markus Whitemann se encoge de hombros, lo que provoca que Guzmán automáticamente saque el cuchillo y le acaricie el cuello con su afilada hoja.

—Te he dicho que no debes dudar ni por un instante. Si estuviera presente uno de mis hombres, me vería obligado a matarte.

Markus, completamente inmóvil, asiente con un susurro de voz.

—La presa se encuentra a unos tres mil kilómetros —continúa Guzmán, separando el cuchillo de su cuello—. Antes podríamos cubrir esa distancia en dos días. Sin embargo, con la nueva ruta y las nuevas condiciones del terreno no creo que podamos llegar antes de tres o cuatro. Yo os llevaré hasta allí, la pregunta es: ¿una vez lleguemos, serás capaz de encontrar la entrada para nosotros?

Whitemann asiente con energía y Guzmán, complacido, se ríe con una carcajada y le da unos contundentes golpes en la espalda.

—¡Buen chico! ¿Lo ves...? No es tan difícil mentir.

Capítulo 6

Río Grande, frontera entre Estados Unidos y México

Guzmán abandona su actitud de ausente reposo y clava la vista en el radar de posición. Sobre los rugidos de los motores y traqueteos, Markus Whitemann escucha el rítmico pitido que hasta ahora no existía para él. Sigue con la vista el barrido constante de una línea verde y su estela sobre la cuadrícula de la pantalla circular. Los cuatro puntos de los vehículos se iluminan formando una línea cada vez que pasa sobre ellos. El primero se encuentra algo separado del resto, casi fuera del alcance del radar.

—Vamos a entrar en Zona Muerta —informa el piloto.

Guzmán responde sin apartar la mirada del radar.

—De acuerdo. Transmite nuestras coordenadas al Rascasuelos y mantenme informado de cualquier anomalía por pequeña que sea.

—Entendido.

—Comunica al resto del convoy que tenga preparadas las máscaras de oxígeno —ordena Guzmán.

—Jefe, hemos sellado los vehículos y no creo…

—Hágalo —interrumpe Guzmán con voz áspera.

Cuando apenas transcurren un par de minutos, Guzmán vuelve a hablar con el piloto:

—¿Tiempo estimado de cruce?

—Unas cinco horas.

—Muy bien, abre tu canal para que todos podamos escucharte y ve informando.

Guzmán vuelve a recostarse y cierra los ojos, pero pronto un ataque de tos le hace doblarse sobre su vientre y escupir por enésima vez.

—La niebla se espesa —informa el piloto para todos los vehículos.

Whitemann escucha la voz algo distorsionada por los altavoces interiores mientras observa cómo Guzmán permanece recostado con los ojos cerrados y sin hacer comentario alguno.

—Hemos perdido conexión con el Rascasuelos, y la comunicación con el resto de vehículos suena entrecortada y llena de parásitos. Con el vehículo explorador es todavía más débil —continúa informando el piloto algo más tenso.

Guzmán tarda unos segundos en responder, y lo hace sin abrir los ojos ni cambiar de posición:

—Que aminore la marcha, cuando le demos alcance seguiremos en formación de a dos.

—Entendido —acata el piloto antes de repetir por radio las órdenes de su jefe.

Whitemann permanece en completo silencio, pero su vista ya no puede apartarse de aquel radar verde. En él observa cómo los tres vehículos recortan terreno al más alejado y, al alcanzarlo, se rompe la línea para formar de dos en dos.

—El vehículo rastreador informa que los edificios son apenas escombros.

—El mundo se reduce a escombros —replica Guzmán, con voz cansada, ante el irrelevante comentario.

—No, jefe. Se refiere a que ahora son simples montones de arena rojiza. No queda rastro de ellos.

Guzmán saca una bolsita de uno de los innumerables bolsillos de la polvorienta chaqueta militar, la abre cuidadosamente y se lleva a la boca una pequeña pieza, similar a una onza de chocolate. Mientras la empieza a mascar, dice:

—Continuad la marcha y no os detengáis ante nada, ¿entendido?

—Entendido.

Al poco, el piloto vuelve a informar:

—La calzada está atestada de coches abandonados. Y un kilómetro más adelante hay un túnel de casi un kilómetro de longitud.

—Maldito Francisco —masculla Guzmán, incorporándose para desplegar el mapa sobre sus rodillas.

En ese momento, Whitemann ve cómo la pantalla del radar se apaga bruscamente. No se atreve a comentarlo, permanece inmóvil y en silencio.

—Jefe, puede que la situación no sea tan grave. Pasamos con facilidad sobre los turismos, se deshacen bajo nuestras orugas.

Guzmán sonríe.

—Es como si fuesen maquetas de cartón piedra, similares a las que usaron los iraquíes en la Guerra del Golfo.

Guzmán tuerce el gesto y parece reflexionar unos segundos antes de volver a intervenir:

—Sigamos la marcha, ignorad todo lo demás.

Tras aproximadamente una hora de relativa calma, vuelve a intervenir el conductor visiblemente excitado.

—El otro carro blindado informa de una grieta en un lateral del casco.

—¿Tamaño? —pregunta Guzmán de inmediato.

—Fina, de unos diez centímetros de longitud.

Guzmán se pone en pie y le lanza una máscara al piloto y otra a Whitemann.

—Que todos se pongan las máscaras. ¡Ya! —grita.

—Transmitido.

Nada más terminar de ponerse las máscaras, el piloto habla de nuevo:

—Comunican que al tratar de sellar la grieta se ha desprendido parte del armazón. —Hay temor e incredulidad en su voz.

—¿Tiempo estimado para atravesar la Zona Muerta?

—Dos horas, aproximadamente —responde inquieto.

—¿Oxígeno?

—Suficiente para varias horas.

—Muy bien, avancemos. Nuestro problema será la exposición. ¿Tenemos lecturas de radiación?

El piloto tarda en responder y se gira hacia ellos.

—¡Lecturas! —grita Guzmán.

—Han dejado de funcionar.

—Muy bien, vamos a separarnos unos metros del vehículo alcanzado. Que nadie del interior manipule el blindaje y que se aparten el máximo posible de la abertura. Guardaremos la distancia con ellos hasta salir de la Zona Muerta. Ordena que abandone la formación.

Whitemann se ajusta la máscara y toquetea la parte inferior con la mano derecha.

—¿Me recibís?

Ahora Whitemann le escucha a través del intercomunicador incorporado en las máscaras. Todos están conectados, pues no tarda en escuchar las respuestas afirmativas del resto de pilotos y las voces de pánico de los integrantes del vehículo con problemas. Pronto su piloto le corta la comunicación con el resto de vehículos.

Treinta minutos después, vuelve la voz del conductor a su cabeza:

—Avistadas criaturas hostiles en el exterior.

—Vélez, Rodrigo, colocaos las escafandras inmediatamente y permaneced alerta —ordena Guzmán sin usar al piloto de intermediario mientras empieza a enfundarse en neopreno ante la atónita mirada de Markus.

Una vez vestido con aquel ajustado traje negro, Guzmán se acerca al piloto y, quitándose un segundo la máscara, le susurra:

—Apunte el cañón directamente al vehículo alcanzado.

Whitemann, al escucharlo, empieza a temblar y aprieta con fuerza sus manos contra el banco. Desearía gritar y decirle cuatro cosas a Guzmán, pero opta por hacerse invisible.

—Hemos perdido la conexión con el vehículo siniestrado, aunque de momento avanza.

—Sigamos.

En ocasiones el radar despierta fugazmente. Los puntos siguen avanzando en él. Pero la suerte no dura mucho: pocos minutos después el piloto confirma algo que ya han podido observar en el radar.

—El otro vehículo oruga ha dejado de avanzar.

—Detente inmediatamente y guarda la distancia —ordena Guzmán a su piloto, cerrando la comunicación con el resto de los vehículos; luego añade en abierto—: Andrea, acerca el vehículo de tracción hasta nuestra posición. Vamos a hacer un intercambio: Whitemann por Vélez. En cuanto el prisionero esté a bordo, seguid la marcha. Olvidaos de nosotros.

Whitemann reacciona por primera vez poniéndose en pie para protestar, pero Guzmán lo vuelve a sentar de un empujón para rebuscar en el arcón trasero del vehículo y lanzarle uno de aquellos trajes de buzo.

—Tienes un minuto para enfundarte en él.

Markus trata de ponérselo con manos temblorosas.

—¿Qué haréis vosotros? —se atreve a preguntar mientras se cambia.

—Vamos a sacarlos de allí —sentencia Guzmán, acentuando su media sonrisa y sin dejar de mascar aquella bazofia.

Capítulo 7

Zona Muerta

Guzmán salta del carro blindado. Las botas, al clavarse en el suelo, levantan una espesa nube de polvo y arena que queda flotando a su alrededor. Frente a él encuentra una fila de turismos literalmente apisonados y unos metros más adelante el otro tanque totalmente inmóvil. Algo inclinado por la parte delantera, como si el terreno se hubiese hundido a su paso. Rodrigo, uno de los mercenarios del segundo vehículo, no tarda en alcanzarle y le pone la mano en el hombro al tiempo que habla por el comunicador integrado en las máscaras.

—¿Qué opinas?

Guzmán se agacha y recoge un puñado de polvo negando con la cabeza. Luego hace un gesto para que los grandes vehículos todoterreno se pongan en movimiento. No tardan en alejarse a sus espaldas. Se quedan solos, a medio camino entre los cañones enfrentados de los dos carros de combate. Al mirar hacia arriba, Guzmán vuelve a ver la temida niebla. No tardarán en llegar los aullidos, aunque eso no es lo que más le preocupa.

Sin mediar palabra, comienza a andar y ambos se aproximan con cautela al tanque siniestrado. A sus espaldas, las huellas de sus botas quedan grabadas en la plomiza arena que cubre el asfalto. Efectivamente, la parte delantera parece haber caído en una zanja. Al acercarse un poco más, comprueban que le faltan parte de las orugas delanteras, como si se hubiesen desintegrado. También pueden ver con claridad el orificio de casi un metro cuadrado abierto en un lateral. Incluso la escotilla superior está levantada, según comprueban.

—Idiotas —masculla Guzmán.

La niebla empieza a espesarse y apenas permite ver a más de tres o cuatro metros. Los primeros aullidos se dejan sentir de inmediato y los ecos que los acompañan son cada vez más cercanos y voraces, como si la presa estuviese presta para ser cazada.

—Rodrigo, instala la ametralladora mientras entro a echar un vistazo… Dispara ráfagas de cobertura a todo el perímetro cada dos minutos.

—Hecho.

Guzmán trepa por la cadena delantera de lo que fuera el vehículo blindado. El firme avance de sus botas hace que se desprenda otro pedazo del armazón y le pone en riesgo de perder el equilibrio. Continúa tanteando sus pasos hasta alcanzar la parte superior del vehículo. Mira fijamente la escotilla durante unos instantes antes de dejarse engullir por ella. En el interior encuentra a dos de sus hombres sentados e inmóviles. Embutidos en sus trajes y máscaras parece que se encuentran en estado de shock.

—¿Qué ha ocurrido? —pregunta Guzmán, zarandeándolos por los hombros.

—Algo o alguien nos ha debido atacar. La coraza se despedaza —contesta uno de ellos aterrorizado.

—¿Y el piloto?

—Ha huido.

—Bien, su caza nos dará algo de tiempo —afirma Guzmán.

En ese instante, escucha entrecortado al conductor de su vehículo.

—Leo niveles de radiación: 700 mSv y subiendo. Tenéis que salir de ahí ahora mismo o las consecuencias de esa exposición serán irreparables.

Fuera, los aullidos que se escuchan se alternan con ráfagas de disparos.

—Tenéis cinco minutos —insiste el piloto.

Guzmán obliga a los dos hombres a incorporarse y salir delante de él. Ahora la niebla es total.

—Estamos ciegos, Rodrigo. Ni siquiera puedo verte. Enciendo bengalas de posición. Quiero fuego de cobertura en cuanto pisemos tierra. Lo siento, amigo, tendrás que ser el último.

Mientras avanzan entre la niebla y los disparos, Guzmán da otra orden a su piloto:

—Una última cosa, he dejado una bengala sobre el tanque. Abre fuego sobre él cuando te hayamos alcanzado.

—¿Cómo?

—¡Dispara!

—¿Voy a por vosotros? —pregunta el vacilante piloto.

—Mantén tu posición y la boca cerrada —replica Guzmán.

Los cuatro avanzan en fila inmersos en el sonido de la ametralladora. Se acaba la munición. Quedan rodeados de silencio y corren frenéticamente hasta que un estruendo les hace caer. A pocos metros, el armazón entero del carro recién abandonado se desintegra formando una nube de un humo que se eleva lenta y espesa, impregnándolo todo.

Capítulo 8

Presa Hoover, frontera entre Arizona y Nevada

—Alto —ordena Guzmán por el intercomunicador.

Los tres vehículos que quedan operativos detienen su avance poco después de cruzar la Zona Muerta. Rodrigo vuelve al todoterreno y Whitemann al tanque de Guzmán. Markus lo agradece para sus adentros, aunque ahora deban compartirlo con uno de los pasajeros rescatados. Se siente más seguro con Guzmán, el cabecilla de bruscos modales, que junto a cualquiera de los otros mercenarios.

—Informe de daños.

Markus Whitemann no puede escuchar la respuesta que recibe Guzmán, pero sí ver cómo desvía la mirada hacia él. Para su sorpresa, esta vez solo le apoya firmemente una mano en el hombro y, apenas separados por el filtro de la máscara, le advierte:

—Muy bien, Whitemann, ahora es tu turno. No me falles.

El aludido no reacciona hasta que Guzmán, sin apartar la mano de su hombro, le zarandea sin contemplaciones.

—¿Recuerdas tu papel de transmitir seguridad y confianza, ¿verdad? —insiste Guzmán mirándole fijamente a los ojos—. No lo olvides ni por un instante. Debes convencerlos. Debes ser un líder ahí afuera.

El conductor y el mercenario rescatado, ajenos a la conversación, parecen tener instrucciones concretas. Abandonan sus puestos y cruzan por su espalda equipados con negros buzos. Levantan la tapa metálica de la bancada interior para extraer lo que parecen cajas de munición.

—Profesor... —dice Guzmán, recuperando la cínica sonrisa—. Así te llamaré, el título te va bien. Transmite seguridad y confianza, ¿no crees? —corona la pregunta con otro salivazo—. Ahora abriré el canal para todo el grupo. ¡Guíanos! —le ordena con énfasis.

—Pero... —tartamudea Whitemann.

—Camaradas, el profesor nos va a conducir al nuevo refugio. Máscaras y buzos de inmediato. Armas preparadas. Vamos a seguirle por donde nos lleve, pero quiero ver en todo momento dos puntos rojos iluminando su nuca, ¿entendido? Él será el primero en abandonar el vehículo. Adelante profesor.

Whitemann, sin apenas poder contener el temblor de sus extremidades, también descubre el pánico en la cara del mercenario recién rescatado, que todavía lucha por reponerse mientras abre la escotilla. El círculo de claridad que debiera ser luz natural rocía sobre sus cabezas una emulsión de polvo y tamo. Sabe que es su turno y que ahora él es el observado por el resto de los hombres. Pero no es capaz de iniciar la marcha hasta que Guzmán le empuja con la culata del arma.

Desde el instante en que sus botas pisan tierra firme, Whitemann avista unas sombras negras que van apareciendo sobre los vehículos. El saberse acompañado por sus propios captores le infunde valor para darles la espalda y separarse unos pasos del convoy. Se detiene y contempla la imponente construcción en la medida que lo permite la niebla omnipresente. Mira hacia arriba: no hay cielo. Inspira y el frío le inunda los pulmones. Se pregunta qué estará respirando. Una vez sobrepuesto, fija la vista al frente e inicia su discurso con el primer paso.

—La construcción de la presa Hoover se inició en el año 1931 —diserta el profesor Whitemann con voz firme mientras avanza, como lo hacía cuando impartía clases en la universidad—. Con una longitud de 380 metros, una altura de 220 metros y una anchura de 200 metros en su base, es una de las presas más grandes del mundo y una de las obras de ingeniería más importantes del siglo XX. Su construcción finalizó en 1936, dos años antes de lo previsto. Dio origen al Lago Mead. Los diecisiete generadores de turbina principales de la presa generaban un máximo de 2074 megavatios de energía hidroeléctrica y suministraba electricidad a los estados de Nevada, Arizona y el sur de California. La central eléctrica no dejó de construirse nunca. La excavación en forma de U en la base del río se completó a finales de 1933 y en 1936 ya transmitía energía a una distancia superior a trescientos kilómetros. En 1961 se añadieron unidades adicionales de generación de energía y posteriormente, en los años 2016 y 2020, se incorporaron en el interior de la presa unos novedosos generadores con objetivos muy diferentes.

»Y lo más importante. Lo que no está a la vista se continuó construyendo en mayor proporción. Túneles de derivación de más de quince metros de diámetro y de varios kilómetros de longitud revestidos de hormigón de casi un metro de espesor. Más tarde, algunos de estos túneles se adaptaron para un tren monorraíl, cuyo objeto desconozco. Lo que sí sé, es que la presa tiene una entrada alternativa que muy pocos conocen…

Cuando llegan tras una pared que desciende desde donde no alcanza la vista, rodean una compuerta lateral y descubren una escalera de simples peldaños metálicos clavados en el hormigón de arco-gravedad. Markus Whitemann comienza a subir sin dudarlo. El resto de hombres, animados por la seguridad que demuestra su guía, le siguen. Ascienden alrededor de quince metros y llegan a una plataforma de servicio también metálica que se pierde en la lejanía. Whitemann, avanza por ella examinando los anclajes de la pasarela a la pared hasta encontrar en uno de ellos un resorte oculto con el que abre un panel sobre el que teclea sin dejar nunca de hablar.

—Yo trabajé unos años aquí, en el interior de este monstruo de hormigón. Supervisando suministros, electricidad, residuos, túneles y algo llamado Protocolo Naranja. Alto secreto. Ni siquiera a día de hoy sé con certeza en qué consiste. Nunca entendí mi papel aquí, pero creo que ha llegado el momento de descubrirlo.

El interior es un frío túnel de hormigón de cuatro por tres metros, apenas iluminado por unas débiles luces de emergencia. Pronto Whitemann ve surgir tras él numerosos haces de luz que inspeccionan curiosos las desnudas paredes. Continúa andando sin girarse.

—Alto —escucha a Guzmán por el intercomunicador.

Whitemann detiene sus pasos.

—No podemos dejar los vehículos ahí fuera, expuestos.

—¿Expuestos a qué? —pregunta Markus, que al girarse queda cegado por las luces de las armas.

La respuesta es el silencio.

—De acuerdo —acepta Whitemann—, más adelante hay una salida lateral con una escalera de caracol que desciende hasta nivel de tierra. Algunos de vosotros podéis bajar por ella y llevar los vehículos justo doscientos metros delante de esta entrada. Les abriremos desde dentro.

Al alcanzar la escalera, tres hombres se separan del grupo. Whitemann conduce al resto hasta una gran sala cúbica, de techo increíblemente alto, sin columnas y revestida también de hormigón armado. Barriles metálicos, elevadores hidráulicos y maquinaria industrial son la única decoración de aquella especie de almacén abandonado. Mientras las luces de las armas recorren palmo a palmo cada rincón, Whitemann abre los portones principales y, poco después, los tres vehículos acceden al amplio interior.

—¿Cuál es el siguiente paso? —pregunta Guzmán.

—Poner en marcha el Protocolo Naranja —afirma Whitemann con seguridad.

—¿Vamos a tomar el monorraíl del que nos has hablado antes?

—El tren bala —confirma Whitemann—. Para hacerlo, antes debemos restablecer la energía desde la Sala de Control ubicada en la planta superior.

—Vélez, conmigo —gruñe Guzmán con un gesto—. El resto, estableced el campamento mientras acompañamos a nuestro querido profesor. Y Vélez… no olvides el punto rojo.

Vélez asiente con una siniestra sonrisa.

Whitemann los ignora y abandona con decisión la sala para perderse de nuevo en aquella red de túneles. Vuelve la claustrofóbica respiración de las máscaras, propia y ajenas. Los pasos. La luz de las armas y el punto de mira en su nuca que no puede ver, pero sí sentir. Finalmente alcanzan el amplio ascensor que los transporta a los tres hasta la planta superior.

La Sala de Control está dividida en cuatro hileras de máquinas de metal con sus monitores y controles. Whitemann empieza a operar en una de ellas mientras Hernández le vigila de cerca. Guzmán pasea despacio por los pasillos y después se asoma al inmenso ventanal. De pronto, la estancia y todas las computadoras se iluminan tras un par de parpadeos y diversos pitidos.

—Buen trabajo, profesor —le felicita Guzmán—. Ahora salgamos un momento.

Hay una estrecha terraza flotante al otro lado del ventanal. Desde ella se ven brotar diversos chorros de agua de la interminable pared semicircular de hormigón. Guzmán se inclina peligrosamente sobre la barandilla antes de intervenir:

—Le presa pierde agua por diferentes grietas.

—Se deberá a los temblores —aventura Whitemann—, lo extraño es que aún siga en pie.

—De las grietas salen pequeñas raíces —señala Guzmán con

voz áspera, ignorando su aclaración.

—He visto crecer árboles entre grietas de pared de piedra —interviene por primera vez el sicario que les acompaña.

Quedan durante un rato en silencio.

—Lo que estamos viendo no es ningún árbol, Vélez. Parece lo mismo que había en la carrocería del tanque que perdimos. Volvamos dentro, este lugar no es seguro —ordena Guzmán.

Una vez en la sala, Guzmán interrumpe el camino de Whitemann para interrogarle:

—Ahora el profesor nos explicará qué son en realidad esas extrañas raíces.

—Lo desconozco —responde Whitemann con firmeza.

—Eso ya lo veremos...

La vuelta es más cómoda, tanto el ascensor como los túneles están ahora iluminados y no tardan en alcanzar el almacén donde espera el resto de hombres. Oyen sus voces resonar en el ambiente. Los ven sentados sobre unas cajas de madera, enzarzados en algún tipo de juego. Guzmán da una orden y en pocos minutos están listos para que Whitemann les conduzca hasta el monorraíl.

Una débil luz ilumina el andén donde descansa el tren sobre una única vía. Whitemann activa el magneto de la sala y el tren se eleva unos centímetros sobre la vía con un zumbido suave para quedar suspendido en ligero balanceo. Los vagones son dos cápsulas simétricas, totalmente blancas, articuladas por módulos de menos de un metro de longitud y acabadas en punta de flecha por ambos extremos.

—Funciona mediante electroimanes. Como podéis ver, la energía de la presa no solo abastecía a los estados que os he comentado antes. También a este sistema de transporte y a ciertas bases militares, como la Base de la Fuerza Aérea Nellis ubicada al noroeste de Las Vegas.

Las puertas de los vagones se abren con otro débil silbido.

—¿Dónde nos conducirá? —pregunta Guzmán.

—No tengo esa información; jamás vi el tren en

funcionamiento. Lo que sí sé es que la red de vías subterráneas es muy extensa.

—Usted primero, profesor —le invita Guzmán tras un breve momento de indecisión.

El interior del vagón es de un blanco nacarado cuyo propio reflejo sirve de iluminación. Escoltado, le obligan a caminar hasta el inicio de la primera cápsula. Guzmán parece pasear despreocupado, pero sus hombres inspeccionan cada tramo con las armas en alto. No hay cabina principal, el puntiagudo extremo no es más que un habitáculo vacío de algún tipo de material transparente.

—Lo estás haciendo bien… Casi yo mismo me lo creo —le dice Guzmán por privado, antes de bromear por el intercomunicador general—. ¿Cuándo piensas presentarnos al conductor? —Carcajadas.

En ese instante, las puertas se cierran lentamente y sienten un balanceo casi imperceptible. Un tono acústico provoca que los hombres monten automáticamente las armas. Guzmán suelta otra carcajada y espera la puesta en marcha del tren. Se sienta y sitúa mediante gestos al resto de los hombres en posiciones estratégicas.

Uno toma asiento frente a la supuesta cabina principal, dos lo hacen a pocos metros detrás de Whitemann, que permanece en pie, y el resto se acomoda en los asientos traseros. Tras abandonar la plataforma de despegue, la intensidad de la luz interior se atenúa considerablemente y el exterior se torna oscuro. Mientras Guzmán se arrellana en su asiento y simula dormir, Whitemann permanece en pie y alerta.

Pasan los minutos.

Debido al silencio y falta de referencias exteriores, Markus es incapaz de calcular el rumbo o distancia recorrida, pero permanece atento al panel que tiene justo delante, reflectante como un espejo, en el que puede espiar los movimientos de los hombres que hay a su espalda.

Todos los mercenarios, más relajados, parecen descansar, excepto los que le apuntan con los láseres. Los dos puntos rojos de sus mirillas le erizan la piel cada vez que una variación en el rumbo pone al descubierto su reflejo.

Whitemann también estudia la distribución del resto de paneles metálicos que hay a su alrededor y las diferentes perspectivas de lo que se refleja en ellos durante las pronunciadas curvas que convierten el vagón en un silencioso gusano articulado.

—¡Jefe! —grita el hombre recostado en el puesto de "cabina".

Ahora todos pueden ver un círculo de luz al final del oscuro túnel al tiempo que el proyectil parece reducir paulatinamente la velocidad. Parece. Guzmán se despereza junto a Whitemann al entrar en una estación gemela a la de partida. Las vías hacen un zigzag para aproximarse al andén unos metros más adelante. Aunque la estación no tiene salida, el tren no termina de aminorar la velocidad y la iluminación empieza a fallar. Guzmán se pone en pie mientras el vigía grita:

—¡Jefe, vamos directos contra el muro de acero!

—¡Detén este maldito tren inmediatamente! —Whitemann escucha la imperativa voz de Guzmán en su cabeza.

—No está bajo mi control —susurra Markus sin poder apartar la vista del muro de acero que se aproxima inexorable.

—¿Otra vez? —gruñe Guzmán con ira contenida.

Whitemann ve cómo el líder se vuelve hacia los hombres que hay a su espalda y sentencia su vida con una brusca inclinación de cabeza. También ve llegar el zigzag en las vías y aprovecha un nuevo parpadeo de las luces para cambiar a una posición calculada.

Suenan dos disparos antes de que todo vuelva a ser oscuridad.

Capítulo 9

Austin, Texas

Consciente de que son los dos militares los que gobiernan y toman decisiones en los complejos subterráneos, Francisco Russo intenta dar al impulso de sus pies contra el banco de monitores la fuerza que le gustaría que tuviesen sus mensajes para ser escuchados. Con un diestro movimiento, rueda hacia atrás sobre su silla de despacho para describir el recorrido alrededor de la sala que ha repetido miles de veces durante los incontables meses de vigilia y soledad. Rodeado de prepotencia e ignorancia, desiste de volver a recordar a Anderson y sus superiores las ínfimas posibilidades de éxito del convoy de vehículos que enviaron a una misión casi suicida y con el que, desde hace varias órbitas, están sin contacto.

Una vuelta y otra más. Reflexiona. Se lanza de nuevo con la silla al mismo movimiento a la espera de que el satélite entre en conjunción. Más vueltas. Ha llegado a perder la cuenta cuando de pronto ocurre y el satélite lanza una señal. Se detiene ante los monitores y solicita comunicación inmediata con Kevin Wolve. La encuentra establecida al cabo de haber completado otra vuelta. Sin levantarse, con los codos apoyados en los brazos del sillón, cruza sus manos bajo la barbilla y habla mientras se desplaza lentamente hacia atrás y ve cómo su voz se va transcribiendo en el monitor para ser enviada a Kevin por escrito, como él prefiere.

—¿Te dice algo la presa Hoover?

La respuesta, también escrita, no se demora. Francisco deja que la computadora la interprete con una melódica voz de locutor y la emita a través de los altavoces del estudio.

—Supongo que no mucho más que a cualquier otra persona del planeta.

—Esperaba una de tus teorías conspiratorias respecto a ella —dice Francisco, dibujando una amarga sonrisa.

Necesita dos vueltas más para recibir la nueva respuesta de

Kevin:

—Es la entrada, ¿verdad?

Francisco no responde.

—¡¿Cómo he podido ser tan estúpido?! Está a unos sesenta kilómetros de la base de la Fuerza Aérea Nellis y no mucho más lejos de la ubicación «oficial» del Área 51.

—¿Qué quieres decir con ubicación oficial?

—Quiero decir que esa ubicación oficial y la mía difieren en unos cuantos kilómetros...

Interior Rascasuelos, México, D.F.

El general Irwin se dirige apresuradamente hacia la sala de comunicación. Por todo el Rascasuelos se suceden incidentes violentos. Sabe que la deslealtad no existe entre sus hombres y la pérdida de muchos de ellos durante el sellado del complejo despierta en él una fuerte sensación de culpabilidad. Frío por fuera, aunque con dudas en su interior, intenta suplir la falta de personal y consigue desdoblarse para dar respuesta a todos los asuntos que requieren su atención. Pero ahora, encajar el descuento de tres más de los que contenían la rebelión en las plantas superiores, supone un duro revés para su estrategia y para su liderazgo. Prácticamente la mitad de la población civil del Rascasuelos está afectada por el llamado *mal de la Luna*, el Síndrome Degenerativo Lunar o SDL, en uno u otro grado. El evidente avance del contagio oprime la entereza de los más fuertes y la histeria es generalizada. Irwin daba por hecho que esta situación terminaría por desencadenarse, pero esperaba haber contado con más tiempo para buscar y construir defensas, ahora inexistentes, con las que poder luchar. Se siente desarmado e incapaz de profesar ni con sus propias manos la batalla que querría presentar. Maldice a Whitemann por ocultarle la verdad y se concentra en cumplir su misión. Fantasea en cómo reaccionaría ante su «amigo» en caso de volver a encontrárselo cara a cara si llegase a regresar vivo de su expedición a la presa Hoover.

—General, perdimos comunicación con el convoy hace veinte horas y dieciséis minutos —informa Iben según entra en la sala.

—Póngame en contacto con el capitán Acab —pide Irwin con tono severo y rostro imperturbable.

Complejo ARCA, Antártida

La sala en la que estuvo guardada la sonda de exploración espacial recuperada en Groenlandia en el año 2019 se encuentra a noventa metros por debajo del último anillo del Complejo. El capitán Acab tiene su ausente mirada dirigida al vacío que dejó la cápsula y en el que se concentra la potente luz de los focos que circundan el techo. Escucha al constante Erik manipular una pequeña terminal ubicada en un lateral de la estancia, repitiendo incansable una secuencia de comandos para validar algún código que solo él conoce. Acab desprecia al profesor Friedrich, pero se siente perdido sin Leslie Dean y aquel hombrecillo parece saber mucho más de lo que aparenta. No comprende por qué no ha sido informado de lo que revelaron Erik y el profesor en la Asamblea. Le molesta especialmente por si pudiese tener alguna relevancia en cuanto a la seguridad, aunque acostumbrado al trato con políticos y burócratas ya nada le sorprende. Se esfuerza en mantenerse firme y no cuestionar la situación. Tiene asumido que por más preguntas que se haga, su única certeza es estar absolutamente dispuesto a cumplir órdenes hasta el final. Frota con los dedos índice y corazón la banda auricular que cubre su nuca a la altura del oído. El silbido que últimamente siente en su cabeza se intensifica dentro de aquel enorme hangar sin ocupante.

—Seguimos sin visión exterior —comenta Erik, interrumpiendo sus pensamientos.

El capitán Acab asiente en silencio sin apartar la mirada de la base donde reposaba la cápsula.

—Sin embargo, la llamada permanece activa.

Acab vuelve a asentir, ahora siguiendo con la mirada el riel que parte de unos relucientes calces dorados en el mismo centro de la base y recorre el pasillo hasta la plataforma que sirve de ascensor. Camina siguiendo la vía sin decir palabra. Sabe que Erik va tras él. Al llegar a la plataforma, Acab levanta la vista. Sus ojos no alcanzan a vislumbrar el final de la interminable lanzadera.

—¿Estaría dispuesto a acompañarme al exterior? —pregunta casi para sí.

Erik se encoje de hombros y asiente, atusándose la poblada barba.

—¿Lo estaría: sí o no? —insiste el capitán sin siquiera mirarle.

—Sí. —Se limita a responder Erik.

Mientras ascienden hacia el Complejo, el brazalete del capitán vibra ligeramente. Iben Jacobsen reclama su presencia en el Centro de Comunicaciones.

Austin, Texas

Francisco Russo no pierde de vista los monitores ni un instante desde que el satélite sobrevuela la zona. Las frases de Kevin siguen siendo interpretadas por una voz mecánica.

—Si tuviera que establecer una posición, sería bajo el lago Papoose. En un enorme complejo subterráneo que ocupa toda una cordillera montañosa, conocido como S-4.

—¿El lago Papoose? —pregunta Francisco con cierta incredulidad.

—Efectivamente, ese lago… digamos que no es del todo natural y además es un salar. Muy conveniente para contener posibles escapes de radiación.

Russo no dice nada, pero sonríe mientras Kevin termina de exponer otro de sus habituales razonamientos sobre ecuménicas confabulaciones. Quizá no ande muy equivocado, pues pese a que no hay rastro de los vehículos, juraría haber visto durante cierto instante a dos de ellos en la misma entrada de la presa.

—Necesito los planos de la supuesta Área 51. Doy por

hecho que obrarán en tu poder —bromea Francisco sin perder de vista el monitor.

—Cuenta con ellos.

En ese momento, parpadea una solicitud de comunicación procedente del Rascasuelos.

—Lo siento, Kevin, he de atender un asunto. Seguimos en contacto. Corto.

—Aquí Unicornio —responde Francisco tras aceptar la comunicación.

—El general Irwin quiere un informe de situación del convoy. —La voz de Anderson no suena como de costumbre; intuye problemas—. Está presente y lo quiere ahora. Te pongo en abierto.

Francisco Russo toma aire mientras se coloca los cascos.

—Uno de los vehículos quedó abandonado, posiblemente accidentado, poco después de penetrar en lo que denomino Zona Muerta. Los otros tres se separaron durante varias horas antes de reunirse de nuevo para continuar según la ruta prevista. Pasados unos minutos dejaron de emitir señales… hasta ahora.

—¿Hasta ahora? —interviene secamente el general, exigiendo una explicación.

—Juraría que durante unos instantes han aparecido dos puntos frente a la presa Hoover. Creo que lo han conseguido —añade con entusiasmo contenido.

—No es suficiente. No deje de intentar establecer comunicación con ellos e informe cuando esté completamente seguro de su localización. Ahora están más próximos a su cota que a la nuestra. Anderson le dará instrucciones.

«Instrucciones», piensa Francisco. Nada le obliga a responder ante ese hombre endiosado por su rango de general. Un rango que para él nunca, y menos ahora, ha tenido valor alguno.

—Me temo que va a ser imposible. La niebla se está espesando por todo el planeta y precisamente con mayor intensidad en la zona de la presa. Esa niebla ciega las comunicaciones vía satélite.

—Usted hágalo, ¿entendido? —continúa exigiendo el

general.

Francisco Russo no responde, apaga la comunicación y vuelve a centrarse en los monitores de posición mientras vuelve a abrir comunicación con Kevin.

Capítulo 10

Presa Hoover, frontera entre Arizona y Nevada

El tren sigue avanzando, ahora en total oscuridad. Guzmán intenta insuflar ánimo y mantener el liderazgo ante su exigua tropa al comprender que el inevitable impacto contra el muro no se ha producido. De alguna forma lo han atravesado. Siguen ilesos. Ahora se sienten sumidos en una nueva deceleración y el silencio se ha hecho opresivo. Guzmán, prietos los puños, trata de templar la voz antes de usar el intercomunicador para hablar al grupo.

—Caballeros… Después de todo, el profesor no nos había engañado. Esta vez... me equivoqué y asumo toda la responsabilidad. ¿Alguien quiere decir unas palabras en su memoria? —añade con sorna, pero si pudieran ver su rostro descubrirían que sus sentimientos para nada acompañan al tono de voz.

—Eso no será necesario. Tus hombres han matado un simple reflejo. —Se escucha alto y claro por el canal abierto.

El silencio que sucede a aquellas palabras demuestra que el engaño no ha sido bien encajado.

—Ja, ja… Malditos inútiles —recrimina Guzmán entre toses antes de hablarle por privado.

—Mis disculpas también para ti, profesor. He de reconocer que tienes más vidas que un gato. No olvides que ya has gastado dos. —Otra vez la tos.

Poco después, el tren bala se detiene y una luz diáfana les

libera de la oscuridad en la que llevan inmersos desde que han rebasado el muro de acero. Ahora todo es distinto, la nueva estación no parece ser tal. Las puertas de los vagones silban automáticamente hacia los lados. Guzmán se asoma a una de las pequeñas ventanas circulares y levanta la mano con el puño cerrado.

—¡Alto! ¡Invisibles! —ordena, antes de razonar—: Esto no es una presa, ni tampoco un refugio… Estamos en una base militar norteamericana. ¿Me equivoco, profesor?

—Lo ignoro —asegura Whitemann.

—La base Nellis, quizá —aventura Guzmán sin esperar respuesta.

Unos quince metros les separan de un muro curvado, obviamente acorazado, que a ojos del exmilitar no oculta los dos puestos de vigilancia que cubren su perímetro. Guzmán vuelve al canal del comando y, tras un intercambio de claves, uno de los hombres se echa al suelo y monta el rifle de francotirador. Poco después obtiene la respuesta que buscaba.

—Desiertas, jefe.

—Whitemann, asómese a una de las puertas de la cápsula y no descienda hasta que yo se lo diga —ordena Guzmán.

El secuestrado, todavía pálido tras haber esquivado la muerte, obedece. Guzmán gesticula para desplegar a sus hombres en determinadas posiciones, cubriendo distintos objetivos que podrían ser armas de defensa.

—Muy bien, profesor. Baja despacio y no te separes más de dos pasos del tren.

Las cámaras camufladas en los puntos vigía siguen los movimientos de su rehén. La base puede estar abandonada, pero sin duda permanece operativa. Guzmán confía en su entrenamiento y capacidad de enfrentarse a la vigilancia que le rodea, pero no baja la guardia y escruta cada detalle a su alcance.

—Ahora te seguiremos en columna de uno. Nada de juegos, ya has comprobado que no bromeo.

Los hombres cargan con el equipo y preparan las armas. Guzmán les mira a los ojos y les da una palmada en el hombro mientras abandonan la cápsula del tren. Al francotirador le da el alto y le ordena que permanezca apostado en el interior.

El avance es lento. La vista de los mercenarios recorre en todo momento sus alrededores al tiempo que cada uno apunta hacia el objetivo señalado por su jefe, que cierra la fila.

De pronto se detienen.

—Profesor, no es momento de indecisiones —sentencia Guzmán por privado al ver que Whitemann continúa parado al frente de la fila.

Dos pasos después escuchan con sorpresa el silbido del tren que vuelve a ponerse en marcha. Guzmán se vuelve y descubre la cara del centinela francotirador golpeando con los puños la ventanilla de la cápsula, que ha quedado sellada. Ante sus ojos y sin remedio, el tren se eleva, se balancea ligeramente y las luces de toda la estación se apagan cuando se pone en movimiento y sale despedido.

La oscuridad es total.

—Mantened la calma y que nadie abandone la formación bajo ninguna circunstancia. Armas montadas y sin perder de vista los objetivos.

Guzmán siente cómo un calambre recorre su pierna derecha, algo que solo le ocurre cuando intuye peligro. No suele equivocarse. Recuerda la aversión que siente hacia el general Irwin, pero le gustaría contar con su presencia en estos momentos y descargar sobre sus órdenes la responsabilidad de la siguiente decisión. Por otra parte, no quiere pararse a reconocer que no se encuentra bien.

—Creo que hemos tardado demasiado —dice Whitemann por el canal del comando.

—No crea y actúe o esta vez le aseguro que seré yo mismo quien dispare —replica Guzmán por privado.

Han pasado varios años, aun así Whitemann recuerda punto por punto lo que debe hacer para poner en marcha el llamado Protocolo Naranja. Recuerda que activar ciertos comandos desde la sala de control constituía la clave para tomar aquel maldito tren bala. Eso ya lo ha hecho. Cualquiera que fuese su utilidad, su misión está cumplida pues ahí terminaban las instrucciones. No había nada más, por eso no le dio mucha importancia. Ahora no comprende nada de lo que está sucediendo y actúa a ciegas. Supone que ya deberían estar dentro. Quizá a partir de allí ya no se necesitase de la presencia o participación humana. Conoce muy bien a Leslie Dean y sabe que sus vidas no son más que parte de un plan y que no dudará en sacrificarlas a su debido momento. Quizá deberían haber vuelto con aquel tren fantasma. Ahora están atrapados y él nunca será capaz de conseguir entrar en lo que parece una inexpugnable fortaleza.

—Necesito una linterna —casi ordena Whitemann, después expulsa el aire poco a poco.

Al momento, recibe algo en la espalda con otro innecesario golpe seco. Coge la linterna y alumbra la pared que tienen enfrente. No se trata de una pared al uso, es un muro de acero o de alguna aleación metálica formada por módulos estructurados como piezas de un mecano. No es lisa. Le recuerda a un gigantesco puzle. Busca sin dejar de avanzar, pero no distingue nada que se asemeje a una entrada. Su vida pende de un hilo. Parece que el viaje ha concluido. Justo antes de girarse para revelar a Guzmán sus temores, descubre unos símbolos familiares formados por los propios surcos del metal encajado en la pared: *ORCH*. Se dirige hacia ellos. Antes de alcanzarlos, dos hilos de luz verde emitidos por algún tipo de escáner surgen de la oscuridad el tiempo justo para realizarle un barrido de cuerpo entero. Inmediatamente la oscuridad cede a una sugerente voz femenina.

—Bienvenido, señor Whitemann.

Ciertas placas del muro metálico se deslizan sobresaliendo y replegándose entre ellas hasta formar un perfecto y majestuoso dintel que da paso a un pasillo rectangular en cuyo centro se abren hacia adentro dos puertas de madera labrada que facilitan su llegada.

Guzmán, desconfiado, solo permite que dos de sus hombres

les acompañen. En el momento en que el segundo de ellos atraviesa la regia entrada, el muro comienza a moverse de nuevo y no tarda en quedar totalmente sellado a sus espaldas. Ahora se encuentran en el centro de una especie de burbuja transparente. Flotando. La luz es tan intensa que no permite ver el exterior. No hay piso bajo sus pies, el suelo parece formado por algún tipo de vidrio esponjoso. No se escucha sonido alguno y la esfera está completamente cerrada. Los hombres de Guzmán aguardan con las armas preparadas.

—Descontaminación. —Vuelve la voz, ahora sin expresión.

Un gas violeta inunda la esfera durante unos instantes. Al cabo, un sonido de succión lo hace desaparecer y acto seguido todos creen dejar de tocar el suelo sometidos a un descenso en caída libre. Pierden la noción del tiempo hasta que de pronto se detienen suavemente y la esfera que los envuelve desaparece. Se ha desvanecido como una pompa de jabón. Whitemann jamás imaginó que pudiese existir algo parecido. Todo a su alrededor es blanco y diáfano. Puede ver una interminable sala circular que alberga lo que parecen distintos laboratorios avanzados con instrumental complejo de todo tipo. Sin embargo, la plataforma que hay bajo sus pies sigue descendiendo tras la breve pausa hasta un nivel inferior.

La media esfera que da forma a la sala deja abiertas dos de las estrechas puertas rectangulares que la circundan y a través de ellas, contiguas, el acceso a unos pasillos estrechos, rectangulares y transparentes. Guzmán ordena a sus dos hombres que sigan el pasillo izquierdo y obliga a Whitemann a introducirse en el derecho, delante de él. Pueden verse los cuatro mientras avanzan con cautela y en paralelo. No han perdido la comunicación integrada en las máscaras. Durante varios minutos recorren dos luminosos e interminables corredores por los que avanzan de forma simultánea hasta que los dos mercenarios informan de la existencia de puertas metálicas en un lateral. Las tienen a su alcance.

—¿Deben abrirlas, profesor? —le interroga Guzmán

—Estamos aquí porque se nos ha permitido estar. —Es su

respuesta.

Guzmán le mira sonriendo. Se levanta un poco la máscara y escupe. En aquella superficie transparente el esputo se ve más líquido y rojizo. El suelo lo absorbe lentamente hasta hacerlo desaparecer. Sin quitarle la vista de encima, se lleva la mano a la oreja y dice:

—Adelante.

Ambos quedan inmóviles, observando cómo los hombres se sitúan a ambos lados de la primera puerta. La abren y uno de ellos entra de un salto con el arma levantada mientras el otro, a la par, le cubre de rodillas.

—Despejado —informa.

Ven que entra también el compañero.

—¿Qué contiene? —pregunta Guzmán, impaciente.

—Es sólo un pequeño cuarto rectangular. Camastro, retrete y lavabo.

—Yo diría que se trata de una celda —interviene el compañero—. He estado en prisiones más lujosas que esto.

Guzmán interroga a Whitemann con la mirada, y este se limita a encogerse de hombros.

Con la siguiente puerta ocurre exactamente lo mismo, pero en la tercera encuentran algo.

—Jefe, parece que hay un cadáver sobre la cama —informa inquieto.

—¿Parece? —gruñe Guzmán.

—Está cubierto por una especie de sábana plastificada, solo le veo la cabeza. Como una misma calaca... Solo piel y venas. Debe de llevar mucho tiempo aquí.

—¿Tiempo? —masculla Guzmán—. Ya debería estar descompuesto... ¡Descubridlo!

—¡Dios mío! Está atado a la cama y su cuerpo repleto de venas azuladas.

—¿Podemos estar sometidos a algún tipo de radiación o algo similar? —le pregunta Guzmán por privado.

Whitemann vuelve a encogerse de hombros.

—Muy bien, ahora… —comienza a decir Guzmán, pero un

grito desgarrador le hace enmudecer.

Ven cómo uno de los hombres abandona la sala y les hace gestos golpeando la pared transparente de su túnel.

—¿Qué ha ocurrido? —pregunta Guzmán.

—Ja, ja, ja. —Se escucha la risa del mercenario que permanece en el interior—. Así que todo era cierto, aquí ocultaban a los extraterrestres.

—Ha abierto los ojos... ¡Está vivo! —tartamudea atropelladamente el hombre de fuera.

—Calma —exige Guzmán—. Esto no es un juego. ¿Os asusta un hombre atado a una cama?

—Eso... no es un hombre...

—¡Basta! —grita Guzmán—. Salid de ahí inmediatamente e informad de lo qué está sucediendo.

Al ver que solo sale uno de sus hombres, continúa exasperado:

—¡Vélez! He dicho que abandones la habitación. ¿Me recibes?

No hay respuesta, así que Guzmán se dirige al compañero:

—¡Edgar! Vuelve a por Vélez y hazlo salir de inmediato.

—Preferiría no volver a entrar...

—Te aseguro que prefieres entrar a que vaya yo personalmente a sacarlo —ruge Guzmán, golpeando con violencia el cristal.

—No le mires a los ojos —dice inesperadamente Whitemann.

Guzmán se vuelve con furia hacia él y lo estampa contra la pared, inmovilizándole con el antebrazo a la altura del cuello.

—¿Qué está ocurriendo, profesor?

—Eso de ahí dentro no es ningún alienígena, es un astronauta —aclara Markus sin apenas poder respirar.

Guzmán le separa el brazo del cuello poco a poco hasta soltarlo.

—¡He dicho que entres! —grita enfurecido Guzmán, volviéndose hacia su esbirro.

Guzmán y Whitemann le ven entrar con pasos vacilantes.

Instantes después reaparece arrastrando por las axilas a su compañero, al parecer desvanecido. Lo deja tendido y cierra la puerta. No se mueve. Edgar se levanta la máscara con dificultad y lo ven mover la boca, pero no escuchan nada. Contemplan pasmados cómo se pega contra el cristal frente a ellos y gesticula tapándose los oídos con las manos mientras el compañero permanece inmóvil en el suelo.

Guzmán empuja a Whitemann y le obliga a retroceder apresuradamente delante de él hasta el inicio del corredor. Pero la puerta de la sala que da acceso al contiguo está ahora cerrada. El mercenario jefe la golpea con el pie y con la culata del arma. No ocurre nada. Dispara, pero las balas se quedan adheridas a la superficie y luego son absorbidas. Desesperado, abandona la sala y vuelve corriendo por el pasillo hasta la altura donde permanece caído el soldado. Whitemann avanza con cautela hacia él. Le ve hacer gestos frente al cristal, parece ordenar a su hombre que siga hacia adelante. Whitemann no puede escucharle, pues las comunicaciones de las máscaras han dejado de funcionar por completo. El mercenario está de rodillas, con ojos desorbitados. A su lado yace el compañero con un hilo de sangre que escapa de sus labios y ojos.

Whitemann permanece quieto sin saber qué hacer. Guzmán se quita la máscara y empieza a gritar:

—¡He dicho que te pongas en pie y nos sigas! —Ahora sí puede escucharlo.

Finalmente el hombre se levanta, mira el cuerpo inerte de su compañero y luego, vacilante, a ambos extremos del corredor. Guzmán le señala con ímpetu hacia adelante. Abatido comienza a avanzar al mismo ritmo que ellos. Lo hace despacio. Hay más puertas, pero al pasar junto a ellas acelera el paso evidenciando su temor a abrirlas. Ambos pasillos desembocan en una especie de balcones, cientos de ellos: cerrados, semicirculares y totalmente transparentes. Ante ellos, un poco más abajo, se puede ver algo iluminado. Una especie de tela de araña débilmente fluorescente parece tener atrapado algo en su interior. Transcurrido un tiempo, se revela poco a poco un objeto circular que aparenta estar suspendido en el aire. Es de unos quince metros de diámetro. Dorado y con símbolos grabados en la concavidad superior. Los tres hombres lo contemplan entre admirados y desconcertados. Whitemann levanta la vista, que se pierde hacia arriba. Solo encuentra balcones encima de ellos, como palcos sobre un gigantesco anfiteatro, y negrura sobre el objeto.

El momento de éxtasis es interrumpido por la voz de mujer:

—Protocolo Naranja Activo. La malla se desactivará en el plazo previsto. ¿Lo confirma, señor Whitemann?

—Lo confirmo —casi tartamudea Whitemann sin saber cómo reaccionar. De pronto, Guzmán se vuelve hacia él y le arranca bruscamente la máscara de la cara.

—Esto es lo que quería el general Irwin, ¿verdad?

Whitemann no responde.

—Esta es su idea de salvarnos la vida. Por eso estamos aquí... ¿Y ahora qué? —maldice sin parecer esperar respuesta. Un ataque de tos le hace llevarse la mano al pecho.

Capítulo 11

Complejo ARCA, Antártida

Su propio grito, que todavía resuena en la enfermería, despierta a la doctora Allenda violentamente. Se encuentra sentada en su cama, desorientada, con la respiración acelerada y con el cuello y el pecho mojados por el sudor. Mientras todo su cuerpo tirita, tiene un destello de lucidez. Últimamente la despiertan sueños confusos en lugares que no conoce y viviendo situaciones ajenas. Sueños dispares fundidos en uno, sueños que no siente como suyos. Su único sueño recurrente es aquel en el que la manifestación de una puerta la separa de Phil y la atormenta con una ansiedad más cruel que el síndrome de abstinencia a los estupefacientes que tiene superado. Siempre despierta antes de conseguir abrirla.

Sin embargo, las gotas que bañan su frente esta vez tienen una causa distinta. Se ha despertado por el pánico experimentado al revivir una aletargada amenaza de su pasado; algo que su mente había conseguido borrar y que ha visto un instante. Necesita recuperarlo. Vuelve a su postura para intentar retenerlo antes de que se desvanezca. Eran las 16:00 horas, estaba en la cocina de su antigua casa dispuesta a tomar un desayuno preparado por su marido. ¿Su marido?

¡Ben!

El joven osado que con perseverancia la sacó a tiempo de un ambiente corrosivo. Tras graduarse como *valedictorian* en su promoción, lo que encontró en su viaje en solitario a la Universidad confundió sus valores. Cayó en los estereotipos de las fraternidades. La *sorority* le proporcionó amistad y, al principio, drogas para estudiar. Pronto habría acabado con su carrera académica y también con su vida, de no ser por Ben.

Ben fue su punto de apoyo para recuperar la autoestima. Cuando estuvo al borde del abismo, la ayudó a recuperarse, a volver a ganarse el respeto de profesores y compañeros. A encauzar su carrera y a encontrar un futuro. Entonces volvió a equivocarse. Confundió gratitud con amor. Gratitud, dependencia y amor. Ben recondujo su vida.

En el sueño ha revivido una rutinaria situación familiar de un pasado casi olvidado. Ben la observa con disimulo mientras se dispone a tomar el desayuno, que no puede empezar por la interrupción de dos niños. Tres, cuatro, diez, veinte niños. ¿Sus hijos? Los rasgos faciales no estaban definidos en el sueño, no puede recordarlos con nitidez. Cada vez son más. De pronto la cara de su marido se manifiesta, y lo hace en la cara de todos y cada uno de los niños que la rodean.

No puede ser. Un escalofrío le recorre el cuerpo y se incorpora de un salto.

John se agita inquieto en una cama algo separada del resto. Hay dos afectados bajo sus cuidados y prefiere mantenerlo alejado de ellos. El encefalograma del chico revela ondas *theta* con baja frecuencia en los lóbulos frontales, aún duerme.

La doctora se sitúa silenciosa frente a la cama de uno de los dos pacientes sedados. Toma su hoja clínica y no reconoce el nombre. Pero sí el rostro.

¿Está todavía dormida?

Se encuentra frente a Ben, frente a su marido. Aquel hombre que siempre había estado a su lado, pero siempre distante en cierto modo.

La pesadilla precipitó en el rostro de su marido y, al volver de ella, le ha abierto los ojos para descubrir que ha estado toda su vida inmersa en otro mal sueño del que también vuelve a la realidad. La ira se refleja el azul de sus ojos mientras abandona la enfermería para dirigirse al laboratorio del profesor Friedrich, dispuesta a enfrentarse a él.

Por fortuna, lo encuentra vacío. Activa el ordenador central e introduce el nombre del paciente. Verifica más datos del historial y sus sospechas se confirman. Aquel hombre es un renombrado psiquiatra y no el aburrido vendedor de seguros que fingió ser su marido.

Toda su vida ha sido una farsa.

Recuerda que Ben solía interesarse por su trabajo. Recuerda que fue suya la idea de mudarse a vivir a Austin, cerca del hospital estatal. ¿Realmente se ganó por ella misma el puesto de trabajo allí?

Toda su vida ha estado dirigida.

El recuerdo de uno de los monótonos artículos que solía leerle mientras la observaba desayunar la llena de impotencia. La pregunta que le hizo a continuación revuela a su alrededor: "¿Es cierto eso, cariño? ¿La nueva médico jefe de urgencias corrobora que los días de luna llena la gente se vuelve un poco más loca?".

Hay un apunte al final de la ficha de Brandon Emmerson, el verdadero nombre del hombre al que nunca ha conocido pese a haber vivido tantos años con él. Vuelve a leerlo en silencio:

«Trabajo concluido».

¿Puede estar relacionada la observación con el hecho de que

aquel hombre se encuentre afectado y en una cama de su enfermería?

Solo hay una forma de saberlo. Accede a su cuadro médico y consulta la dosis calculada por su brazalete.

Cuando la doctora Allenda Witzel vuelve a la enfermería, encuentra a John sentado y con las piernas cruzadas sobre la cama. Le prepara en silencio un vaso de leche caliente y se sienta con él hasta que se duerme de nuevo. Luego regresa a la cama de Ben, que permanece en estado vegetativo. Acaricia su brazalete. Realmente ya no le importa, apenas recuerda el pasado. Hace tiempo que no siente nada por él. Queda velándole unos minutos más, buscando un algo de humanidad en su propio interior.

Luego, vuelve a su cama.

Capítulo 12

Ubicación desconocida

Los colores de las luces de la gramola intentan acompasar el ritmo de la suave melodía emitida por el vinilo que gira en su interior. El cerebro de Kevin, vibrando en la misma onda, tararea inconscientemente la canción mientras su atención se concentra en dar los últimos retoques a la nueva estación de radio. Ni siquiera el aviso de llamada en el monitor consigue despegar su cabeza del trabajo. Pasan veinte minutos hasta que se incorpora visiblemente satisfecho y se dirige a lo que denomina *Centro de Mando*.

Es Francisco. Siempre se alegra de poder charlar con él.

Se sienta en el sillón giratorio y espera a que todo se ilumine a su alrededor, alegre de que aún quede alguien con quien poder charlar.

—Disculpa, estaba trabajando… —Teclea en el aire.

—¿Seguro que va todo bien? —pregunta de inmediato Francisco Russo.

—Seguro, ¿alguna novedad de la expedición? ¿Han servido para algo los planos que te envié?

—De momento no he podido establecer contacto. Y tampoco puedo comprobar su localización.

—Si los vehículos se encuentran dentro de la base tendrán inhibida cualquier señal.

—Podría ser... aunque temo que sea debido a la niebla. A esa niebla eléctrica. —responde Francisco.

—Lástima, me hubiese gustado comprobar que mi información era correcta. ¿Alguna novedad en los Complejos?

Su amigo tarda unos segundos en responder.

—Iben asegura que el capitán Acab ha ordenado poner en marcha el protocolo de apertura del ARCA.

—¿Y bien?

—Es inviable, la apertura del ARCA no depende solo de decisiones humanas.

—Comprendo. Imagino que cuando lo sepa, la situación puede volverse algo tensa...

—En el Rascasuelos, Julius Anderson teme que el incremento del número de afectados sea incontenible. Sin embargo, el general Irwin ha logrado controlar la situación por el momento.

Los monitores quedan un rato en silencio.

—Por cierto, ¿cómo te encuentras? —Aparece finalmente en el monitor de Kevin.

—Bien. No te preocupes por mí, sigo el plan de entrenamiento físico y mental que me sugeriste.

Otra vez silencio.

—Kevin, presta atención. Las condiciones medioambientales en tu zona empeoran. Me preocupan especialmente los niveles de radiación. Hemos de sacarte de ahí cuanto antes.

—Gracias, pero no pienso volver a salir al exterior. Lo siento. Y recuerda que quizá haya otros como yo que necesitan nuestra ayuda.

—No me refiero a ahora. He trazado un plan para la vuelta del convoy...

—¿Tienes operativo el receptor de radio? —le interrumpe Kevin, cambiando de tema.

—Operativo. —Francisco parece desistir, por el momento.

—¡Perfecto! Entonces ha llegado el momento de realizar la prueba.

Kevin teclea unos comandos en el ordenador y se acerca al micro.

—Esta será la primera de una serie de transmisiones que iré repitiendo periódicamente. Necesito saber si la recibes y el tiempo transcurrido.

—Cuenta conmigo.

Kevin sabe que su amigo Francisco no alberga muchas esperanzas en el éxito de su plan, tampoco en que todavía quede gente viva y consciente. También sabe que no aprobará algunas de las cosas que tiene intención de revelar. Pero necesita hacerlo y, por supuesto, sabe que puede contar con su ayuda. Enciende el micro y mira la pantalla donde tiene preparadas las líneas maestras de su primer discurso. Usar aquella tecnología es como retroceder en el tiempo. Toma aire y comienza a hablar:

—Después de las misiones Apolo ya nada fue igual.

»Consiguieron que la desequilibrada sociedad creyera que la vida seguía sin novedad e incluso obtuvieron nuestra complicidad al hacernos partícipes de sus supuestos logros para evitar que viéramos lo que nos esperaba.

»Todo fue una farsa, una maldita puesta en escena en la que vimos y creímos lo que quisieron hacernos ver y creer. En concreto, la misión Apolo 14 y las sucesivas, de las que en gran parte no tenemos ni conocimiento, propiciaron el cambio de rumbo de la humanidad... Un cambio que se produjo antes de lo establecido por los Constructores. Pero no nos dimos cuenta de ello hasta muchos años después...

Año 1996

Capítulo 1

Edificio Chrysler, Nueva York

La van *Chrysler 94 T&C* negra aparca silenciosamente en el amplio espacio reservado a su disposición delante de la entrada del majestuoso vestíbulo del Rewer & Co. Building. Elegantes y faltos de sutileza, los dos hombres que descienden con una mano bajo la chaqueta, examinan de arriba a abajo el perímetro de Wall Street que da a su puerta. Unos segundos les son suficientes para que flanqueen la de los pasajeros y decidan abrirla.

Less se cruza la chaqueta blanca y acaricia la visera de una incongruente gorra de los Yankees que cubre sus canas antes de levantar la vista y acatar la invitación a apearse. No lo hace solo. Le sigue otro hombre de un obvio fenotipo amarillo con, al contrario que sus vigilantes, mirada inquieta. Ambos son escoltados hasta haber atravesado la puerta giratoria que les lleva a la recepción. Allí les espera Tom Murphy para conducirlos directamente al ascensor, agradeciendo con una sonrisa a la estricta responsable de seguridad el evitar su filtro.

—Síganme, caballeros, por favor —invita Tom atento, como siempre.

Mientras experimentan la aceleración de subida, el antiguo chófer no puede evitar cruzar una mirada de complicidad con Less, que aprovecha el trayecto para descubrirse y aplastar la gorra en el anacrónico cenicero que hace de papelera.

George Rewer les recibe en el mismo despacho en el que tuvieron el primer encuentro. A diferencia de su actitud en la anterior visita de Leslie Dean, esta vez se pone en pie de inmediato y saluda con cierta cortesía.

—Les estaba esperando, caballeros.

Uno de los guardaespaldas se dirige directamente a la ventana que hay a espaldas del anfitrión y, tras inspeccionar el exterior separando levemente la cortina, se aposta cara a ellos. El otro queda en la puerta de entrada. El invitado oriental no sabe cómo actuar, pero Less da unos pasos decididos para dejar caer sobre la mesa un dosier en el que resalta el acrónimo NOE.

Tom, a una mirada de George, inclina la cabeza y se retira con discreción de la sala. G. Rewer toma la carpeta y, tras ojearla, niega imperceptiblemente y la devuelve a la mesa.

—Lo que contiene nos transciende a todos. Quizá… — George se detiene y por fin parece reparar en el japonés, al que mira con desconfianza.

—Puede hablar con entera libertad. El señor Hao, nuestro arquitecto e ingeniero jefe, está al corriente de todo. Ahora, por favor, le rogaría que nos mostrase los sótanos aquí descritos.

George no puede ocultar un gesto de sorpresa. Pronto se domina y les señala la puerta de un armario enfrente de su mesa. Al abrirlo descubren otro ascensor, que podría utilizarse por sus dimensiones como montacargas. El anfitrión les invita a acompañarle y desde el mismo despacho descienden hasta unas instalaciones que, a todas luces, son de acceso restringido. Los escoltas de negro no participan de ese viaje y quedan a la espera en el despacho, siguiendo las órdenes de Leslie. El ingeniero comienza de inmediato a tomar medidas y a hacer anotaciones y cálculos mientras Less y George le observan pacientemente.

—Mi comportamiento del otro día no fue el más correcto, no sabía…

Less levanta la mano y deja claro que está olvidado, sin perder de vista los impredecibles y calculados movimientos de su compañero. El magnate permanece un rato en silencio, pero su ansiedad no le permite dejar de preguntar:

—¿Podrán ayudar a mi hijo?

Ambos hombres, orgullosos, se sostienen la mirada.

—Quizá sea él quien pueda ayudarnos —sentencia Less, zanjando el asunto. Poco después, añade—: Lo que mató a su mujer fue esa desmedida obsesión que usted tiene por coleccionar. Ella fue a dar con los restos del Apolo 14. Y se encontró con lo mismo que mató a mi hermano en aquella misión.

Cheng Hao se acerca temeroso de molestar.

—Disculpen la interrupción, ¿se puede acceder de un modo discreto a estas dependencias para introducir el material y realizar las reformas necesarias sin llamar la atención?

—Sí. Existe una salida a través de un aparcamiento subterráneo privado cercano —afirma George—. ¿Cuándo empezarían?

—Ahora mismo —dice Less—. Los dos hombres que esperan arriba disponen de parte del material necesario en el monovolumen.

—Tom podría ayudarles…

—No será necesario, manténgalo al margen. ¿Entendido?

Less se despide del ingeniero asiático y le anima a que continúe con sus sondeos mientras llega el vehículo. Less y George vuelven a tomar el ascensor privado hasta el despacho y los dos hombres reciben las instrucciones oportunas para ponerse a disposición del ingeniero.

—¿Los restos del módulo de mando *Kitty Hawk* todavía permanecen en su otra mansión? ¿Aún conserva algo allí? —pregunta Less por pura cortesía cuando quedan a solas.

George niega apresuradamente.

—¿Seguro? Espero que sea así, el equipo alfa estará ya sobre ella.

Less, antes de salir, recoge a la altura de su mano, y sin mirar, el sombrero que parecía parte de la escultura que les recibió junto a la puerta.

Capítulo 2

Edificio Chrysler, Nueva York

Phil lleva meses observando un estrecho callejón desde su habitación ubicada en la planta veinte de la torre de cristal *Rewer & Co. Building*. Aquel callejón comunica con el edificio, lo sabe porque una vez entró por allí de la mano de su padre.

Al principio observó un inusitado ir y venir de distintos vehículos de transporte de los que descargaban enormes cajas con carretillas contrapesadas. Cuando dejaron de hacerlo, apareció el particular individuo que una vez le preguntó si conocía su nombre. Está seguro de que es el mismo hombre porque, en algunas ocasiones, poco después de su llegada sube a visitarle. Siempre actúa de forma idéntica, se sienta frente a él con una libreta y una grabadora. Prácticamente no hablan, se limita a esperar y después se marcha. Tras las despedidas, Phil vuelve a observar el callejón y espera hasta que abandona el edificio, aunque en algunas ocasiones no consigue verlo salir en toda la noche. Entonces llega a pensar que se lo está imaginando todo debido a su confinamiento.

Sin embargo, en los últimos meses, algo ha cambiado. Las mudas grabaciones de aquel hombre en su presencia se han vuelto más esporádicas y lo realmente novedoso es que los domingos no viene solo. Ahora le acompaña un niño, casi de su misma edad. Llegan al edificio entrando por el callejón cogidos de la mano y salen por el mismo camino pocas horas después.

Hoy es diferente. Phil, con la cara pegada al cristal, ve salir al hombre solo. ¿Dónde está el niño? Siente una ligera presión en los tímpanos y un cosquilleo en las sienes al tiempo que se le nubla la vista. Parpadea y durante unos instantes apenas puede ver nada. Al cabo, descubre el vaho de su aliento en el cristal. Lo limpia rápidamente con la mano y se asoma a mirar. Toda la calle está vacía. Incluso ha oscurecido. Recuerda que el chico que entra con el hombre, en una ocasión levantó la vista hacia su ventana. Está convencido de que lo miró a él. Ahora debe de estar solo en algún lugar del edificio, tan solo como él.

Phil se aleja de la ventana e intenta forzar la puerta del cuarto una vez más. Y una vez más no lo consigue. Ya no va al colegio, ahora aquella habitación es su casa y su escuela. También es su prisión. Continúa aprendiendo con las charlas de magníficos profesores que le visitan regularmente y se ocupan de su educación y conocimientos. Nadie le explicó el motivo de aquel giro en su vida. Ni siquiera Tom, el único en quien confía. Lo que sí sabe es que algunos compañeros decían de él que estaba loco. Otros le temían.

Capítulo 3

Edificio Chrysler, Nueva York

La gran sala de espera, fría y marmórea, empequeñece aún más a los dos chicos que aguardan formalmente sentados, totalmente fuera de lugar. Ambos susurran entre sí, ignorando por completo el tablero y las pequeñas fichas desparramadas sobre el cristal de la mesa.

El hombre sentado al otro extremo, tras varias miradas furtivas, pliega el *Washington Post* y se aproxima a ellos:

—¿No os gusta este juego?

Ambos se encogen de hombros sin llegar a contestar. Tom sonríe y pregunta cordial:

—¿Os apetece un refresco?

Tras cruzar una fugaz mirada, niegan simultáneamente con la cabeza.

Tom, sin perder la sonrisa, se acuclilla y pregunta:

—¿No vas a presentarme a tu amiguito?

—Se llama Francisco, y es mi mejor amigo —responde Ken, orgulloso—. Sabe tocar el piano y es el mejor trucando los videojuegos.

—¡Uh, qué fiera! Encantado de conocerte, Francisco —saluda Tom con una sonrisa sincera y revolviéndole, afable, el abundante y largo pelo rubio.

El estrépito de un teléfono de pared hace que Tom cambie la jovial expresión del rostro y se separe de los niños con una disculpa. Francisco aprovecha para interrogar a Ken con la mirada.

—No te preocupes, Tom es muy bueno. Es mi amigo —le tranquiliza, guiñándole el ojo.

Ambos quedan en silencio tratando de escuchar las preocupadas palabras de Tom al teléfono.

«¿Un vahído? ¿El señorito Phil? Enseguida subo. Que lo preparen todo».

Tom cuelga y abandona la habitación tras pedirles con una forzada sonrisa que aguarden allí

A los pocos segundos, Francisco rompe el obediente silencio.

—¿Señorito Phil? Así que tu amigo imaginario es real.

Ken se pone en pie de un salto y, tirándole de la mano, obliga también a levantarse a su amigo.

—Ya te había dicho que es verdad. —Se envalentona—. Y ahora verás que el resto de lo que te he contado también... ¡Vamos!

Cogiéndole de la manga le arrastra hacia la puerta. Antes de alcanzarla, Francisco intenta liberarse.

—¿Estás loco? Nos han dicho que esperemos aquí.

Ken abre la puerta con sigilo y, tras asomar la cabeza para inspeccionar al otro lado, reta a su amigo:

—Vamos, Fran... ¿Es que tienes miedo?

Los dos niños se lanzan a la aventura corriendo y agazapándose entre las esculturas y los expositores que decoran el largo pasillo enmoquetado sin encontrar a nadie a su paso.

Ken parece conocer bien el camino y apenas se detiene un instante para vigilar en las esquinas. Francisco le sigue indeciso, pero sin dejar de observar algunas de las pinturas y obras de arte que les rodean. Ken se detiene en el extremo de uno de los corredores y, volviéndose, pide cautela a su amigo con un gesto de silencio.

—Al otro lado está el ascensor —dice Ken en voz baja y jadeante—; el sonido es diferente según baje libre u ocupado. Cuando yo te diga, camina con naturalidad detrás de mí.

Mientras esperan, Francisco trata inútilmente de convencer a Ken para volver a la sala de espera. Pero su intrépido amigo, con los sentidos aguzados, se limita a hacer gestos de calma y silencio.

—Ahora.

Ambos chicos abandonan el pasillo museo y atraviesan el amplio *hall* del edificio. Ken camina delante de su compañero. Entre las imponentes columnas que sostienen el techo se encuentra una multitud de gente que parece muy ocupada para prestarles atención. Incluso pasan inadvertidos ante las recepcionistas, dispuestas en semicírculo tras el mostrador, atendiendo llamadas. Ken acelera sus pasos al ver que las puertas de uno de los ascensores sin pasajeros comienzan a cerrarse. Ambos consiguen entrar en el último segundo. Francisco se apoya contra el espejo de la pared y resopla mientras Ken presiona una serie de números en el teclado.

—Se lo he visto teclear cientos de veces a mi abuelo.

Al ponerse en movimiento, Francisco interviene asustado:

—¿Dónde vamos?

—Ahora verás —replica Ken con un guiño.

El sótano es completamente diferente. De paredes más bastas, desnudas y sólidas. Ken tiene que empujar literalmente a su amigo para hacerlo llegar hasta una sala más grande que tiene como fondo una pared semiesférica acorazada, completamente homogénea salvo por un teclado y una pequeña ventana en forma de ojo de buey.

—Ayúdame a subir —pide Ken, impaciente.

Francisco, más corpulento, se agacha y Ken salta sin esfuerzo sobre sus hombros para ir levantándose hasta poder atisbar por la ventanilla.

—Vamos, aún no hay nadie dentro.

Ken baja de un salto y, manteniéndose sobre las puntas de los pies, no duda al pulsar largos códigos en el panel numérico. Se abre una compuerta que les lleva a una estrecha cámara hermética. Ken sonríe ante la cara de circunstancias de su amigo. Al poco, un sonido de luz verde abre en el otro extremo una puerta idéntica y son bañados por la cegadora iluminación interior de un grandioso recinto. Deslumbrados, parpadean varias veces y Ken, de nuevo, obliga a su asombrado amigo a seguirle entre los paneles translúcidos que compartimentan aquel palacio subterráneo. Esquivan por un lateral la sinuosa mesa de centro y entran en una zona aislada, con habitáculos en forma de tiendas iglús. Hay escafandras similares a las de los astronautas colgadas en un extremo, cables, gruesos tubos de colores e instrumental de laboratorio.

—¿Lo crees ahora? —pregunta Ken, con cierto tono de triunfo.

Curiosean mientras Ken explica atropelladamente cosas a su amigo, hasta que un sonido les deja helados.

—Aquí, rápido.

Ken abre la cremallera de uno de los iglús y se introducen en él.

—Esta es mi tienda, aquí no nos verán —asegura, volviendo a cerrar con cuidado la cremallera.

El techo abovedado es transparente, pero los laterales son de un blanco opaco que les impide ver. Francisco permanece agazapado pero Ken, de puntillas, narra a su amigo lo que sucede fuera.

—Es mi abuelo con el gruñón del padre de Phil. Le odio... Están entrando más hombres... Traen una camilla. No puedo verlo bien, pero seguro que llevan a Phil.

—Agáchate, por favor —le súplica Francisco.

—¡Un momento! Están entrando en el otro iglú... Hay dos

poniéndose los trajes de astronauta. Mierda, ya están dentro. Solo les veo las cabezas y…

En ese instante, se agacha junto a Francisco.

—Ken, tenemos que salir de aquí. Tu abuelo…

—Creo que el pobre Phil está muy enfermo —le interrumpe.

Ken se arrodilla y destapa dos gruesos tubos que conectan ambas tiendas. Pega la oreja al vacío y alienta a su amigo a que haga lo mismo. Así permanecen un buen rato.

—Es mejor que espere fuera —recomienda el doctor.

—No pienso abandonar a mi hijo.

Unas palabras en voz baja de Less al oído de G. Rewer convencen a este, que renuncia a discutir y le acompaña a la salida. Después, Less vuelve a entrar al iglú y cierra la cremallera.

Phil está tendido decúbito supino sobre una camilla, inmóvil y con los ojos cerrados. El doctor le descubre hasta la cintura, le sujeta tobillos y muñecas a la camilla y le pone un depresor en la boca. Después le coloca el gotero y el monitor. Por último, cuando ya está preparado, Less acerca su cara a la del niño.

—¿Puedes oírme?

No recibe respuesta. El médico, en pie a su lado, le pide paciencia evidenciando que no hay nada que hacer por el momento. Less le ignora por completo y continúa intentándolo, susurrando al oído del chico preguntas sencillas. El pequeño no reacciona y permanece inerte durante minutos y minutos en los que, como un mantra, solo se oye la llamada a la vida del científico. De pronto, el doctor da un paso atrás cuando, tal vez obedeciendo la férrea voluntad de Less, su paciente abre los ojos y muestra las pupilas extremadamente dilatadas, le toma la mano y la aprieta con fuerza mientras exclama:

—¡Allenda!

—Soy Less, ¿me recuerdas? —dice con suavidad.

La presión de la mano del chico va cesando gradualmente mientras aguardan expectantes hasta que vuelve a hablar. Su cuerpo está con ellos, pero no así su negra mirada.

—Ella os ha salvado.

Se cruzan una fugaz mirada. Less, sin querer dejar pasar la oportunidad, formula preguntas que inquietan al doctor, pero que no reciben respuesta.

—Nos veremos dentro de treinta y tres años en su hospital, cuando todo comience. —Es el único comentario de Phil antes de empezar a recitar una y otra vez lo que podrían ser unos versos:

[…] Me despido para siempre de los amores de mi vida.

[…] Quisiera retroceder en el tiempo y cambiar las cosas, pero ya no es posible. Si el destino os une de nuevo, despídete por mí. Te lo ruego…

[…] Demasiados recuerdos me rodean como lobos. En ocasiones me cuesta hasta respirar. Cuando estamos los tres, siento tan hondo su ausencia que después paso noches enteras llorando. Con vosotros he compartido los mejores años de mi vida. Os quiero.

[…] He decidido marcharme, emprender una nueva vida.

[…] Por nada del mundo interferiría entre vosotros. Esta carta rompe el silencio que convinimos. He estado a punto de quemarla, pero no he podido. Espero que puedas perdonarme por ella. Sus palabras contienen un trozo de mi corazón que me gustaría que guardases.

REM

—¿Qué es Sobol? —grita John en el interior de su cabeza para intentar hacerse oír por encima del vibrante sonido de los anillos de piedra. El eco *in crescendo* se autorreplica en cada circunvolución de su cerebro.

Cada vez le resulta más difícil contemplarse en el árido paraje lunar, la llamada del anillo central es demasiado fuerte. Aunque le han aumentado la dosis, pronto no podrá dormir ni con las drogas que le inyectan.

Durante unos instantes puede verse a sí mismo desde un plano superior, como a través de un cristal ondulante. Tras la visión pierde la consciencia.

—¿Crees en la magia?

Las palabras, las imágenes… La misma realidad se confunde en su mente. Se ve en otro lugar, en otro tiempo. Pero sabe que no está físicamente allí. Contempla el discurrir del tiempo y el espacio como un espectador ajeno de diferentes realidades, pero también experimenta en primera persona vivencias que nunca fueron suyas y que jamás estarán en su camino.

—¿Cómo lo has hecho? —dice el niño con asombro.

—Siempre ha estado ahí.

—¿En mi oreja? —responde inocente.

—Ja, ja —ríe su abuelo, haciendo pasar el objeto de una a

otra palma de sus manos ante la infantil mirada. Después cierra ambos puños.

El niño le mira indeciso. Señala una y otra mano solo por diversión y por fin elige una: la izquierda. Cuando su abuelo la abre, no hay nada. Tampoco en la otra. El asombro es todavía mayor al ver que el abuelo hace aparecer del bolsillo de sus propios pantalones un colgante con un pequeño camafeo.

En ocasiones, John es el niño que aparece en los sueños inducidos y ve a través de los ojos de ese chico. Pero las palabras, los movimientos y las decisiones no son las suyas, sino las de ese chico que ahora sabe con seguridad que es su propio padre cuando era joven. A veces se plantea si podrá influir en tales decisiones, o si ya lo ha hecho de alguna forma. ¿Habrá devenido en partícipe intemporal?

—Pertenecía a tu madre, una mujer inteligente y hermosa —explica con dolor contenido mientras lo pone en la mano del niño y la encierra entre las suyas—. Ahora es tuyo.

John no lo quiere, pero no puede evitar cogerlo. Tampoco puede evitar la emoción y el deseo de poseerlo que siente Ken, que siente él mismo.

—Lo que has visto no es magia, se trata de un simple truco. Aunque eso no quiere decir que no exista la magia. La ver-da-de-ra magia. —El abuelo enfatiza la palabra verdadera.

El rostro de su abuelo se torna más grave, parece el preámbulo de otra de sus singulares charlas. Así que el niño, obediente, se dispone a prestar atención.

—Ken, los avances tecnológicos actuales podrían parecer magia en un tiempo pasado, pero seguirían sin ser verdadera magia. Nuestra humilde ciencia no transgrede las leyes universales que rigen el universo conocido.

Ken asiente, sin entender. Pero sabe que así lo quiere su abuelo.

—Encontramos artefactos no humanos. Artefactos extraterrestres que van más allá de la capacidad de comprensión de nuestra limitada morfología. Tampoco es magia. Se trata solamente, en mi opinión, de tecnología más avanzada. Solo eso —sentencia.

El abuelo se saca una libreta del abrigo, la abre por una hoja en blanco y la apoya sobre sus rodillas. Traza una línea a lápiz que la divide por la mitad. A un lado de la línea dibuja con trazos sencillos una pelota y al otro un niño. Ken sonríe.

—Fíjate, este niño jamás podrá coger la pelota por más inventos o artefactos que tenga en su parte de la hoja —explica a la vez que continúa garabateando un coche y un avión en el lado del niño—. Nunca podrá alcanzar la pelota porque vive en esta libreta de dos dimensiones y no puede saltarse sus leyes. Hace una pausa y después le anima a que deposite el colgante sobre la hoja. El camafeo queda a un lado de la línea a lápiz y puede verse la cara de una bella mujer de cabello largo y negro. La cadena recorre la hoja en zigzag atravesando la línea y terminando en el otro lado.

—Pero si algo, o alguien… pudiera transgredir esas leyes, si pudiera escapar a ellas y vivir en un mundo de tres dimensiones, simplemente necesitaría un paso para atravesar la infranqueable línea y coger la pelota. Eso, mi querido Ken, es la verdadera magia. La magia con mayúsculas. Eso es Sobol.

Año 2045

Capítulo 1

Complejo ARCA, Antártida

Iben Jacobsen permanece en el centro de la sala de comunicaciones, quieto, con la mirada quieta. En un arrebato, lanza el teclado que sostiene contra uno de los monitores. Vuelve a quedar inmóvil, pensativo, cabizbajo y con los puños y facciones de la cara prietos, sujetos a la presión de la impotencia. No tarda en llegar Erik, quien de inmediato y como siempre, da la sensación de que estaba esperando la llamada. Como siempre, se apoya junto a la puerta de entrada con los brazos cruzados, el rostro imperturbable y los ojos casi cerrados. Iben se acerca a él rojo de ira.

—Lo sabías —le acusa, golpeándole en el pecho sin fuerza, muestra de su frustración al descubrir y tener que reconocer su propia ingenuidad.

Erik no se inmuta.

Iben se aparta de él y tira al suelo con el antebrazo todo el instrumental que había bajo los monitores. Da una patada a una torre de aparatos electrónicos que tampoco parecen acusar daño alguno y siguen titilando indiferentes.

—¡Eres tan desalmado como ellos! —Iben le observa

fijamente, con la respiración acelerada—. Estoy aquí porque confié en ti. Groenlandia, ¿recuerdas?

Erik asiente imperceptiblemente.

—Tú, el maldito profesor Friedrich, el capitán Acab... ¡Todos! —ruge Iben al tiempo que toma un voluminoso micrófono de los que acaba de tirar al suelo.

Se dispone a lanzarlo, pero Erik se lo impide agarrándole el brazo con un movimiento rápido y firme.

—Voy a avisarles y no podrás detenerme.

Erik lo inmoviliza con facilidad, sujetándole el brazo tras la espalda.

—Ahora harás exactamente lo que yo diga —exige Erik, pausado, intentando calmar la situación—. Respira e inspira profundamente. Debes relajarte hasta que disminuya tu ritmo cardiaco en el sensor del brazalete.

Iben lucha por zafarse, pero bien sabe que nada puede hacer contra su amigo, un verdadero oso humano.

—Si no lo haces, pronto estarán aquí y no podrás avisar a nadie.

Permanecen en la misma postura hasta que Iben se serena. Erik le suelta el brazo y le ayuda a tomar asiento frente al monitor.

—Adelante —le anima.

Iben le observa desconfiado antes de establecer contacto con el Rascasuelos. Apoya el brazalete sobre la mesa de control y se concentra en calmarse contemplando cómo la luz disminuye la velocidad de pulsación y poco a poco vuelve al verde. Después mira a Erik, que asiente, impertérrito.

La holografía de rostro de Anderson no tarda en materializarse frente a ellos.

Silencio.

—Aquí Anderson, ¿ocurre algo?

Erik vuelve a alentarle con la mirada. En ese momento, alguien toca a la puerta. Erik se separa unos pasos para mantenerla cerrada apoyando su cuerpo.

Iben habla atropelladamente:

—Anderson, tienes que prestarme atención. Os han engañado.

—¿Qué quieres decir? —responde el rostro perfilado en malla.

—El Rascasuelos no es una ciudad… y mucho menos un refugio. Es una máquina.

Iben toma aire y mira a Erik en busca de auxilio. Este, ocupado impidiendo que nadie entre en la sala, todavía le alienta.

—Debéis abandonar el Rascasuelos inmediatamente. En cuanto entre en funcionamiento, toda forma de vida que permanezca en su interior perecerá.

—¿Qué estás diciendo? —Hay desconcierto en la voz de Anderson.

—El Rascasuelos no es más que una réplica de la pirámide lunar. Forma parte del llamado *Proyecto MEDEX*, un proyecto secreto activo e irreversible para alterar la órbita lunar.

El cuarto queda durante unos segundos en silencio, salvo por los golpes y gritos tras la puerta.

—Tenéis que salir de ahí. No estoy loco, la verdadera función del Rascasuelos es sincronizar ambas pirámides para estabilizar el eje de rotación terrestre.

—Imposible, Irwin… —responde Anderson, incrédulo.

—¡Mierda, Anderson! Irwin es un maldito loco. Créeme…

En ese instante, el capitán Acab y sus hombres consiguen entrar en la sala para reducirlos y poner fin a la transmisión.

Capítulo 2

Interior del Rascasuelos, México, D.F.

El ascensor se detiene.

Los firmes y decididos pasos con los que se apea el general Irwin se tornan, poco a poco, muy pesados. Le supone cada vez más esfuerzo separar los pies del suelo para poner uno delante del otro. A mitad del corredor, sus hombros rozan contra las paredes a uno y otro lado. El zumbido, que en ausencia de oreja izquierda se le clava en la sien, está llegando a vencer su resistencia y trata de mitigarlo presionando el collarín transmisor a la altura de su oído. Atraviesa una puerta y accede a un último corredor nunca antes abierto. En oscuridad absoluta, sabe exactamente dónde dirigirse e intenta correr para alejarse del foco que le está haciendo estallar el cerebro. De nada sirve. El sonido está ya instalado en el interior de su cabeza. Cuando la puerta metálica se desliza ante él, apoya ambos codos en el marco. Se toma unos segundos antes de entrar: el cuerpo encogido, los párpados hincados en sí mismos, el mentón hundido contra el pecho y con los brazos cubriéndose la cabeza. El aire frío que escapa de la estancia se cristaliza en su cabello y cejas. Esperaba no tener que entrar nunca en aquella cámara funeraria.

Al cerrarse la puerta a su espalda, una débil luz ilumina el recinto circular: desnudo y con temperatura por debajo de cero. En su centro hay un gran ataúd metálico. Se aproxima despacio, marcando el suelo con las huellas de sus botas militares que arrancan la escarcha y queda pegada en los tacos. Retira la mano del oído; el sonido parece disminuir según se aproxima y se ha liberado la presión.

Bordea el féretro hasta situarse en su extremo más ancho y quita con la manga de la casaca el polvo helado que cubre el ventanuco de vidrio semicircular que rompe la uniformidad del acero. Emana un aura azul que acentúa su severo rictus al asomarse. Contempla el cadáver de cabeza rapada que yace sumergido en gel y que con las vacías cuencas de sus ojos también parece observarle. Manteniendo la mirada con aquel cuerpo en animación suspendida, tamborilea con los dedos sobre el panel digital de vidrio. Al completar el código, una bruma algodonosa levanta con un sonido de fuelle la tapa superior del ataúd. Dentro se revela un cuerpo desnudo cuya piel pálida y fina parece enfundar un esqueleto que gravita inmerso en un fluido gelatinoso. El general termina de insertar los comandos y el ataúd se eleva ligeramente del suelo antes de encajarse con suavidad en un único raíl al tiempo que se abre una oquedad de idéntico tamaño al otro extremo de la sala. Irwin lo acompaña con la mano apoyada en un lateral, hasta que se ve obligado a detenerse para verlo desaparecer. El sarcófago termina de traspasar la abertura y queda dispuesto para descender a las profundidades.

Se cierra el pasadizo y la sala circular se ilumina con una cálida luz que quita el frío. Pequeños corpúsculos luminosos flotan en el aire. Los observa. El pitido ha cesado totalmente y le invade una fuerte sensación de plenitud. Irwin se deja caer de rodillas en el centro bañado por aquella benéfica atmósfera.

Capítulo 3

Complejo ARCA, Antártida

Hace casi dos años que Iben no puede establecer contacto con Francisco y el punto del Rascasuelos desapareció para siempre del mapa de los monitores pocos días después de su inútil advertencia. La situación es desesperada y no puede permitirse el lujo de confiar en nadie. Da por hecho que Francisco está muerto, así como todos los habitantes del Rascasuelos, aunque quizá por su propio instinto de supervivencia quiere guardar una opción de esperanza. Pronto les llegará el turno a ellos.

La estación ARCA no les permite salir al exterior, algo que no le importa en absoluto, pues conoce muy bien la suerte que corrió la gente que se quedó fuera. Todo el sistema del Complejo sufre interferencias periódicas y pequeños cortes de suministro. Hasta los brazaletes han dejado de funcionar correctamente. Empieza a encontrarse mal; no lo dice. Nadie lo dice. Pero los casos de nuevos afectados aumentan y el capitán Acab apenas puede dominar la situación. Los delirios de Erik no le convencen, no cree en un plan superior ideado por Leslie Dean muchos años atrás. Se siente solo. Aquella sala y su diario se han convertido en su único refugio. Apenas sale de ella y actúa de forma similar a como lo hacía su amigo Francisco Russo en el subsuelo de Austin. En ocasiones sigue escribiéndole. Jamás obtiene respuesta, pero tiene la esperanza de que la señal quizá viaje en una única dirección y pueda recibirla, o puede que simplemente esté empezando a perder la cabeza. La soledad es la antesala de la locura. Sin embargo, no todo está perdido. Mientras el reactor continúe operativo queda esperanza, aunque no para ellos, claro. No hace mucho recibió señales de la estación espacial china. Está habitada. Unos días después apareció en su radar lo que podría ser una sonda aproximándose a la Tierra. Transmitió sus coordenadas, aunque desde entonces ya no ha vuelto a obtener comunicación alguna.

Todos los días son iguales. Los gritos de fuera apenas son ecos lejanos convertidos en música de fondo que ya forma parte del paisaje. Desde que se cortaron las comunicaciones con Anderson y Francisco, cada día es más difícil que el anterior. Pese a todo, sigue escribiendo. Redacta febrilmente un diario; quién sabe si más adelante alguien pudiese encontrar refugio en aquella tumba mecánica. Es su forma de evadirse. Así pasa el tiempo, ordena las ideas y despeja la mente. Quizá solo lo hace para mantener la cordura, quizá para darle sentido a todos estos años de confinamiento, o quizá para redimirse ante esta traición perpetrada al resto de la humanidad. Ha dejado por escrito todo el funcionamiento del Complejo, al menos hasta donde llegan sus conocimientos.

También elabora un resumen casi diario de lo que acontece en aquella madriguera ahora que los mecanismos de comunicación interna han cesado.

En este preciso momento, se sitúa frente al ordenador y abre la carpeta que contiene el diario. Acaricia las teclas con ambas manos y cierra los ojos antes de escribir:

«La última conexión con México, D.C. se registró hace cinco semanas, al parecer mi advertencia fue inútil y Anderson nada pudo hacer para sacarlos de allí antes de que el propio Rascasuelos se activase como nodo gravitacional…».

Mientras escribe, un tono acústico acompaña la aparición de una señal de entrada. Iben salta al otro monitor. Contempla con asombro que la señal no proviene del Rascasuelos ni de la Universidad de Austin. Es un eco que parece provenir de diferentes sitios. El receptor podría estar fallando, aun así se esfuerza en intentar sintonizar y escuchar:

«Aquí Unicornio. ¿Me reciben?

Mi nombre es… (interferencias), soy amigo de Francisco Russo».

(Interferencias).

¡Una voz nueva! Un superviviente. Iben ajusta el ecualizador mientras se escuchan más fragmentos.

«La apertura del ARCA está próxima, según los niveles…».

Iben trata de responder, pero no es una comunicación bidireccional. Es un mensaje probablemente enviado hace algún tiempo.

«John debe haber despertado y estar preparado para recibir al *ORCH* en el año 2050. Repito, 2050».

Iben se pone en pie, incrédulo. Está eufórico y nervioso. Teme estar volviéndose realmente loco.

«Hay más como yo, no pierdan la esperanza. Mis coordenadas son…».

La emisión se repite una y otra vez mientras Iben pasea excitado por la sala. No proviene del satélite. Es una señal de radio, por imposible que pueda parecer. Analiza todas las opciones que se le ocurren y busca la forma de responder.

Descarta informar al capitán, ni siquiera a Erik. No piensa caer en las manos del temido profesor Friedrich.

Capítulo 4

Universidad de Austin, Texas

Francisco Russo deja programada una transmisión por radio periódica dirigida a la presa Hoover en la que indica la nueva ruta de vuelta. Después, termina de escribir el *email* a Kevin. Necesita unos segundos para armarse de valor y pulsar sobre el icono «enviar». Mira hacia el techo para despedirse en silencio de su viejo amigo Ken, aunque ya duda de que aquella voz que escuchó hace unos años no fuera más que una jugada de su propia imaginación.

Se pone en pie. Lo tiene todo preparado, incluso ha ordenado la sala antes de lo que puede ser su despedida. Con energía, carga la pesada mochila a la espalda y toma una barra de hierro con su mano derecha, que inconscientemente aprieta con fuerza. La decisión está tomada, ha estado preparándose para esta salida desde que dejó de poder establecer contacto vía satélite con el Complejo ARCA, y todo apunta a que no podrá hacerlo antes de la fecha prevista, así que ya ha completado su programa de actuación en aquella sala. Al ver activa la llamada al *ORCH* desde el ARCA y haberse puesto en marcha el Protocolo Naranja, sabe que los humanos han perdido y que el bíblico fin que no fue en los libros sagrados ahora sí está próximo. Tanto NOE como ARCA no parecen haber sido las claves en esta ocasión para un nuevo renacer tras la tempestad. Ya no hay sitio para la gente como él en este planeta, eso suponiendo que ahí afuera todavía quede alguien más vivo y consciente. Nada volverá a ser como antes aunque acabe triunfando la última fase del plan de Leslie Dean.

Durante estos años de soledad ha reflexionado mucho

considerando la dimensión del propósito de aquel hombre legendario al que admira y de la grandiosidad de su plan.

Como el maestro cantero que visualizó su magnífica catedral con el objetivo de alcanzar el cielo, visionario que, a pesar de saber que nunca llegaría a verla terminada, no desistió de proyectar sus cálculos y comenzó a excavar sus cimientos, Leslie Dean teorizó sobre las drásticas medidas de salvaguarda que deberían adoptarse en la Tierra para paliar la inevitable debacle que veía acercarse inexorable y diseñó un programa de actuaciones y estrategias para posibilitar la continuidad de la especie.

La pretensión de luchar contra un movimiento cósmico partiendo de una simple voluntad humana es tan colosal, que el respeto que siente Francisco no puede aceptar la percepción colectiva de engaño que dominó los últimos momentos. Aunque es capaz de entender ese sentimiento, al saber que alrededor del mundo solo se veía sucumbir toda esperanza de vida.

Él recibió instrucciones en primera persona y se prometió ser uno de los continuadores de aquel épico plan, aunque solo fuese para mantener viva la semilla de esperanza de salvación que le había transmitido el mismo Dean.

Solo le resta hacer una última cosa: cumplir su parte para completar el plan. El satélite no funciona, pero sí el recurso del sistema por ondas de radio ideado por Kevin. Tardó unos días, pero por fin recibió la primera transmisión de prueba de su amigo. La ha escuchado gran número de veces y ese debe ser el motivo por el que en ocasiones duda si no había escuchado ya antes fragmentos de la misma.

Es increíble que una persona como Kevin, un hombre excluido de la sociedad, tenga tanta fe y ganas de ayudar a los suyos. Que se haya convertido en otro de los que sustentan el plan, esta vez no previsto por Leslie. Entre Francisco y Kevin se desarrolló la camaradería de los que dedican su existencia sencillamente a aportar. Como científicos e investigadores, encuentran su propia gloria al poner a disposición de los demás el resultado de su labor. En alguna de sus conversaciones mantenían que la única forma de ser dueño de algo es tener la nobleza de compartirlo. Por ello, ambos luchan en medios diferentes con el único propósito de encontrar la forma de regenerar la comunicación para unir a los habitantes del planeta que puedan recibirla.

Francisco está decidido a usar el mismo método de emisiones de radio para tratar de contactar con el ARCA. Para ello ha diseñado un súper repetidor capaz de potenciar el viaje de las ondas ayudándose de la misma carga de electricidad que contiene la niebla. La misma niebla que a su vez bloquea la señal del satélite se convertirá ahora en el medio sobre el que se establecerá un sistema de infinitos ecos y rebotes multidireccionales. Quizá tarde un tiempo, pero la señal acabará llegando con toda seguridad a su destino. También ha encontrado el emplazamiento óptimo para instalarlo, aunque por el momento ha ocultado sus intenciones a Kevin.

Antes de salir, descuelga la carta de Katy. La dobla cuidadosamente sobre los mismos pliegues y la guarda en su chaqueta. Pese a que hace años que les perdonó, las lágrimas nublan sus ojos.

Escucha el exterior con el oído contra la puerta antes de abrirla; siempre lo hace. Ha necesitado salir varias veces en los últimos días para dirigirse a los laboratorios de investigación y reunir las piezas que ahora carga a su espalda. Inspira y espira profundamente. Se descarga de tensión resoplando fuertemente mientras se pasa la barra de acero de una mano a la otra. Abre la puerta y, tras cerrarla por fuera, deja en el suelo un sobre con las llaves y una nota. Sabe que los afectados que merodean lo ignorarán por completo.

Las luces de emergencia no funcionan desde hace meses. Se vale de una potente linterna LED de casco para recorrer los pasillos con la barra de hierro en alto, tratando de que sus pasos emitan el menor ruido posible. Alcanza el ascensor sin incidentes; quizá hayan desistido. Una vez dentro, presiona el código que debe catapultarle al exterior del campus. Es un momento delicado. La energía auxiliar debería hacerlo funcionar, pero no está seguro de ello. Allí mismo podría terminar su aventura. Tarda unos instantes en los que el sonido de alguna polea rechina por arriba hasta que el ascensor se pone en funcionamiento. Sube muy despacio, como si fuese a detenerse en cualquier momento. Lleva la máscara colgando en un lateral de la mochila. Las lecturas indicaban que no sería necesaria, así que prescinde de ella por el momento.

Finalmente lo lleva hasta el exterior. La vista del campus le deja helado: es como si hubiese pasado siglos abandonado. La mayoría de los edificios están medio derruidos y algunos de ellos solo son escombros. Excepto la Torre del Reloj, que gracias al satélite ya sabía que se mantenía en pie, altiva, como el último bastión de una época pasada.

Mira el cielo. Dispone de poco tiempo, muy pronto todo se oscurecerá. Corre hacia la torre mientras la niebla se espesa sobre su cabeza. Hay tiempo, lo tiene todo calculado. Aumenta la velocidad tratando de evitar mirar a su alrededor, pero como un acto reflejo se le escapa alguna mirada de cuidado. Al ver las ruinas de lugares reconocibles e importantes para él, reconstruye sobre ellas lo que fue su facultad en el pasado. Un pasado que ahora parece muy lejano, como si nunca hubiera existido. Pero sí existió y sus recuerdos persisten: los días de felicidad con Ken, Isa y Katy, juntos, en lo que prometía ser una vida rica en amistad, en amor. Fue un idiota por marcharse a España, por abandonarla...

En su carrera salta sobre cadáveres que yacen en el suelo y observa siluetas de individuos estáticos que parecen ignorar su discreto y constante paso. Al alcanzar la Torre, hace una pausa para recuperar el aliento y vuelve a mirar hacia arriba antes de entrar. La niebla aún no ha alcanzado la cresta.

El ascensor no funciona. Lo tenía previsto. Simplemente ha dejado de existir. Ahora no es más que una abertura rectangular sobre un hueco oscuro. Se arrodilla para estudiar con curiosidad un puñado de arena antes de dirigirse a la escalera. Veintiocho pisos y demasiado peso en la espalda. Es la primera de las pruebas para las que ha venido entrenándose. Comienza a subir sin pensarlo. En la planta quince, cuando empiezan los primeros aullidos, comprueba que respira correctamente y que lleva buen ritmo. Al continuar ascendiendo, algunos de los escalones se deshacen bajo sus pisadas. No contaba con eso, pero no puede parar. Sube, mantiene el ritmo, respira, sube, sube. Recuerda sus entrenamientos en los pasillos de la universidad.

Step, sube, baja, sube, baja, *step*, sube y sube.

Al alcanzar la fatídica planta número veintiocho, deja la mochila en el suelo y dedica unos segundos a estirar los músculos. La niebla con sus culebrinas se encuentra a pocos metros sobre él. Arrodillado, vacía la mochila y empieza a instalar un nuevo repetidor que potenciara la emisión que ha dejado activa desde la sala de comunicaciones y que, más adelante, también podrá usar Kevin.

Escucha de nuevo aullidos, aún lejanos. Están abajo y necesitarán tiempo para llegar hasta él. «Seguramente no han percibido aún mi presencia», trata de animarse mientras trabaja. El nivel de concentración es tal, que solo cuando termina se da cuenta de que la niebla peina su cabeza. Aferra la barra metálica y, al levantarla, ve cómo lanza destellos y la oye crepitar al entrar en contacto con la niebla. La hace girar con destreza provocando un pequeño remolino eléctrico. Las descargas se intensifican. Se detiene cuando una leve ráfaga de viento atrae algo hasta él. Contempla el objeto con interés reverencial antes de inclinarse a recogerlo, dejando la barra a su lado. Resulta ser el mismísimo sombrero de Leslie. Lo toma por las alas y lo hace girar, como tanto le gustaba hacer a su mentor. Unos escalofríos le recorren todo el cuerpo cuando una tonadilla familiar parece sonar a su alrededor. Una tonadilla acompañada de una letra por la que una vez le preguntó Leslie. Siente una presencia cerca e, instintivamente, mueve poco a poco el pie derecho hasta encontrar la improvisada arma en el suelo. Escruta la niebla sin resultado. La presencia sigue ahí, pero el recuerdo de su amigo y mentor traído por el sombrero es más poderoso que ella. Arrastra con el pie la barra al tiempo que se aproxima a un extremo de la cornisa, donde se arrodilla.

El paraje es desolador. Hace girar unas cuantas veces más el sombrero tarareando para sí la cancioncilla de *Luna lunera cascabelera* mientras mira hacia abajo. No alcanza a ver el suelo y los funestos pensamientos que cruzan por su mente le desgarran el corazón. Los aullidos han cesado, pero ya se ha hecho patente que algo o alguien está detrás de él. Incluso empieza a oír la respiración a su espalda. Permanece arrodillado unos segundos más, concentrado. Como rindiendo el tributo que le reclama Leslie Dean antes de afrontar su destino.

Deja suavemente el sombrero en el suelo y acerca despacio la mano a un extremo de la barra. Concentrado en los *katas* que ha visto, estudiado e imitado cientos de veces, tensa los músculos de nuevo para tomar impulso. Tiene una sola oportunidad. Con un ágil medido salto se pone en pie al tiempo que se gira para quedar frente a frente con la segunda de las pruebas que tiene en su lista. El ser que encuentra ante él es más grande que el resto de las siluetas que le han perseguido por los pasillos. No hay rastro de humanidad en sus ojos. La niebla le impide distinguir sus rasgos con nitidez, pero aparece desnudo, quieto, semiflexionado, mirándole hipnóticamente a la cara. Puede entrever la musculatura y corpulencia, sin duda fue un ejemplar humano hercúleo. De vez en cuando olfatea el aire. Francisco mantiene con la mano derecha la barra vertical entre sus ojos y los del neoprimate mientras pregunta:

—¿Qué eres? ¿Puedes hablar…?

Escucha los ronquidos de la respiración en la boca entreabierta de su amenaza. No hay respuesta. No importa. Habla en voz alta y sin descanso para distraer su atención.

—Así que eres tú… Me advirtió Kevin de que tienen un macho alfa… Enorme… Pero… ¿acaso eres inteligente…? ¿Inmune a la luz?

El casco de luz centelleante vuela hacia los ojos del primate que intenta esquivarlo deslumbrado. Francisco lanza un prolongado grito al tiempo que gira sobre sí mismo y sujeta con ambas manos la barra de acero para impulsarla con todas sus fuerzas y hacerla describir una estela de chispazos al estrellar un diestro mandoble contra el mentón del brutal espécimen.

Todo se vuelve oscuro y confuso durante un instante.

Francisco está recostado contra el borde de la torre, sin saber todavía qué ha pasado. Oye fundirse el eco de su propio grito con el aullido del primate y deduce que ha caído por el extremo opuesto. Poco a poco, intenta dominar de nuevo la respiración, pero tras inspirar profundamente y tratar de levantarse para calmar el estremecimiento que le recorre el cuerpo, descubre que desde alguna parte de su vientre mana sangre a borbotones.

Capítulo 5

Ubicación desconocida

Kevin, tumbado, escucha la suave música que envuelve el refugio. Los días se suceden idénticos. Confusos. Internet ha dejado de existir y las conversaciones con su amigo Francisco Russo cada vez son más esporádicas. Llegan a dilatarse semanas enteras. Fruto de la soledad, sus divagaciones le hacen temer estar afectado, pero lucha por ser consciente y rechazarlas; no puede dejarse invadir por el desaliento. Mantiene la esperanza. Francisco confirmó la recepción de su transmisión y desde entonces pasa horas transmitiendo frente al micrófono. Hay días que repite ese primer mensaje una y otra vez, otros días simplemente habla y habla, desvariando. Prefiere hacerlo en persona y prescindir de grabaciones. Hablar es su único consuelo. Es plenamente consciente de que aunque sus palabras fueran escuchadas por alguien, a duras penas podrían ser respondidas, cosa que no le hace desistir.

Una alerta de nuevo mensaje recibido le hace saltar del sofá cama y ocupar de inmediato su lugar en el Centro de Mando. La simple posibilidad de establecer otra charla con su amigo Francisco es el aliciente que le permite soportar la espera. Pero esta vez es distinto, el icono de un sobre gira sobre sí mismo en el monitor. Esperando a ser abierto. Kevin lo observa, teme lo que pueda contener. Solo puede ser de Francisco. Y, si es así, ¿por qué no hablar directamente con él?

Gira y gira en su sillón antes de decidirse.

—Abrir correo.

El sobre se abre con una animación y monopoliza la pantalla un formato de pergamino antiguo con caligrafía manual y bordes enrollados. Se aproxima para leer con atención.

«Kevin, cuando leas la presente carta, yo habré salido al exterior. No soy tan valiente como supones y sé que si te lo hubiese comentado, habrías conseguido disuadirme. Sabes que desde hace casi dos años vengo entrenándome. Ahora comprenderás que no solo era por aburrimiento. Estoy en plena forma y creo que he hecho lo posible para enfrentarme a lo que encuentre ahí afuera. Pero con todo, seguramente sea la última vez que tengas noticias mías y te pido perdón por ello. Te pido perdón por dejarte solo. Pero tu nueva forma de transmitir quizá nos ofrezca una última oportunidad. Aún hay esperanza. Como sabes, Leslie Dean me encomendó una labor y esta es la única forma de poder cumplirla. Además, necesitaré tu ayuda. Por ello, te paso el testigo y la carga que ello supone.

Voy a instalar un nuevo repetidor en lo alto de la Torre del Reloj, contra ella deberás emitir a partir de ahora. La misma niebla eléctrica va a servir para amplificar y propagar tus emisiones indefinidamente, como hacía un virus informático sobre Internet.

En esta carta digital te adjunto códigos de acceso al satélite, para la superficie terrestre es inservible debido a la capa que la envuelve, pero de cara al espacio quizá pueda ser útil. También he incluido las coordenadas y claves para contactar con el Complejo ARCA. Iben Jacobsen recibirá las transmisiones, ya te había hablado antes de él. Debes presentarte como conocido mío, además de convertirte en Unicornio… Siempre me gustó esa criatura mitológica, aunque seguramente tú tengas una teoría y pruebas irrefutables de que realmente existió. En esta ocasión no podremos discutir sobre ello, viejo amigo.

No tenemos la certeza de que ellos puedan contestarte, pero tú debes hacerles llegar lo siguiente: "Protocolo Naranja activo. Esperad al *ORCH* a comienzos del año 2050. John, para esa fecha, debe haber despertado y estar preparado. A Markus Whitemann y al resto del grupo se les obligará a abandonar la presa Hoover antes. He trazado una nueva ruta de vuelta más segura para ellos".

Para completar el plan de Leslie hacen falta dos llaves: Whitemann era la primera y yo soy la segunda. Debes comunicar esta información al igual que lo haces diariamente para los posibles humanos conscientes. Desde este momento tú eres imprescindible y debes sobrevivir. Ahora tienes acceso al satélite y la capacidad de transmitir a todo el planeta. Si todo va según lo previsto, el convoy de Whitemann pasará a escasos metros de tu localización. Tu única posibilidad es unirte a él para huir de tu zona. Por ello, deberás salir periódicamente del búnker en la fecha indicada y estar atento a su señal.

Siento no poder añadir nada más.

Tu fiel amigo, Francisco».

Año 1997

Capítulo 1

MCC-H, Houston, Texas

Less aguarda sentado en su despacho con los ojos cerrados y las palmas de las manos juntas frente a su rostro. La chaqueta de su elegante traje apenas hace arrugas al no tocar el respaldo del asiento. No tarda en sonar el aviso. Recoge su bebida caliente y se levanta para bajar a la sala de Control de Misión. Antes de entrar, toma un último sorbo de café y deja el vaso en la papelera. Se coloca el comunicador y contempla la pantalla panorámica. La gran sala ovalada está iluminada, pero son pocos los puestos con los monitores encendidos. El reducido equipo que ha convocado ocupa sus respectivos asientos entre murmullos cuando perciben su presencia.

—Señor, el módulo lunar ha confirmado la presencia del objeto siniestrado en el interior del cráter.

Less, sin pronunciar palabra, se acerca a las cabinas de control.

—Es invisible al radar y las imágenes no son lo suficientemente nítidas para llegar a una…

—¿Son las que aparecen en pantalla? —interrumpe Less.

—Sí, estamos trabajando en mejorar la calidad.

—Iniciamos maniobras de descenso en próxima órbita —continúa sin prestar atención.

Todo el equipo se vuelve hacia él. Sus órdenes se transmiten a Misión y comienzan a ejecutar las maniobras pertinentes. Solo puede escucharse el sonido de los teclados y los impacientes pasos de Less durante los siguientes minutos.

—Módulo de aterrizaje desacoplado con éxito. Iniciando descenso.

Un suspiro generalizado de satisfacción inunda la sala sin alterar el gesto del abstraído Less.

—¿Retardo en voz e imágenes?

—Apenas tres segundos, debido a….

—Abra las comunicaciones. Escuchémosle —solicita Less.

Poco después se reciben las primeras transmisiones desde Misión al tiempo que en los monitores principales se van definiendo las imágenes.

—Control. Objeto siniestrado en campo visual. Es…

—Prepárense para el alunizaje en las coordenadas señaladas.

—Control, lo tenemos delante. Flota a pocos centímetros del regolito y no parece dañado en absoluto.

—Describa el terreno.

—Suelo compuesto por finos detritus. Nuestras huellas se hunden unos centímetros en cada paso. El objeto ya debería estar enterrado a estas alturas…

—Capitán, no estamos hablando del objeto. ¿Alguna anomalía en el terreno? —inquiere Less.

La respuesta se demora un instante.

—Un gran surco similar a un canal corre a nuestras once. Parece formado por la lenta caída de una enorme roca, ahora casi enterrada por completo salvo por su extremo final. El resto es muy similar al Mar de la Tranquilidad. Nada que ver con el abrupto terreno de la cara oculta.

Less, sin mediar palabra, da dos rápidos golpes con los nudillos sobre la mesa de cuatro participantes que instantes después abandonan la sala.

—Steele, Miller. Instalen el equipo bajo el centro de masas

del objeto.

Los astronautas no replican. Sin embargo, al llegar las imágenes del módulo y de las cámaras integradas en sus trajes, se les ve dudar unos instantes antes de obedecer. Mientras trabajan con exasperante lentitud, solo se escucha el sonido de sus respiraciones y los pasos de Less por la sala. Los potentes focos del módulo y los haces de luz que desprenden los cascos de los astronautas contrastan con la absoluta oscuridad que les rodea.

Control de Misión recibe la señal de instalación terminada, acompañada de imágenes en las que se aprecia un férreo mecanismo en forma de cono invertido en el que destacan dos grandes cilindros dentados a modo de aspas en los laterales. Antes de que Less vuelva a intervenir, ya ha despachado a otros dos asistentes y solo quedan seis personas en el Control.

—Por favor, sepárense veinte metros. Nosotros lo activaremos desde aquí. —Less hace el gesto que su ingeniero jefe está esperando.

Las aspas giran y levantan el polvo del suelo lunar a medida que cobran velocidad. Con cada vuelta espesan una densa cortina que, como un perezoso tornado, envuelve lentamente todo lo que le rodea. La ralentizada e irreal tormenta de arena hace caer, como hipnótica nieve, los pequeños trozos de roca pulverizada que arranca al perforar la superficie. Los ojos de los astronautas no dejan de enfocar aquella escena que emiten sus cámaras. Los que la reciben, enmudecidos con el mismo asombro, observan hundirse el cono central. Less, más atento a las imágenes enviadas por el astronauta que queda orbitando, detecta que algo pasa con el módulo de aterrizaje. Con un gesto invisible, ordena la detención de la gigantesca perforadora al mismo que la activó. Acto seguido, invita al resto a que abandone la sala.

—Miller, preste atención. Extraiga el eyector del módulo de aterrizaje de inmediato.

—Entendí…

—De inmediato —ratifica Less con serenidad y

determinación.

Desde las cámaras de Steele, su compañero, y del propio módulo, lo ven saltar a cámara lenta hasta que lo alcanza.

—Señor, el tren de aterrizaje se ha... —informa el astronauta, excitado, antes de ser interrumpido de nuevo por Less.

—Lo sabemos, proceda.

Pero los movimientos del capitán de Misión Miller son lentos pese a su esfuerzo, evidente al incrementarse su respiración y pulso hasta niveles peligrosos. La cortina de arena vuelve al suelo formando unos montículos a ambos extremos de donde estaba el cabezal cónico, ya invisible.

—Miller, cálmese y céntrese en la tarea. Disponemos de tiempo.

—Control —interviene el astronauta Steele—, hay algo bajo el objeto. Es una plancha dorada, no hay...

En ese instante, un ahogado grito precede el chasquido de la cámara al impactar contra el suelo. Ya solo emite en negro. Less pide a su último colaborador que corte temporalmente la comunicación con Misión. Se quita el comunicador y lo deja caer sobre la mesa ante la desconcertada mirada de su interlocutor.

—¿¡Quién le ha ordenado acercarse!? —lamenta Less desde un extremo de la enorme y solitaria sala—. ¿Por qué se ha acercado?

Vuelve a coger el comunicador, y con él en la mano, se queda mirando al techo sin prestar atención a las pantallas principales.

—Señor, Miller informa que tiene el eyector en su poder. También asegura que el módulo se ha hundido varios centímetros en la arena lunar. Si no despega de inmediato, difícilmente podrá hacerlo.

Less se coloca el comunicador, abre el canal y se sitúa frente a la pantalla principal.

—Capitán Miller, preste atención. Debe llegar hasta el primer montículo de arena y depositar en su cima el eyector. Una vez realizada la maniobra, vuelva al módulo lo antes posible.

¿Entendido?

—Entendido, señor. Mi compañero…

—Olvide ahora a su compañero —dice Less, recuperando la entereza.

Less y su hombre de confianza, Markus Whitemann, lo ven trabajar desde las dos perspectivas. Los movimientos son muy lentos. Agónicos. En ocasiones el astronauta barre con la vista el perímetro, seguramente con la esperanza de avistar a su compañero, pero sin interrumpir su cometido. Según transcurren los minutos, la cámara del módulo se va inclinando paulatinamente hasta acabar enfocando al suelo. Tanto el astronauta como el enorme platillo que hay sobre él quedan fuera del objetivo. Markus, el ingeniero de Control de Misión, se pone en pie dispuesto a protestar. Pero Less no le permite dar su opinión y le dirige con la mirada a su asiento.

—Hecho —dice el astronauta con voz fatigada.

—Buen trabajo, Miller. Ahora vuelva al módulo.

—Señor, la arena se desliza al interior del agujero creado por el cono formando una especie de remolino que arrastra al eyector.

—Capitán, por favor, vuelva de inmediato al módulo.

Al terminar de hablar, Less mantiene sentado a su auxiliar apoyándole una mano en el hombro y le insta a que prepare el funcionamiento del eyector.

Ahora solo pueden ver lo que ve el astronauta Miller con retraso y distorsión. Saben que en pocos instantes perderán esa visión hasta que el satélite auxiliar supla al módulo orbital. Son testigos de una situación aterradora, acrecentada por el pánico en la respiración de la impotente víctima mezclada con la acelerada alarma de sus constantes vitales.

—Si entra en el módulo, no podrá despegar. Será devorado por la arena lunar —informa tímidamente Markus.

Less tarda un instante en replicar.

—Si no lo hace, morirá asfixiado o volatilizado por la explosión.

Se vuelve a hacer el silencio. Cortan las comunicaciones con

Misión para que no pueda escucharles mientras discuten. El astronauta alcanza con esfuerzo el módulo de ascenso. Apenas puede acceder arrastrando el peso de su propia impedimenta.

Abren las comunicaciones.

—Estoy dentro.

Silencio.

—Iniciamos despegue. Potencia al máximo.

Los propulsores rugen, pero el módulo parece hundirse en vez de elevarse.

—Control, el módulo no responde. La arena ha inutilizado el motor cohete de ascenso. Vibra pero no consigo elevarlo. Solicito su ayuda.

En esos momentos, Less se encuentra frente a un monitor de cabina para poder seguir la trayectoria del objeto el eyector lanzará al espacio. Los gritos de pánico del capitán Miller no desvían su concentración. Markus vuelve a ponerse en pie. Less se quita el comunicador y le conmina:

—Siéntese, por favor, y haga exactamente lo que yo le diga.

—No pienso…

—Lo hará… Sé elegir a las personas y precisamente por eso solo quedamos usted y yo en la sala. Ahora siéntese y hable con palabras de consuelo con Miller hasta que yo le dé la señal de activar el eyector. ¿Entendido?

Silencio.

—¿Entendido? —repite Less sin apartar la mirada del monitor.

Markus, ocultando su abatimiento y sintiéndose en la piel de un verdugo falto de argumentos, cambia su reacción de forma instantánea para ocupar su asiento y comenzar a hablar. Tiene pocos minutos antes de que pierdan la comunicación y son para acompañar a su amigo a morir. Demasiado tarde. A su pesar, todo termina mucho antes y solo le da tiempo a articular una única frase desde el fondo de su alma. Al terminar de pronunciarla, Less hace la señal y se escucha una explosión que enmudece para siempre al astronauta y toda comunicación con los exploradores fuera del módulo orbital. El negro de las pantallas y el silencio inundan la sala. Less se coloca el comunicador y se sitúa frente a la pantalla principal. El subyugado ingeniero se contiene un breve lapso de tiempo hasta que con voz quebrada consigue decir:

—Permiso para abandonar la sala.

—Por favor, permanezca en su puesto.

Pasan en silencio casi treinta minutos. No se miran. Cuando el módulo que orbita la Luna devuelve la conexión, el piloto interviene:

—Control, he perdido la conexión con los astronautas y el módulo de aterrizaje. ¿Ha ocurrido algo?

—Rastree cualquier objeto de tamaño superior a dos metros escapando del punto de alunizaje. Avíseme cuando lo tenga.

Pasan los minutos.

—Localizado, es una plancha de dos por seis metros. Por la velocidad quedará atrapada un tiempo en la órbita lunar antes de poder escapar a ella.

—Buen trabajo, Johnson —le felicita Less—. Ahora inicie las maniobras de regreso.

—Pero, señor, los compañeros…

—Ha oído bien. Inicie inmediatamente las maniobras de regreso.

REM

Los cabellos de la doctora Allenda flotan en aquella sala. La Sala Blanca. Sus movimientos son lentos, pero la atmósfera ya no es tan hostil para ella como lo era antes. El cuerpo inerte de John yace sobre una camilla. La doctora ha dispuesto todo lo necesario para desprenderle la pseudopiel y vaciar sus pulmones usando un sifón. No puede llevarlo a la enfermería, ya no. En la enfermería atiende los casos más graves de afectados. Más que atender, los retiene… El momento se acerca y, aunque pone todo su empeño, sabe que nada podrá hacer por ellos. Ya no pertenecen a su especie.

Introduce la sonda con ternura y precisión por la tráquea del joven John hasta sus delicados pulmones. Aprieta rítmicamente el sifón y un humor rosado va fluyendo para ocupar una bolsa de PVC transparente. Pronto empezaran los vómitos y los espasmos.

Una vez finalizado el drenaje de los pulmones, la doctora le aplica una leve descarga sobre el pecho para estimular la respiración aeróbica. Después se sirve de estériles y una solución fisiológica para limpiarle todo el cuerpo. Separa fragmentos de falsa piel, que se desprenden estirándose en tiras gelatinosas. El joven duerme profundamente, pero sus labios emiten murmullos. Murmullos antes incomprensibles para ella y que ahora es capaz de interpretar sin dificultad:

—La imaginación en esencia no existe, es una quimera. —

No es John quien habla—. Todo nuestro potencial imaginativo se reduce a ramificaciones de la experiencia. El pasado se confunde con cuentos y leyendas…

»Aún creemos ser el centro del Universo. —Suspiro— ¿Podría un ciego inventar los colores? ¿Y un sordo imaginar sonidos? Pues yo te digo que estamos sordos y ciegos. Cuando contemplamos el firmamento vemos lo que ya ha ocurrido y posiblemente ya no exista. Incluso al mirar lo que tenemos delante vemos el pasado. Nuestra comunicación está limitada a lo que somos capaces de expresar mediante un precario lenguaje que limita y encadena nuestros pensamientos.

Pausa.

—¿Existen las pirámides? Sí, es evidente porque ¡están ahí! ¿Los grandes dinosaurios? Es cuestión de cubrir los restos fósiles con piel de reptil. Pero… ¿existió algo más que no dejase huesos u otros vestigios para que podamos creer en ello? ¿Qué más existe entre nosotros y que nuestros sentidos son incapaces de percibir, o mejor dicho, que sí pueden percibir, pero lo filtran para que no llegue al cerebro?

Allenda da la vuelta al joven John sobre la camilla y continúa con su minuciosa labor de asepsia mientras lo escucha divagar.

—No hay una única realidad, sino tantas como individuos. El murciélago y la serpiente son prácticamente ciegos, pero el primero intuye objetos, presas y depredadores mediante ondas; el segundo los ve olfateando con su bífida lengua. Los ojos de la rana descartan lo que no es útil para su sustento o supervivencia. No es ciega, pero su cerebro no lo ve todo. No necesita verlo, un exceso de información innecesaria podría colapsarlo. El pelícano se arranca el corazón para darlo de comer a sus crías, ¿qué le impulsa a hacerlo?

»¿Qué somos nosotros?

»¿Sabías que apenas percibimos el 5% del universo que nos rodea? El 95% es lo que llamamos materia oscura, algo que sabemos que está ahí, pero desconocemos de qué se trata.

Cuando tratamos de imaginar un extraterrestre, pintamos su piel de color verde y, en un derroche de imaginación, le añadimos un par de antenas en la cabeza. Pero… ¿por qué irnos tan lejos? Otros planetas, otras estrellas, otras galaxias… ¿Por qué mirar fuera y no dentro? ¿Qué hay aquí, entre nosotros? ¿Qué es lo que nuestro cuerpo esquiva instintivamente como lo hace un murciélago? ¿Qué información percibida por nuestros sentidos nunca llega a nuestro cerebro para mantener su cordura?

Allenda incorpora al muchacho y le inyecta algo en la muñeca. John abre los ojos.

—Papel —sentencia la voz interpretada por un John todavía ausente—. Todo nuestro Universo es para Sobol como una simple hoja de papel.

Allenda lo zarandea ligeramente.

—Él puede pasear a su antojo por encima de esa hoja de papel… Puede cruzar la línea y recoger la pelota sin ningún esfuerzo…

John, incorporado sobre la camilla, abandona la dualidad de voces mientras recupera poco a poco la consciencia y al reconocer a la doctora pregunta:
—¿Qué soy?
La doctora no responde. John vuelve a preguntar.
—¿Cuándo os marcharéis?
—Pronto —responde finalmente Allenda con tristeza. Tras un breve silencio, añade—: Cuando Friedrich te despierte, quizá necesites usar el cable que te entregó tu padre antes de marchar. Úsalo.
—Hay dos soles —dice John.
—¿Qué quieres decir? —pregunta Allenda con sorpresa.
—No es la Luna. En mis sueños….

Año 2048

Capítulo 1

Lanzadera, Antártida

El ascenso parece no tener fin. Una cabina cilíndrica de menos de dos metros de diámetro viste la tosca plataforma que les sirvió de acceso al Complejo. Lleva años sin usarse. La ocupan dos hombres enfundados en buzos negros de un material similar al neopreno que les cubre todo el cuerpo. Unos cascos de vidrio tintado y reflectante les proporcionan oxígeno, les aíslan y les ocultan el rostro. Suben acompañados por una pila de baúles metálicos que les rodean llegando hasta el techo y apenas les permiten moverse.

Se limitan a escuchar el espeso sonido de su propia respiración. Podrían hablar entre ellos por los intercomunicadores integrados en los cascos, pero sencillamente no lo hacen. Ascienden en completo silencio, uno frente a otro, cada uno imbuido en sus pensamientos, como extraños en el mismo compartimento de tren. Suben tan lentamente que, en su impaciencia, tienen la impresión de llevar todo este tiempo parados. La parte inferior de sus voluminosas máscaras casi se rozan entre sí. Da la impresión de que se miran fijamente, pero solo pueden verse a sí mismos reflejados en el casco de su acompañante. La expresión de sus propios ojos habla sin necesidad de palabras. Hay temor en ellos. No saben qué les aguarda ahí afuera y el miedo que acarrea la incertidumbre secuestra sus palabras.

Un suave impacto indica el final del ascenso. El panel rojo que hay junto a la puerta cambia al verde. Antes de accionarlo, uno de los hombres ajusta un pequeño dispositivo en la hendidura de la puerta de acero. Unos LEDs en espiral comienzan a iluminarse progresivamente, la luz completa varias vueltas en diferentes tonos. En el centro, una pantalla digital revela cifras referentes a temperatura, radiación y demás mediciones exteriores. Finalmente todos los LEDs parpadean de forma simultánea en verde. El hombre retira el aparato auscultador formando el gesto de *OK* con los dedos de su mano derecha. El compañero asiente ligeramente, el ceño fruncido de disgusto ante aquel signo queda oculto por el casco. No le gusta. Lo tiene asociado a presagio de desastres debido al recuerdo de su origen.

Al pasar el brazalete sobre el panel iluminado en verde, el cilindro se abre y penetra una nueva luz desde el exterior. Ambos apartan la vista pese a la protección de las viseras y esperan a que sus ojos se aclimaten a aquella claridad olvidada. A aquella luz que proyecta sombras.

Nada bloquea la salida. Quedan inmersos en una bruma espesa que parece extenderse sin límite por un extenso valle y que contiene en suspensión infinidad de brillantes corpúsculos luminosos. Una emulsión multicolor provocada por los reflejos de la luz que incide aleatoriamente sobre la cortina de miles de minúsculas partículas hace que el cielo parezca ionizado. Los dos hombres, espectros atravesando un páramo, proyectan varias sombras temblorosas sobre la neblina, como si recibiesen luz de diferentes puntos. A su paso difuminan tantas sombras como provocan las montañas que les rodean. Los picos que escapan a la niebla actúan como reflectores de nieve o hielo, llegando a deslumbrarlos. El lugar en nada se asemeja al recuerdo que mantienen de su entrada. Al levantar la vista no pueden ver el azul del cielo, ni siquiera las nubes, el Sol o la Luna. Aunque por la omnipresente luminosidad, suponen que es de día.

El más corpulento inspecciona el terreno andando en círculos cada vez más amplios y pisando con fuerza la superficie húmeda pero firme. No tarda en mostrar de nuevo el ingrato gesto de *OK*, manteniendo el mutuo empeño en no pronunciar palabra. Ambos vuelven al monolito cilíndrico que se yergue solitario en el llano paisaje. Está completamente recubierto de un musgo verde. Si no fuera por su perfecta forma geométrica, podría confundirse con una estructura natural. Guarda cierta similitud con los enormes bloques de piedra que componen la circunferencia exterior del Stonehenge.

Transportan los baúles metálicos hasta la zona seleccionada y comienzan a desplegar una pequeña estación atmosférica hasta que un chasquido interrumpe su trabajo, avisando de la nueva subida del ascensor.

Ya no hay cabina, solo la sólida plataforma cuadrada del montacargas que soporta un gran arcón metálico. Unas cadenas tipo *caterpillar* en la base del brillante arcón permiten deslizarlo hasta el lugar elegido, allí donde el terreno es llano y sólido. Entre los dos, apoyan la base cuadrangular y se separan unos pasos. En cuanto la accionan, desde los cuatro extremos emergen unas brocas de acero girando para anclarla profundamente en el suelo y a continuación comienza un proceso de elevación mediante un sistema hidráulico de cubos *matrioska*. Un curioso diseño de Iben para tratar de restablecer las comunicaciones sin necesidad de usar el satélite. Una vez autocompletada se asemeja a una réplica piramidal en miniatura de la Torre Eiffel. Mientras la observan, unos delgados rayos culebrean en el cielo a pocos metros sobre ellos sin emitir sonido alguno. Aunque aquel fenómeno eléctrico no parece entrañar peligro, mantienen las máscaras hasta que puedan obtener el detalle de los datos recogidos por la estación recién instalada.

Antes de volver a la plataforma, el más corpulento se aleja

hasta unos cincuenta metros al oeste de la nueva estructura. Desde allí, llama a su compañero con un gesto. Al alcanzarlo, le señala un rectángulo oscuro sobre la hierba. Parece una pequeña excavación en cuyo fondo reposa una plancha dorada. Intenta acercarse para estudiarla mejor, pero se encuentra con la oposición silenciosa del compañero que le ha llamado. Le obliga a permanecer quieto mientras se agacha para tomar un puñado de tierra que deshace entre sus manos antes de lanzarla sobre la lámina metálica. Lo que ocurre después explica la alerta: la tierra parece no tocar la superficie de la plancha, resbala sobre ella como el mercurio sobre el papel y desaparece por los extremos, como si ocultase debajo un pozo profundo.

—No veo ninguna nave.

—Acudirá en su momento. Ha muerto mucha gente para que esa plataforma esté hoy aquí.

Es la primera vez que usan el intercomunicador. Las voces suenan metálicas y distorsionadas.

Al volver, la antena ya está cubierta en su parte superior por la densa niebla. Una lluvia de culebrinas eléctricas se descarga a su alrededor y caen hacia la base como agitadas gotas eléctricas que reptan continuamente hasta apagarse. El tintado de los cascos oculta la gravedad reflejada en sus rostros. Aceleran los pasos hasta alcanzar el montacargas.

Capítulo 2

Complejo ARCA, Antártida

El profesor Friedrich lleva horas encerrado en el laboratorio. Permanece en pie, ligeramente encorvado y con las manos anudadas tras la espalda. Ha perdido peso y los signos de cansancio se reflejan en todo su cuerpo. Analiza una vez más la cuadrícula proyectada ante él, que refleja el estado de salud de todos los habitantes del ARCA.

—Adelante, doctora —dice el profesor, sin variar en lo más mínimo su pose.

Cuando Allenda accede al laboratorio, añade:

—Nunca le hemos caído bien. Lo entiendo.

El profesor permanece concentrado y en silencio hasta que la doctora se sitúa a su lado.

—Observe la cuadrícula con atención. Las celdas reflejan el grado de afección de cada uno de los habitantes de este maldito complejo.

Con un seguro movimiento de mano, varía la disposición de las celdas en la proyección, agrupando diez en un extremo.

—Estas diez celdillas iluminadas en rojo pertenecen a los pacientes que usted trata inútilmente de salvar en su enfermería. No están allí para ser salvados, solo recluidos. —Abre los brazos—. El resto de celdas son de tono anaranjado y la intensidad de su color es el grado de afección. Como puede apreciar, todos estamos afectados en uno u otro grado.

Allenda no hace comentario alguno, pero Friedrich nota cómo observa su brazo desnudo, sin brazalete. No termina de completar la sonrisa.

—Ah, eso… —suspira—. Fíjese en el extremo superior derecho. La única celda verde es usted. Phil debió de ayudarla de alguna forma durante sus innumerables encuentros. Hace meses que su brazalete no le inyecta la medicación. No la necesita.

La doctora intenta hablar, pero Friedrich alza el brazo con el dedo índice estirado.

—Por favor, sea paciente y permítame unos segundos. Esa otra celdilla, justo a la izquierda de la suya. ¿Ve como destaca por su intenso naranja? No creo que tarde en cambiar a roja… Esa celda soy yo. Creí poder ser como ustedes, creí que mi cuerpo y mi cerebro estaban capacitados para el Nuevo Mundo. Ya ve… me equivocaba. Quizá con el cuerpo del doctor Mckee hubiese sido diferente… —Más que hablar, parece reflexionar en voz alta.

El profesor Friedrich atraviesa la proyección y se sitúa al otro lado de la cuadrícula. La doctora le observa a través de ella, inmóvil.

—Phil está aquí.

—Lo sé —responde Allenda sin titubear.

—Después de tanto insistir durante todo este tiempo, ¿no piensa venir a verle?

Allenda atraviesa también la proyección y sigue al profesor hasta la silla arrinconada contra un extremo del laboratorio.

—Aún recuerdo nuestro primer encuentro: usted llamando una y otra vez al otro lado de la puerta —rememora Friedrich, mientras gira la silla.

Allenda observa imperturbable el cuerpo de Phil sujeto a la silla. Se arrodilla lentamente y posa la mano sobre la suya.

—No parece sorprendida por su nuevo aspecto —comenta Friedrich, atento a sus reacciones.

La doctora permanece durante unos instantes frente a Phil en completo silencio. Finalmente pregunta:

—¿Nuevo?

El profesor tuerce el bigotillo, casi el último vestigio de su otro yo.

—Quiero que me prometa una cosa. —Sin permitirle responder, continúa—: Llegado el momento, mi momento, quisiera ser el nuevo inquilino de esta silla. Nada de entregarme al capitán Acab, nada de enfermería. ¿Lo hará por mí?

—No les debo nada, a ninguno de ustedes.

—En eso se equivoca, doctora… Pronto comprenderá que usted es la responsable de todo lo que está ocurriendo aquí.

Por primera vez Allenda reacciona a sus palabras. Se vuelve hacia él, recogiendo tras la oreja la mitad izquierda de su cabello, ahora blanco como la nieve.

—Leslie Dean simplemente seguía sus órdenes —afirma el profesor.

—¡Miente! Yo nunca le haría eso a John —replica Allenda con odio.

Friedrich la observa con media sonrisa de superioridad.

—Se lo hará, o mejor dicho, ya se lo ha hecho. Y quizá

gracias a ello aún haya esperanza.

—Les odio —dice Allenda, pero su voz ya no suena tan segura.

—Lo que usted prefiera, doctora —concede Friedrich—. Ahora debo pedirle otro favor. Hice una promesa a Phil: le di mi palabra de que lo protegería del capitán Acab. Ahora, dadas las circunstancias, la responsabilidad pasa a ser suya. Debe mantenerlo con vida. Ustedes dos y John deben sobrevivir, el resto es prescindible.

—¿Prescindible? —repite Allenda con desprecio.

—Usted es el nexo entre ellos y nosotros. La Tierra ya no será nuestra, y mucho menos de esos animales que se empeña en proteger.

Allenda desliza su mano sobre la de Phil hasta separarla. Una lágrima resbala por su mejilla. Se pone en pie y se dirige hacia la salida, airada, y sin hacer ningún comentario.

—Sé que lo hará —susurra Friedrich, justo antes de que la doctora abandone el laboratorio y lo deje de nuevo a solas con Phil.

Capítulo 3

Complejo ARCA, Antártida

Erik se quita la máscara de respiración antes de que el ascensor lo catapulte al exterior. Al Nuevo Mundo. Es el único que puede abandonar el Complejo, por órdenes expresas del capitán Acab. Otra de las órdenes es llevar puesta siempre esa máscara que justo ahora deja caer al suelo para después desprenderse del incómodo traje de buzo. La subida es larga. Desde la vez que salieron juntos, Erik ha pasado mucho tiempo fuera. Solitario, observando. Hoy dará un paso más. Comprueba los brazaletes adheridos en ambos brazos. Parecen operativos, últimamente no siempre responden y eso podría costarle la vida en el exterior.

El ascensor se detiene y Erik se aleja caminando sobre la suave y verde hierba del prado que se ha convertido en su base de operaciones. Respira con ansia aquel aire sin filtrar. Es espeso y cargado de aromas, pero aun así mucho más agradable y puro que el infinitamente reciclado del Complejo. Más libre. Todos estos años de reclusión han sido una dura prueba para él, su espíritu ansiaba la libertad. Los ha cumplido sin rechistar. Ahora agradece aquellas escapadas pese a los evidentes peligros que entrañan, de otra forma acabaría por volverse loco.

Elige la pequeña elevación del terreno que ha hecho suya y se acomoda para desatar todos los sentimientos que solo puede expresar libre y en soledad. Disfruta del paisaje, de las montañas. De los cristalinos reflejos de pequeños lagos y de los espejos de nieve. Se siente renacer. Una leve sonrisa tras su barba y la leve humedad en sus pequeños ojos semicerrados son la expresión del escalofrío de placer que le hace sentirse enraizar en aquella tierra hasta encontrar su lejana niñez, cuando todavía le llamaban Akku. Un escalofrío casi tan eléctrico como la niebla que le amenaza espesándose sobre su cabeza. No tardará en caer. Al fijar la vista en la nueva estación de comunicación diseñada por Iben, comprueba cómo ya ha desaparecido en ella la antena superior. Los copos de luz juegan en la altura al entrar en contacto. Observa ensimismado la plancha dorada, donde las luciérnagas escapan de la niebla y se dejan caer en una cascada lumínica. Un espectáculo increíble, único. Como atraídas por su pureza.

El grato descanso dura poco. En cuanto la bruma cae un poco más, empiezan a escucharse los primeros aullidos. Lejanos. Roba unos minutos más al momento antes de ponerse en pie. Un grito que se eleva por encima de los demás no se hace esperar. La bruma ya lo envuelve todo y la visibilidad es muy limitada, casi nula. Erik empuña los dos dispositivos receptores de ultrasonidos que utiliza para hacer análisis de espectros y tomar fotografías nocturnas. Extiende ambos brazos formando una cruz con respecto a su cuerpo y con el pie acciona el interruptor del foco que ha colocado en el suelo. Un haz de luz circular se eleva hacia el cielo iluminando la niebla. No se mueve, pero sí ve moverse esquivas figuras a pocos metros de él, corriendo en círculos a su alrededor.

Ya ha estudiado su comportamiento. Cazan como lobos y solo atacarán cuando el líder dé la orden. Trata de seguir en todo momento con los brazos las sombras que le acechan. Los aullidos suenan más cercanos y hasta puede escuchar el sonido de los pies desnudos aplastando la hierba. Las briznas eléctricas que prende la niebla relampaguean al contacto con el haz de luz desprendido por el foco.

Un potente sonido gutural marca la hora de la verdad. Erik aguza los sentidos y, girando sobre sí mismo, lanza a través de los brazaletes una ráfaga de disparos ultrasónicos con cada brazo.

Todo vuelve a la calma, pero, desconfiado, sigue con los brazos en cruz y atento. El aullido de retirada no tarda en dejarse escuchar. Erik recoge el foco e inspecciona a su alrededor, a pocos metros halla en el suelo dos figuras esqueléticas. Parecen muertas, pero no lo están. Los disparos que emite el brazalete afectan al oído interno y, por tanto, al equilibrio. Son capaces de tumbar a cualquiera sin dejar la menor señal de violencia. Erik se agacha ante cada uno de ellos y, como esperaba, no encuentra lo que buscaba. Su misión es capturar al líder, un ser escurridizo y que jamás se acerca a las presas. De hecho, nunca había permitido que sus acólitos se le acercaran tanto con la luz encendida. Si las aventuradas teorías de Iben Jacobsen son ciertas, aquel lugar puede estar repleto de cavernas. Iben asegura que antes de que todo cambiara por el alejamiento lunar, la Antártida no estaba cubierta de hielo en su totalidad. Erik es de los pocos que da crédito a dichas teorías, y lo hace porque aquellos seres parecen surgir de la nada.

Esta vez, dispuesto a desentrañar el misterio, se aleja más de lo permitido siguiendo un rastro de pies descalzos que se pierde en una pequeña abertura. Se agacha e ilumina el interior.

Capítulo 4

Complejo ARCA, Antártida

La doctora Allenda pasea entre las hileras de camas con la mirada ausente y la bata salpicada de sangre. Roja y blanca, como su cabello. Sus ojos se tornan cada vez más azules, lo sabe aunque no los ha visto desde hace años.

Diez de las camas están ocupadas por pacientes en fase de no retorno, según la gráfica *vitam* del profesor Friedrich. En los niveles inferiores se han registrado numerosas reyertas que el capitán Acab todavía no ha conseguido sofocar. El número de bajas no se publica para los habitantes del ARCA, pero ella tiene acceso al laboratorio del profesor Friedrich; ¿o sería mejor decir del doctor McKee?

Aunque ahora podría decirse que es la dueña y señora del laboratorio y de todo el complejo, de poco le sirve. La situación es desesperada: apenas quedan cien personas con vida de las doscientas cuarenta y cinco iniciales. La doctora se detiene frente a la cama once. Si hiciese caso al color que indica la celda correspondiente al profesor Friedrich, este debería estar ocupando la cama que ahora contempla vacía. No sabe por qué, pero ha decidido hacer honor al favor que le pidió el profesor y oculta su grave estado ante el capitán Acab. No sabe por qué lo hace, pero lo hace. Odia a ese hombre tanto como al huésped que vive en su interior, el infame doctor McKee. Quizá simplemente cumpla lo que le pidió porque sabe que ambos han tenido razón siempre.

Actualmente finge seguir las órdenes del profesor ante el capitán Acab. Este engaño ha podido perpetrarlo gracias a que durante todo este tiempo los dos orgullosos hombres han estado evitándose. Además, necesita a Friedrich vivo y, aunque sea por unos minutos, lúcido, el día del despertar final de John. De lo contrario se verá obligada a hacerlo ella misma. Por lo demás, sus días transcurren en silencio. Continúa con el tratamiento de John y protege a Phil, oculto en su celda. La decisión es inevitable.

Uno de los pacientes llama su atención y vuelve a percibir el sonido ambiente. Los afectados profieren sonidos guturales al respirar en su desventura. Los no sedados intentan zafarse de las cintas que les sujetan por el pecho y las rodillas a las camas y se retuercen con espasmos hasta que sus brazaletes les suministran la dosis. Allenda ha luchado por recuperarlos. Cada cama le recuerda a una persona que ha luchado junto a ella en un vano intento de preservar la conciencia. Cada cama es una historia de vida compartida durante estos oscuros años. Lo ha intentado todo, especialmente con la madre de John. Pero, a su pesar, el destino de Isa Dean ya está escrito.

Clava la mirada en quien fue el administrador asentista del Complejo. Ya no hay rastro de humanidad en sus ojos. Inmovilizados brazos y piernas, le observa abrir y cerrar la boca con el gesto amenazante del instinto depredador. Una vez que atrapa su mirada, lo desata lentamente sin apartar la vista. El individuo, poco a poco, se somete a ella, como un animal esclavo de su amo. Permanece inmóvil hasta que ella le ordena ponerse en pie. Obedece de inmediato y se queda siguiendo la mirada de su ama como un perro lazarillo. Son muy gregarios y en manada siguen al líder, pero como individuos entregan fácilmente la sumisión. Con el tiempo se ha visto obligada a admitir que se han convertido en seres inferiores, ahora no son más que animales sin consciencia y con forma humana. No más inteligentes que un perro o un… lobo. Al pensar en lobo, enseguida se pregunta si será tan fácil controlar al ser que debe traer Erik a petición del profesor Friedrich, mejor dicho, a petición suya en boca de Friedrich.

Uno de los pacientes aparece muerto y con miembros diseccionados, mutilados. Ella misma ha practicado la autopsia hace unos minutos. Nada ha cambiado en sus órganos internos, salvo, quizá, en su cerebro. McKee tenía razón; odia reconocerlo. La doctora estira los brazos enfundados con guantes de látex para dejar caer el pesado delantal de poliamida y PVC junto al individuo sometido, «Schultz» «Foreman» indica en dos líneas la contradictoria placa a pie de cama como su apellido y cargo. Lo recoge y se separa unos pasos para deshacerse del equipo forense en el contenedor de residuos orgánicos antes de tratar de arreglarse para la visita. Algo nada sencillo de hacer sin la ayuda de un simple espejo. Mientras se peina el cabello con las manos, siempre bajo la sumisa mirada de su súbdito, los pensamientos vuelan hacia John, que permanece confinado en la Sala Blanca. La enfermería y los camarotes inferiores están prohibidos tanto para John como para el resto de los habitantes del Complejo. Solo el capitán y ella tienen acceso.

Algo interrumpe sus pensamientos. Puede sentir una poderosa presencia mucho antes de escuchar los pasos en el corredor que lleva hasta la enfermería. Espera a que lo que queda del señor Schultz se tumbe en su cama y le coloca de nuevo las correas antes de liberarlo de su control. ¿Funcionará con no afectados?

El capitán Acab irrumpe en la enfermería. Su pétreo e imperturbable rostro no puede esconder una mueca de repugnancia ante la vista de los pacientes, en particular del cadáver mutilado.

—¿Dónde está el profesor Friedrich? —pregunta.

—Ocupado. —La doctora Allenda no deja de reparar en cómo el mismísimo capitán evita su mirada.

—No está en el laboratorio —insiste Acab

La doctora Allenda se sitúa frente a él y le habla con una autoridad hasta ahora desconocida en ella.

—Está con John en la Sala Blanca. El tiempo apremia, capitán, y me ha nombrado responsable.

—¿Responsable? —Trata inútilmente de ser sarcástico—. De acuerdo. Supongo que estará al corriente de que no hay una sola arma de fuego en todo el Complejo.

Allenda asiente.

—También debe estar al corriente de que los brazaletes fallan, y no me refiero solo a la inyección de la medicación. Su poder como arma ultrasónica falla en un ochenta por ciento.

El capitán escruta las camas, deteniéndose en el cadáver mutilado. Está desatado.

—Yo en su lugar me cuidaría de liberar a cualquiera de sus «pacientes» sin la vigilancia de uno de mis hombres.

—Ya estaba muerto cuando lo liberé. Lo hice para facilitar el trabajo.

—Un excelente trabajo por lo que veo —ironiza Acab con expresión lúgubre.

—El tiempo es importante, capitán —insiste la doctora, buscándole con la mirada.

—Está bien. ¿Sabe lo que hay junto a la puerta?

En el mismo momento en que la doctora asiente, un terrible aullido se deja escuchar por todo el Complejo ARCA. Allenda observa cómo los pacientes reaccionan a él y luchan por incorporarse.

Acab sale sin mediar palabra y vuelve a entrar acompañado por Erik, sosteniendo entre ambos a un hombre de una estatura y complexión superior a la de Erik. Una autentica bestia ¿humana?

Allenda se aparta mientras observa cómo lo llevan casi a rastras hasta una de las camas libres para luego inmovilizarlo a conciencia. Las uñas de sus pies casi parecen garras. El vello corporal es inusitadamente abundante y una larga melena, crecida por la espina dorsal, le cae hasta la cintura. Apenas cabe en la camilla. Lo atan con doble refuerzo mientras está inconsciente.

—Necesitamos a Friedrich.

—No será necesario, pueden retirarse… —casi ordena la doctora.

—No pienso dejarla sola con este engendro inmundo —gruñe Acab.

—Solo es un hombre, ¿acaso nunca antes ha visto un campeón de lucha libre, o un jugador de rugby…? —bromea Allenda.

—Doctora…

—Por favor, retírense y permítanme hacer mi trabajo.

Compartiré mis conclusiones con el profesor Friedrich, y usted será informado de inmediato.

Erik se ha mantenido en silencio durante la polémica charla, sin embargo no le esquiva la mirada. La mira fijamente, apoyado desde la pared, con ojos tan rasgados que casi no parecen estar abiertos.

—Erik, ¿podría decirme cómo consiguió capturarlo?

El interpelado parece ignorar la pregunta, pero finalmente responde:

—Iben tenía razón. Todo el subsuelo se encuentra perforado por grutas naturales. Acabé encontrando su madriguera y lo hice salir.

Ambos quedan durante un rato mirándose a los ojos. A aquel hombre no le falta valor. El capitán Acab es quien acaba con el duelo:

—Dejemos trabajar a la doctora —dice con cierta condescendencia—. Al menor inconveniente use el brazalete para dejarlo inconsciente y avísenos de inmediato. Erik, a usted le necesito ahí abajo.

Al poco de salir, Acab vuelve a entrar en la enfermería. Se acerca a la doctora y le habla con apenas un susurro:

—Si los brazaletes dejan de funcionar por completo, estaremos indefensos y nada podrá contenerlos. Creo que sabe muy bien lo que debe hacer cuando yo dé la orden.

Sin dejarla contestar, Acab abandona con paso firme la enfermería.

Capítulo 5

Ubicación desconocida

Hace tiempo que no escucha vinilos. Ahora le acompaña una selección musical automática que suena en cualquier punto del búnker, cambiando de ritmo y volumen según su estado de ánimo e incluso según la actividad que realiza. Las tormentas siempre son eléctricas y la de hoy no lo es menos. Los relámpagos presagian un temporal que puede durar días. De los millones de canciones posibles suena el tango *Lluvia de estrellas* y Kevin se siente apremiado ante el posible temporal. Se sienta frente al micrófono dispuesto a transmitir al Complejo ARCA. Está seguro de que su anterior comunicación fue un éxito, pues recibió respuesta del enlace en el complejo, Iben Jacobsen. En realidad fueron cientos de ellas. Transmisiones confusas, con cortes y sobre un ruidoso fondo de estática que podrían ser ecos distorsionados de una misma emisión rebotando en la nueva atmósfera, o una serie de ellas con un contenido similar. Después de filtrarlas, analizarlas y escucharlas en innumerables ocasiones, está convencido de que, pese a las bajas sufridas en el Complejo, han conseguido salir al exterior del ARCA. Deduce que deben de quedar menos de la mitad con vida.

Fuera tienen problemas con los supervivientes de la raza humana que no tuvieron oportunidad de entrar en los refugios y que han sufrido en primera persona los efectos de las evoluciones asíncronas del progresivo alejamiento lunar. Aquellos humanos que, como él, poseyeron antaño una chispa que les diferenciaba del resto de animales del planeta y que en unos pocos milenios la hicieron crecer desaforadamente otorgándose en su virtud la facultad de imponerse sobre ellos y subyugarlos o eliminarlos a capricho. Tal vez, fueron esos mismos seres vivos quienes, en legítima defensa, lo provocaron.

Tal vez las aceleradas variaciones de la órbita lunar llegaron justo en el momento en que la propia humanidad se convirtió en una amenaza para la vida en la Tierra. Tal vez los desequilibrios que provocó el movimiento lunar en el córtex humano quebraron la burbuja que contenía la llama de la inteligencia en ella para acabar así con el espíritu desviado que, tras dominar su propio hábitat, tras adaptarlo a su conveniencia aun a costa de degenerarlo, ahora estaba dispuesto a destruirlo.

Tal vez la llama, sencillamente, había crecido demasiado y debía apagarse mediante una involución drástica y repentina.

Ahora, los pocos que quedan afuera con vida se han convertido en tribus de homínidos que para su propia supervivencia llegan al canibalismo entre ellas. Seguramente las mismas criaturas que habrán acabado casi con toda seguridad con la vida de su amigo Francisco Russo. El dolor del recuerdo se le clava en el pecho.

Kevin, abatido en estas reflexiones, se dirige a la zona reservada como gimnasio para liberar su mente mediante el dominio del cuerpo. La música de fondo cambia y se vuelve más enérgica. Cuando abandona su rutina de ejercicios, lo hace con espíritu renovado y dispuesto a seguir con su particular lucha contra lo que está sucediendo. Se sienta frente al ordenador y desempolva unos trabajos hace tiempo olvidados.

El almirante Richard E. Byrd, el hombre de la Antártida, experto aviador y dieciocho veces condecorado por su país, voló sobre el Polo Norte en 1926 y en 1929 lo hizo sobre el Polo Sur. Su diario fue el inicio de las innumerables investigaciones que han hecho comprender a Kevin Wolve que el continente antártico en nada se parece a lo que nos han querido hacer creer. Todo es una gran mentira y está decidido a transmitir sus descubrimientos con la esperanza de que los reciba Iben Jacobsen. La información que posee, si es cierta, podría ser de gran utilidad para los refugiados en el ARCA.

La Antártida ocupa más de catorce millones de kilómetros cuadrados y allí, en el mismísimo centro polar geográfico, existe una tierra alta, una meseta plana a más de tres mil metros de altura cubierta permanentemente de nieblas y hielo. Un enigmático lugar donde no funcionan las brújulas ni los aparatos electromagnéticos debido a la distorsión gravitacional magnética y donde suceden constantes fenómenos acústicos provocados por la confluencia en extremada pureza de aires fríos y calientes. Y es precisamente en este entorno donde se encuentra la base norteamericana *Admunsen Scott* y las otras dos reconocidas oficialmente como permanentes, la rusa *Vostok* y la franco-italiana *Concordia*.

Asimismo, algunos estudios apuntan a que todo el continente está surcado por una vasta red de corrientes subterráneas de agua dulce y templada que la unen con la otra apertura polar de la Tierra manteniendo así constante su temperatura interna. Esto provoca que en el verano polar, corrientes de agua originadas en los glaciares de la meseta formen ríos en los denominados Valles Secos de las tierras interiores, abasteciendo los cientos de lagos de agua no salada. Pues en contra de lo que creemos, en la Antártida hay una enorme superficie de terreno lacustre libre de hielo.

Raytheon Polar Services, la misma compañía que tejió la memoria de los primeros ordenadores de las misiones Apolo, es curiosamente quien gestiona en la actualidad el centro logístico para la mitad del continente antártico y se ubica en la base norteamericana *McMurdo*. Esta base, establecida en 1956 junto al volcán Erebus en el extremo sur de la Isla de Ross, es el mayor asentamiento humano permanente conocido y cuenta con una población media de más de mil personas. Allí existe una central atómica y allí se gestaron los principales programas de exploración espacial de la NASA. Y los más secretos.

Lejos de las miradas de curiosos, aquellas zonas libres de hielo son el terreno más parecido a la superficie marciana en la Tierra, tanto por su aspecto como por los procesos físicos que allí se dan, ya que al carecer de humedad es el lugar más seco de toda la Tierra.

Kevin cree tener pruebas de que gran parte de las fotos supuestamente tomadas por el astromóvil Curiosity enviado a Marte fueron tomadas allí. El lugar donde acudieron los soviéticos en los cincuenta para mejorar su programa espacial. Donde los estadounidenses probaron sus equipos de exploración para el planeta rojo. Donde las pruebas del carbono 14 han revelado que algunos restos de focas y pingüinos momificados en sus Valles Secos tienen más de 6000 años.

Kevin cree también que parte de las primeras piedras lunares son algunos de los más de veintitrés mil meteoritos recogidos tras la superficie de los montes trasantárticos. Meteoritos atraídos tal vez por la incidencia gravitacional de la supuesta apertura polar sur.

Aunque el capitán James C. Ross fue a la búsqueda del Polo Sur Magnético entre 1839 y 1843, oficialmente se da por válido que fue el explorador noruego Roald Amundsen el primero en alcanzar el Polo Sur Geográfico en 1911, un mes antes de que lo alcanzara el británico Robert F. Scott, cuya expedición permanece envuelta en un halo de misterio al perecer congelada en su intento de regresar a la base.

Pero por otra parte, la Antártida ya aparecía cartografiada en mapas medievales y en algunos incluso más antiguos, como el del almirante y cartógrafo otomano Piri Reis en 1513, en la obra *Libro de las Materias Marinas*, donde aparece también parte del territorio sudamericano todavía no descubierto.

Kevin, tratando de reorganizar la información para trasladársela a Iben de la forma más escueta y fiable posible, encuentra en una fotografía la imagen de un camión *Sno-Cat* *«TUCKER TERRA»* frente a un romántico poste que, clavado en el hielo, señala direcciones hacia distintos puntos. Esto le hace recordar los fragmentos del diario escrito por Richard Byrd cuando, en una de sus cinco expediciones posteriores a la Antártida, permaneció solo y aislado en una cabaña enterrada bajo el hielo en pleno invierno antártico a casi doscientos kilómetros de la base madre norteamericana *Little América*, en los que describía que se sentía «como si hubiera caído en otro planeta o en otro horizonte geológico del cual el hombre no tenía conocimiento ni recuerdo», y que «una tristeza fúnebre envolvía el ambiente crepuscular; es como un período intermedio entre la vida y la muerte». El mismo que, al encontrar en tan inhóspito lugar una varita de bambú estando perdido, escribió: «jamás naufrago alguno experimentó mayor alegría al ver acercarse una vela...»

Kevin se lo imagina allí, perdido y solo en la oscuridad del exterior del refugio. Solo puede sentir admiración por la determinación, valentía y sangre fría del almirante, que sobrevivió ciento treinta y cinco días aislado en medio del hielo. En cierto modo le recuerda al diario digital escrito por Iben Jacobsen en su expedición a Groenlandia en busca de restos de un meteorito casi un siglo después.

Kevin se sobrecoge al leer el último capítulo de aquella aventura en la que Byrd casi pierde la vida, «Conmigo llevaba la sencilla belleza, el sencillo milagro de estar vivo y una idea nueva y más humilde sobre el valor. En el momento presente yo vivo una vida interior más profunda».

Alentado por los éxitos obtenidos, el intrépido Byrd organizó otras tres expediciones entre 1939 y 1955 que permitieron conocer cada vez mejor la Antártida.

Poco antes, entre 1938 y 1939, la Sociedad Alemana de Investigaciones Polares respaldó la tercera expedición antártica alemana liderada por el capitán Alfred Ritscher, quien el 17 de diciembre de 1938 salió en secreto de Hamburgo hacia la Antártida a bordo del MS *Schwabenland*, un carguero capaz de transportar y catapultar aviones que fue adaptado para la expedición antártica en el otoño de 1938 en los astilleros de Hamburgo con un coste superior a un millón de marcos alemanes. Las circunstancias que se vivían bajo el régimen nazi llevaron a suponer que más allá del carácter civil y científico de las mismas influyeron de forma decisiva consideraciones estratégicas y militares. Lo realmente curioso es que el almirante Byrd visitó Hamburgo poco antes de esta expedición alemana, sin duda para informarles sobre algo que tenían que conocer de la Antártida.

La expedición organizada por Richard Byrd el 26 de agosto de 1946 fue la mayor expedición llevada a cabo por las fuerzas militares de los Estados Unidos en la Antártida hasta la fecha. La llamada Operación *Highjump*, cuya denominación oficial era

Programa de Desarrollos Antárticos de la Armada de los Estados Unidos. La *Task Force 68* estuvo compuesta por trece barcos, cuatro mil setecientos hombres y numerosas aeronaves.

El propósito oficial de la operación era realizar una serie de maniobras militares con objeto de probar equipos militares y tropa en condiciones extremas, aunque el esfuerzo sugería también el interés estratégico de Estados Unidos en relevar y asegurarse la disponibilidad de supuestos depósitos de uranio en el continente y algo más.

Es muy extraño el hecho de que en la Operación *Highjump* participaran fuerzas soviéticas con varios barcos. ¿Soviéticos y americanos colaborando a principios de la Guerra Fría? ¿Acaso los nuevos enemigos se reconciliaron por un corto periodo para terminar de acabar con el enemigo común, el Reich alemán?

Si bien se estimó para la Operación *Highjump* una duración de seis a ocho meses, al cabo de seis semanas se vieron obligados a retirarse con cuantiosas pérdidas en material y hombres. Algunas fuentes indican que la retirada empezó a las tres semanas, tras producirse decisivos combates entre atacantes y defensores de *Nueva Suabia*, nombre dado por la Alemania nazi en su expedición a una parte de la Antártida ubicada en la *Tierra de la Reina Maud*.

Nunca se supo cuántas fueron las bajas reales, pero se sabe que el submarino Sennet llegó a sufrir serias abolladuras en su casco, debiendo ser retirado durante la operación a un puerto de Nueva Zelanda para su reparación. La versión oficial afirma que fue por causa de los hielos antárticos. También se sabe que se perdieron varios aviones de combate y material aéreo de alta tecnología, y que hubo pérdidas humanas, en concreto muertes de marines norteamericanos. ¿Todo esto en una operación de adiestramiento?

En los Estados Unidos fue muy difícil justificar ante la opinión pública las bajas acaecidas en la Antártida, pero el caso fue oficialmente cerrado. Los militares llamaron a esta operación como «la guerra de los pingüinos», después de que el gobierno federal declarara una y otra vez a la suspicaz opinión pública norteamericana que en la Antártida sólo vivían pingüinos y que las bajas de personal militar se debían a desafortunados accidentes...

Oficialmente, la expedición fue un «gran éxito».

Kevin, tras estas reflexiones sobre la carrera de Byrd, se emociona al leer el final de la vida de aquel héroe, quien, el 11 de marzo de 1957, hizo público lo acontecido en su vuelo ártico del 19 de febrero de 1947 mediante un nuevo diario secreto silenciado por su gobierno.

«Vendrá un tiempo en el que la racionalidad de los hombres deberá disolverse en la nada y entonces se deberá aceptar la inevitabilidad de la Verdad. Yo no tengo la libertad de divulgar la documentación que sigue, quizás nunca verá la luz, pero debo, de cualquier forma, hacer mi deber y relatarla aquí con la esperanza de que un día todos puedan leerla, en un mundo en el que el egoísmo y la avidez de ciertos hombres ya no podrán suprimir la Verdad».

A raíz de este supuesto diario secreto, surgieron especulaciones sobre la posibilidad de una tierra hueca y explicaciones alternativas de la formación de la Tierra. Todo ello ganó credibilidad cuando se prohibió la navegación aérea sin autorización sobre el Polo Sur con el Tratado Antártico firmado por veintiocho países. También por el hecho de que toda imagen tomada por satélite al sur del paralelo 70 fuera automáticamente clasificada por motivos de seguridad nacional. ¿Seguridad nacional en el ártico?

Todo indica que el almirante fue enviado en esa misión porque Estados Unidos creía en la posible existencia de bases nazis en la Antártida, pero encontró otra cosa.

Kevin no puede saber hasta qué punto es cierto lo escrito en este diario póstumo, pero por sus pesquisas posteriores está seguro de la existencia de aquellos valles sin nieve, de la existencia de bases secretas de varias naciones y de la existencia de una vasta red de grutas.

Todo esto es lo que quiere comunicar a Iben porque puede ser vital para su supervivencia.

Cuando ha terminado de releer sus investigaciones y se ha hecho un esquema mental, lo transmite al Complejo ARCA. Confía en que Iben lo reciba. Espera que su mensaje les ayude a no perder la esperanza, pues está convencido de que todavía la hay para ellos.

Año 2020

Capítulo 1

Desierto de Mojave, California

De diseño vulgar, tosco y práctico, en una de las tantas naves, edificios y hangares de un extenso complejo industrial que se disputan dos ciudades del desierto, se encuentra la sede de una incómoda institución gubernamental que no existe.

Para el funcionario parapetado con hastío tras un mostrador sin nada que defender es una novedad la llegada del visitante. Ve acercarse atravesando el gran vestíbulo a un tipo elegante, como recién salido de una de las películas en blanco y negro de la MGM de su inseparable monitor. Le recoge la acreditación acompañada de un cortés saludo, la presenta a su computadora y su actitud cambia radicalmente. Algo nervioso por la inesperada y digna visita, teclea un código y se pone en pie al tiempo que una puerta se abre en el extremo este.

—Adelante, señor —le invita a pasar con voz educada y recia mientras le sujeta un distintivo en la solapa.

—Gracias, oficial Boris —responde Less con una ligera inclinación de cabeza.

El ala este es un lugar de acceso restringido. Al cruzar la puerta, otro funcionario, corpulento y uniformado de blanco, se ofrece a acompañarle. Por la cantidad de tarjetas de acceso que penden de su cinturón se podría pensar que carecen de identificadores biométricos. El sonido de los pasos junto al tintineo del entrechocar de las llaves es lo único que se escucha mientras atraviesan un pasillo de techo abovedado, similar al corredor de una estación de metro sin pretensiones. Todo es blanco. Todo está limpio, vacío y frío. Finalmente, tras atravesar otro control de seguridad, desembocan en una amplia galería rodeada de monótonas puertas numeradas. El hueco central descubre otras dos plantas idénticas hacia abajo y una hacia arriba. Como un recinto carcelario anónimo. Junto a la barandilla que lo rodea se descuelgan escaleras metálicas por las que descienden una planta hasta llegar a la celda doscientos once. Esperan unos segundos frente a ella hasta que el panel que miran fijamente les reconoce y cambia de rojo a verde.

Después, el cancerbero usa una de las llaves para desbloquear la puerta y entrar en la cámara antes que Less.

—Este paciente presenta un nivel de seguridad once —avisa el funcionario, inexpresivo, cuando Less le pide amablemente que espere fuera.

Less, con una sonrisa, mira de reojo la acreditación que le ampara para conseguir unos minutos de intimidad. Sin replicar, el vigilante levanta altivo la barbilla y cierra los ojos como saludo. Cuando se dispone a retirarse, Less le entrega su abrigo y sombrero.

—Serán solo unos minutos —afirma con un guiño al desconcertado guardia.

La celda resulta ser una suerte de velatorio blanco inmaculado en cuyo centro yace un cuerpo inerte, acomodado en lo que podría ser un ataúd. Less da unas vueltas a su alrededor sin llegar a mirarlo. Entre suelo y paredes acolchadas, hasta el sonido de los pasos queda silenciado. Finalmente, se arrodilla frente a la cabecera y posa con suavidad su mano sobre la del paciente sin provocar respuesta alguna en él. Hay lágrimas en sus ojos.

—Nos precipitamos, no estábamos preparados —susurra

mientras niega con la cabeza—. Pero has de saber que con tu hijo todo ha sido diferente. —Hace una pausa—. Me he alejado de él, como te prometí. Vive una vida completamente normal. Siempre he estado ahí, pero he sido invisible.

Less hace otra pausa, como para recuperar la entereza antes de continuar. Y lo hace con voz más alegre:

—Es un joven inteligente, muy inteligente. Ambicioso. Algo reservado, como lo era su padre… —Vuelve el hondo pesar a su voz—. Hoy ha llegado el día en el que nuestros caminos volverán a cruzarse… Ni siquiera me reconocerá, ¿puedes creerlo?

Less se refugia durante unos instantes en las laboriosas agujas de su reloj de bolsillo, antes de continuar con su soliloquio.

—Me he resignado a vivir toda una vida de soledad. He sacrificado a mi propio hijo y pronto, quizá, a mi único nieto. Pero… ¿quién puede evitar que suceda lo que ya ha sucedido? El estigma me acompaña por más que sabemos que no necesita excusa. Todo lo que está por suceder ya ha sucedido y, por tanto, es inevitable, ¿verdad? —Con la última pregunta implora un perdón que no obtiene.

»Todas las atrocidades que he cometido han sido en cumplimiento de mi deber. Tú, mi propio hijo, abandonado y encerrado aquí, sumido en un letargo que le aparta de la vida… Aún me persiguen por las noches las voces de aquellos astronautas. Eran buenos chicos, yo les entrené durante su carrera. Y ahora, les ha llegado el turno a mi nieto y a su amigo, al que también he hecho mío. El precio del conocimiento es muy elevado. Y sin querer acapararlo, sin querer caer en la avaricia del saber, me he visto obligado a ocultarlo y permanecer en la retaguardia.

»Lamento mis escasas visitas. Me atormenta esta, tu soledad. Me atormenta mi ausencia. Sé que lo entiendes. Probablemente hoy será la última vez que nos veamos pues el lugar a donde vas a ser trasladado separa definitivamente nuestros caminos. Esto es una despedida, hijo mío. —Aprieta su mano.

»Sé que cumplirás con tu deber llegada la hora, aunque rezo

todos los días para que no sea necesario. ¿Podemos realmente cambiar el destino? Lo dudo, no somos más que simples peones de un juego que escapa a nuestra pobre comprensión.

REM

—¿Sabes por qué estoy aquí? —pregunta Allenda Witzel.

—Ha llegado el momento —responde John con un ligero asentimiento.

—Querido John, la estación es peligrosa para los demás y antes de que abandonemos el ARCA hemos de liberar tu mente. —Tras unos instantes de silencio, añade—: El capitán Acab asegura que el camino al laboratorio es seguro.

—Antes de hacerlo, necesito hablar una última vez con mi padre.

La doctora aspira lenta y profundamente. Aquella petición, no por inesperada, se le clava en el alma.

—La última vez casi no logramos hacerte regresar. Podrías morir, John. ¿Sabes a lo que te expones? —La doctora intuye la dimensión de su compromiso.

John vuelve a asentir. Solo él puede ver sus ojos durante tanto tiempo.

—Tiempo después, a finales de 2001, preparamos otra misión para recuperar el objeto que yacía bajo el *ORCH* antes de que escapara de la atracción lunar y perderlo para siempre. En esta ocasión nos escudamos ante el mundo con una misión a la Estación Espacial Internacional para acoplar un laboratorio.

—¿Esta vez salió bien, abuelo? —pregunta el niño con interés, como para conocer el desenlace de un cuento.

John siente en la piel de Ken la cálida y reconfortante sonrisa de su bisabuelo antes de recibir su respuesta.

—Tranquilo… Esta vez todo salió bien, era una misión no tripulada. La parte más complicada fue la reentrada en la atmósfera terrestre y el lugar de aterrizaje. Difundimos que los restos que caerían en el Océano Pacífico no eran más que pura chatarra. Los aficionados lo contemplaron como un espectáculo de fuegos artificiales.

—¿En el océano?

—Ja, ja… quizá no acertamos en nuestra decisión. Recuperar la plancha dorada del océano fue más difícil que atraparla con el robot en gravedad cero desde control de misión.

Su abuelo hace una pausa para recargar la pipa, que tras su ritual enciende con varias inspiraciones cortas. El olor que desprende le es agradable. Es un dulce olor a hogar.

—Digamos que la placa no llegó a hundirse hasta el fondo, y tampoco a flotar… Quedó suspendida a tres metros de profundidad, generando una especie de campo de fuerza que impedía que el agua la tocase tanto por encima como por debajo. Tuvimos que recurrir a…

El abuelo deja la frase en el aire y se concentra en la pipa durante unos instantes.

—Esa es otra historia. Lo importante, lo que debes saber, es que la plancha estará en el lugar previsto y que el objeto acudirá a ella si llegara a ser necesario.

—Pe… pero… —John lucha por expresarse a través de la joven boca de su padre—, ¿cómo po… dré pilotar el ORCH?

John puede ver durante un instante la cara de asombro y desconcierto de su bisabuelo ante aquella pregunta, quien hasta ahora siempre había creído controlar la situación. Pronto se recupera y responde con total naturalidad.

—No es necesario pilotar. Cuando sientas su llamada, él se

encargará de transportarte.

Silencio. Otra vez la intensa lucha por poseer el cuerpo de su padre.

—¿Dónde me llevará?

—Lo desconozco —responde su bisabuelo, escrutándole con la mirada.

—¿Qué… encontraré… allí? —Cada palabra es una pelea encarnizada—

Su bisabuelo responde algo que no puede escuchar. Miles de voces contenidas en el flujo de ondas no emitidas por cuerdas vocales lo impiden y ofrecen su propia respuesta:

—A nnossssotrosssss.

John, aterrado, mira a su alrededor. Allí no hay nadie más que ellos dos. En realidad son su padre y su bisabuelo; él es un invitado que no debería estar allí. Su bisabuelo le observa preocupado y le acaricia los mofletes. John no sabe qué está ocurriendo. Todo se confunde en su mente.

Cuando despierta, no puede moverse. Es el rostro de su madrina, la bendecida doctora Allenda, lo primero que ve. Un rostro compungido por la preocupación, pero a la vez angelical. Sus cabellos blancos como la nieve y rojos como el fuego flotan libres, como si tuvieran vida propia. John desearía gritar. Poder decirle algo. Abrazarla. Pero su cuerpo no responde, aunque su mente permanece consciente. Se deja hacer. Ella, como siempre, le cuida.

Año 2050

Capítulo 1

Ubicación desconocida

Camina lento e inseguro sobre el duro asfalto, que ya no es tan duro. Aparece cuarteado y en ocasiones cruje bajo la goma de sus botas militares, amenazando quebrarse de un momento a otro. Se detiene en medio de la calzada: una enorme grieta le corta el paso y se ramifica en un racimo de finos capilares. Ambos flancos aparecen repletos de coches herrumbrosos y retorcidos, con el aspecto de haber permanecido miles de años abandonados a la intemperie; los edificios que se elevan a su alrededor parecen las ruinas de una ciudad arrasada hace siglos. Todo ha envejecido.

El silencio es absoluto, la calma extraña y la atmósfera opresiva a causa de una densa niebla que parece cubrirlo todo. No puede ver el Sol, tampoco la Luna o las estrellas. Pero la etérea luminiscencia emitida por la propia neblina es suficiente para dotarlo todo de un fulgor blanquecino, nuclear. En ocasiones, los esqueletos deformes de los vehículos resplandecen al contacto de los brillantes corpúsculos luminosos que flotan suspendidos en ella, culebreando sobre ellos cual chispazos eléctricos. Es un ambiente ionizado. Siente el vello erizado dentro del propio traje *hazmat* de goma y le escuece todo el cuerpo. Aquella malsana atmósfera parece ser capaz de atravesarlo. Confía en que sólo sean imaginaciones suyas. Permanece quedo, escuchando el sonido de su propia respiración dentro de la máscara de oxígeno con la que cubre su rostro. Es una silueta oscura frente a una ciudad condenada. Se siente el último eslabón de una raza extinta.

Salta sin perder el sitio y siente que tarda en caer. La gravedad es inestable y el crujido de sus botas resquebrajando el asfalto en su caída le llega tarde y distorsionado, como uno de sus vinilos reproducido a menos revoluciones. Se agacha con movimientos lentos e inseguros. Toma un objeto del suelo y lo lanza contra su lado izquierdo: la parábola que dibuja es anómala y, al chocar contra los restos de uno de aquellos vehículos, la zona de impacto destella y emite un zumbido agudo. Camina siguiendo la trayectoria del objeto lanzado hasta alcanzar el amasijo informe de lo que otrora debió de ser una camioneta, ahora con el óxido de la carrocería cubierto por una especie de moho casi marrón. Tendida a su lado hay una figura humana carbonizada. La contempla durante un lapso de tiempo antes de pisarla para abandonar la calle y evitar cualquier contacto con el esqueleto metálico. Al hacerlo, el fósil se desintegra en miles de diminutas virutas brillantes que flotan en el aire siguiendo el rebufo de sus pasos mientras continúa caminando en línea recta.

Las cosas no mejoran al llegar a campo abierto: una vasta extensión de terreno yermo y baldío, donde antaño hubo fértiles cultivos, se presenta ante él. Un muro solitario, último vestigio de una antigua nave o almacén, quiebra la infinita llanura. El resto ha desaparecido. Está ante un desierto de tierra entre amarillenta y rojiza. Sus pasos levantan una nube de fino polvo luminiscente y las huellas quedan grabadas como las de Armstrong en la superficie lunar. El polvo forma espirales en pos de sus pasos para luego caer lentamente. No hay ni un ápice de viento, no había reparado en ello. Todo es árido y seco. La tierra aparece cuarteada, similar a una gran charca seca. Una fina capa de polvo lo cubre todo. Da la impresión de que el alma del propio planeta Tierra ha muerto y se marchita por dentro. Se dirige a grandes zancadas hacia el muro, dejando un rastro luminoso a su paso mientras el polvo se aposenta de nuevo.

Un punto de luz resplandece a su frente. Se detiene. Por sus caprichosos movimientos no parece un fenómeno natural de aquella nueva atmósfera. Se trata de una simple mariposa. Sigue su vuelo con la mirada y una sonrisa se esconde tras la máscara. No es el único ser vivo. El batir de sus alas refleja intensamente aquella luz antinatural, juega con ella, emitiendo los mágicos destellos de un hada. Zigzagueando con un vuelo aparentemente errático, se aproxima a la pared abandonada para posarse en uno de aquellos grotescos tallos que, retorciéndose sobre sí mismo, sobresale horizontalmente de ella unos cincuenta centímetros. El batir de sus alas se torna cada vez más lento y la intensidad disminuye hasta quedar inmóvil y apagada. Al acariciarla con mano trémula, se deshace entre sus manos de goma.

Contempla en la mano ahuecada los cenicientos restos de la antes radiante mariposa. Se arrodilla, extrae de la riñonera un tubo cilíndrico de vidrio y lo destapa con cuidado para dejar caer el polvo de hada en su interior. Al agitarlo vuelve a iluminarse. Se incorpora lentamente y de una patada arranca de cuajo aquella raíz impía que le ha succionado la vida. Parte del muro se desprende junto a ella. En el suelo, pisa el tallo una y otra vez por si alberga algún tipo de vida, el polvo se eleva a su alrededor iluminando la escena con un halo espectral. Extrae otro bote, no quiere mancillar el primero, y con cuidado introduce un trozo de ese brote asesino. Mira a su alrededor, del resto de la nave no queda nada, sólo aquella pared y montículos de polvo en el suelo.

Ya ha estado expuesto demasiado tiempo a aquella tóxica atmósfera. Pero antes de volver decide explorar una mancha oscura que rompe con lo uniforme de la nueva tierra amarillenta.

Es una depresión circular, ¿una explosión? Al alcanzarla, se asoma al enorme cráter: algo refleja en su interior, pero aquí todo brilla. Lo bordea lentamente sin perder de vista el origen de aquel destello metálico. No hay modo de bajar dada su gran profundidad y pendiente. Detiene los pasos al descubrir varias huellas que perforan la tierra a su lado; las examina con detalle y la perspectiva revela que guardan un patrón geométrico. Algo muy pesado debe haberse posado allí, ¿qué ha ocurrido en el exterior durante sus años de reclusión?

No muy lejos de su posición, vislumbra lo que parece una silueta humana: sola e inmóvil ante la inmensidad. El primer ser humano que encuentra. Se aproxima agazapado, interponiendo entre ambos un objeto informe que yace solitario: los restos de una cosechadora que parece estar consumiéndose, absorbida por aquella tierra mortecina. Como si la hubiesen bañado en un ácido altamente corrosivo. A su amparo, observa al individuo que aún permanece inmóvil y ligeramente encorvado. Su cabeza inclinada examina un reflejo en el suelo, pero su brazo extendido queda muy lejos de él, pendiendo en el aire. Su andrajosa ropa parece acartonada y es del mismo color que aquel maldito polvo que todo lo cubre. Su tez es extremadamente pálida, pero no consigue distinguir su rostro.

De pronto, dos seres surgen de la nada. Corren en sentido opuesto para cruzarse a su altura y pasar de largo. El individuo ni se inmuta. Orbitan a su alrededor manteniendo un diámetro fijo; uno frente al otro, sincronizados. Pasados unos lentos segundos ejecutan la misma acción, pero cada vez se cruzan más cerca del individuo y el diámetro del círculo a su alrededor disminuye. A veces olfatean el aire; agradece portar aquel traje de goma no transpirable. Lo que queda de la ropa de uno de aquellos esqueléticos humanoides cuelga a jirones, el otro está completamente desnudo: es una mujer. El pelo largo y blanquecino cubre parcialmente su cabeza. Tiene el vientre hundido y unas costillas marcadas que sobresalen en su macilento cuerpo. Los dos seres continúan con aquella macabra danza estrechando cada vez más el círculo. En uno de los cruces llegan a rozarlo y la presa se balancea sin llegar a caer. Acaban por devorarlo ante sus ojos. Cada cierto tiempo interrumpen su festín para levantar la cabeza hacia el cielo. De repente, se ilumina toda la carrocería que lo resguarda y aquellas criaturas vuelven los rostros ensangrentados hacia él. Se agazapa cuerpo en tierra. Un sudor pegajoso impregna el interior del buzo y los latidos del corazón le martillean en sus sienes. Juraría que el sonido de su respiración entrecortada es tan fuerte que delata su posición. Tras olfatear el aire, las criaturas retornan su atención al botín hasta saciar la sed de sangre. Después se alejan correteando y escrutando a su alrededor.

Pasado el peligro, permanece hecho un ovillo hasta que consigue serenarse y estabilizar la respiración. La falta de oxígeno le obliga a dar grandes bocanadas de aire dentro de la máscara empañada. Se aproxima a los restos de aquella carnicería, apenas quedan pellejos y huesos sanguinolentos. Le sorprende la escasa y espesa sangre, casi negra. El rostro del pobre infeliz, lo único que han respetado aquellas bestias, permanece intacto. Los ojos vidriosos de iris grande y oscuro le hacen estremecer.

Recoge el objeto que contemplaba el cadáver con tanto fervor. Se trata de unos restos metálicos y alargados, de apenas unas pulgadas, partes de algo mucho más grande. Al tomarlo, uno de los extremos se arquea y queda colgando. Una parte del metal es blando y translúcido, casi líquido. Sujeta aquella extraña pieza al cinturón y regresa siguiendo su propio rastro de huellas estampado en aquel desierto.

La vuelta al asfalto, a la avenida principal, es recibida por un aullido gutural e inhumano. Su sangre se hiela dentro de aquel traje de goma al ver una silueta humana correr por la azotea de uno de los edificios medio derruidos. Al cabo, una cadena de aullidos responde, uno tras otro, articulados con diferentes tonos y desde distintas posiciones. Suenan distantes y cercanos al mismo tiempo, distorsionados. Cree distinguir más siluetas escabulléndose entre los esqueletos metálicos de los coches, formas vagas que corren agachadas, saltan, se ocultan… le están rodeando como lo haría una manada de lobos. Corre, pero es difícil correr en aquella trastornada atmósfera. Su mente va más deprisa que sus pasos y los ecos de los aullidos resuenan a su alrededor. Al volver el silencio, levanta la vista y se topa de nuevo con la figura subhumana de la azotea. No se esconde de él. Aquel ser parece dirigir la cacería desafiándole desde arriba. A un sonido del líder, el resto se pone en movimiento. Responden con más aullidos. Cada vez están más cerca, acechándole, estrechando el círculo con la misma estrategia que han empleado para acabar con el pobre infeliz hace unos minutos. Para evitar delatar la ubicación de su morada, se introduce en un callejón e intenta despistarlos. Es estrecho y aquellas malditas raíces brotan como púas desde ambos flancos. Las sortea, evitando tocarlas hasta que acaban por cortarle el paso. Se agacha y acaricia la culata de la pistola que lleva en el cinto, sin llegar a desenfundarla. Los aullidos penetran por la boca del túnel y sus ecos resuenan incesantes en el angosto pasillo. Repara en un pequeño agujero en un lateral del mohoso muro y, recordando la mariposa, deshace la pared seca mediante violentas patadas. En su interior se retrae una miríada de las finas raíces de aquellos tallos, a la vez que el polvo lo impregna todo, creando un aura fantasmal. Atraviesa la pared y accede a su casa por la puerta trasera. El interior está saqueado y medio derruido: no queda ningún mueble, las puertas arrancadas y los muros mohosos están infectados de pintadas y de aquellos parásitos retorcidos. Baja al sótano, agradece la oscuridad. Este se encuentra mejor conservado, deduce que por estar menos expuesto a aquella neblina ionizada. Finalmente queda frente a la enorme puerta de acero que da acceso a su refugio, aún parece sólida.

«He estado en el exterior». Dibuja esa frase frente al fulgor azulado de su monitor.

Capítulo 2

Algún punto del desierto de Sonora, California

Ya solo quedan cinco de los nueve hombres que partieron de Ciudad Amurallada. Están repartidos en dos vehículos. El todoterreno explorador marcha en cabeza, seguido del carro blindado, siempre más lento.

Whitemann viaja en este último, junto al piloto y al jefe que, como de costumbre, se halla recostado frente a él. Durante la estancia en la base militar, los efectos nocivos del gas sobre el organismo de Guzmán parecían haberse ralentizado. Él mismo le aplicó un tratamiento valiéndose de lo que encontró en la enfermería. Lo tuvo dispuesto varios días antes de que Guzmán, a regañadientes, aceptara su ayuda. Sin embargo, desde el mismo momento en que abandonaron la base siguiendo las órdenes de la misma voz femenina que desde el primer momento les dio cobijo, los síntomas de contaminación han vuelto con fuerza: los esputos de Guzmán son cada vez más amenazantes. Aunque el líder del grupo paramilitar lo disimula, Markus ha podido notar que su paso ya no es firme y que busca puntos de apoyo para mantenerse erguido. Con los ojos cada vez más vidriosos, es evidente que la exposición al gas le está corroyendo por dentro.

Poco después de su marcha, escucharon una apagada explosión. Le siguió una onda sísmica que hizo vibrar la tierra bajo los vehículos. La voz no mentía cuando les urgió a que abandonaran la base o morirían. Otra vez la voluntad de Guzmán de acatarla fue la acertada, en contra de la opinión de los dos mercenarios que ahora, afortunadamente y por decisión de Guzmán, viajan en el otro vehículo. La actitud de Rodrigo se ha vuelto todavía más terca y agresiva en los últimos días.

Han pasado algunas horas desde su partida. Whitemann estudia a su compañero de viaje: está tumbado y parece dormido o muerto. Aunque con Guzmán nunca se sabe. Le ha visto en un par de ocasiones ponerse en pie para comprobar el estado de la carrocería golpeando con el mango de su cuchillo en varios puntos. Al menos ya no le obliga a llevar la opresiva capucha. Por lo poco que ha podido escuchar, deduce que vuelven al Rascasuelos pese a que todo el grupo es consciente de que el general Irwin jamás les permitirá entrar. Se han aprovisionado en la base y cuentan con suficientes reservas de oxígeno y víveres para cubrir el trayecto e incluso para varias semanas más. Por orden de Guzmán, llevan puestas las máscaras y los trajes NBQ, incluso dentro de los vehículos.

—Jefe —el piloto, por el intercomunicador, interrumpe las reflexiones de Whitemann—, recibimos una débil señal de radio casi desde nuestra partida. Creí que se trataba de interferencias, pero he conseguido descifrarla.

Guzmán se incorpora pesadamente sobre el asiento.

—Adelante.

—Se repite una y otra vez…

—¡Informe! —le interrumpe Guzmán.

—Un tal Francisco Russo envía las coordenadas de una nueva ruta de vuelta.

Guzmán parece meditar durante unos instantes.

—¿Serías capaz de seguirla?

—Creo que sí. Es tan sencillo como unir los diferentes puntos que recibimos.

—Está bien. Escuchad —informa Guzmán, abriendo la comunicación para el otro vehículo—, hay cambio de ruta. Quivera os facilitará las nuevas instrucciones.

Se hace un silencio.

—¿Cambio de ruta? ¿Quién lo dice? —interviene Rodrigo con voz desafiante, desde el otro vehículo.

—Yo lo digo —se reafirma Guzmán con voz poderosa, y concluye con una pregunta que no es tal—: ¿algo que objetar?

Al terminar de hablar, Guzmán corta la comunicación y se quita la máscara para doblarse sobre sí mismo e intentar vomitar. Whitemann, entre preocupación y repugnancia, esquiva la vista de los restos rociados con sangre por la última tos.

Cuando le devuelve la mirada, Guzmán le está mirando fijamente. La cara pálida y desencajada aún dibuja su permanente sonrisa.

—Escucha, gringo… Tú has representado todo aquello contra lo que luchamos. Eres el reflejo de la sociedad que nos ha llevado a todos, no solo a mí… a la muerte.

»Llamáis libertad y respeto a la convivencia —continúa en tono sereno— a vuestra forma de justificar insoportables desequilibrios entre las castas que habéis establecido.

»Sois un espejo. Sois el reflejo de aquellos que despreciáis y que no son ni mejores ni peores que vosotros. Comprobaréis que sois vuestros propios verdugos ejecutando vuestra propia condena.

»Llamáis libertad al dinero. Llamáis libertad a poder consumir recursos sin medida y esclavizáis también sin medida a los que no los tienen y les hacéis víctimas de vuestros desmanes.

Guzmán, antes de continuar, hace una pausa para tomar aliento y evitar un nuevo ataque de tos.

—Pronto moriré, ambos lo sabemos. No te sientas culpable —amplía la sarcástica sonrisa—, no será a causa de tu regalo en forma de gas y que aún devora mis entrañas.

Guzmán se lleva la mano a la pernera y desenfunda el enorme cuchillo. Whitemann contiene la respiración mientras su captor tantea el cuchillo en la palma de su mano, como calculando el peso. Al poco, lo lanza hacia arriba. Sin mirarlo, lo toma por el filo al caer y se lo ofrece.

—Ahora es tuyo.

Whitemann no es capaz de reaccionar. El semblante de Guzmán se torna duro.

—Si en algo aprecias tu vida, escóndelo hasta que llegue el momento de usarlo.

Whitemann extiende el brazo y lo acepta con temor. Guzmán asiente solemne antes de tumbarse de nuevo sobre el asiento. Whitemann busca un lugar en su uniforme donde ocultar el cuchillo al tiempo que Guzmán se ladea y vuelve a su tos acompañada de arcadas. Hace amago de ayudarle, pero el exmilitar se lo impide con un gesto imperativo.

El viaje prosigue. Whitemann permanece escuchando la conversación de los pilotos de ambos vehículos para tratar de seguir el trazado de la nueva ruta. El rostro de su compañero brilla por el sudor y sufre en el cuerpo escalofríos. De pronto, el conductor reclama la atención de Guzmán para decirle que el todoterreno ha perdido una rueda y no puede maniobrar.

—Detente.

La marcha aminora, sin llegar a detenerse.

—¿Piensas recogerlos? —pregunta Quivera, incrédulo.

—¡Detén el vehículo! —repite Guzmán, levantando la voz.

—¿Estás seguro? Ellos no…

—Jamás abandono a mis hombres —responde Guzmán, poniéndose en pie con dificultad.

Antes de colocarse de nuevo la máscara, mira a Whitemann fijamente durante unos segundos.

—No te olvides de mi afilado regalo. Para usarlo solo hace falta esta fuerza. —Se señala con un dedo la frente haciendo un guiño.

Guzmán se aferra a la manivela de la escotilla superior para mantenerse dignamente en pie mientras el conductor se aproxima con precaución al vehículo siniestrado. Canta por el intercomunicador la distancia que los separa cada cien metros.

—Trescientos metros.

Guzmán tarda en responder. Su cuerpo se tambalea a merced de las orugas sobre el irregular terreno.

—Detente a cien metros.

Guzmán abre el canal de comunicación con el otro vehículo:

—No abandonéis el todoterreno. Vamos a por vosotros.

Escuchan durante un instante las voces atropelladas y alarmadas de los otros dos hombres antes de que Guzmán las silencie.

Los tortuosos doscientos metros se recorren en completo silencio. Whitemann no se atreve a moverse del sitio. El vehículo por fin se detiene y Guzmán vuelve a abrir el canal:

—No podemos acercarnos más. Comprobad máscaras y caminad hacia nosotros.

Se escuchan, entre interferencias, más quejas desde el otro lado de la línea. Exigen una explicación. Guzmán aprovecha las interferencias para volver a desconectar.

—Abre la escotilla cuando estén lo suficientemente cerca —apercibe Guzmán al guía.

Poco después, los dos mercenarios están dentro del vehículo con el buzo impregnado de un polvo anaranjado. Ambos se aposentan con modales violentos: uno en el banco de Guzmán y el otro junto a Whitemann. Se quitan las máscaras y clavan la mirada en su jefe, que da orden de reanudar la marcha.

—¿Por qué no os habéis acercado más? —increpa Rodrigo.

—Era peligroso —responde Guzmán con desdén.

—¿Peligroso?

La pregunta queda en el aire.

—¿Qué ha sucedido? —le interroga Guzmán pasados unos segundos.

—La rueda delantera izquierda… —trata de explicar el compañero.

—¿Un pinchazo?

—No. La rueda se ha desprendido del vehículo y el amortiguador está pulverizado. Y te aseguro que no hemos chocado contra nada.

—Está bien, descansemos hasta llegar al lugar indicado.

—¿Y qué lugar es ese? —vuelve a desafiarle Rodrigo.

Guzmán se acomoda junto al otro hombre.

—Lo sabrás cuando estemos allí. —La enérgica respuesta reafirma su liderazgo antes de cerrar los ojos e ignorarle por completo.

Whitemann permanece inmóvil, lo ha estado durante toda la conversación. Apenas se ha atrevido a espiar con disimulo a su compañero de asiento y solo ha encontrado odio en un esquivo cruce con su mirada.

Prosiguen sin novedad hasta que el piloto informa que están entrando en una pequeña ciudad que no sabe identificar. Hay vehículos atravesados en la calzada, pero pasan sobre ellos sin contratiempo siguiendo las órdenes de Guzmán. La situación se complica cuando el conductor anuncia que los niveles de radiación están aumentando hasta rozar los límites tolerables.

Rodrigo insiste en no seguir la nueva ruta, pero Guzmán lo mantiene a raya. Según pasa el tiempo, el traqueteo se intensifica y Rodrigo va desplazando a su jefe y ya ocupa casi todo el asiento; Whitemann, enfrente, se refugia en su esquina intentando no llamar la atención. Está preocupado por la salud de Guzmán y es obvio que los mercenarios también huelen su debilidad. Los registros de radioactividad siguen aumentando, pero Guzmán ni se digna a responder a los avisos del piloto mientras su cuerpo se agita al ritmo de la marcha. Prevalece su orden inicial de continuar hasta el destino fijado por Francisco.

Whitemann trata de ser invisible, se sabe en una situación límite, no responde a las burlas y amenazas de los dos malencarados. Tras un nuevo bache, el cuerpo de Guzmán cae un poco más y Markus descubre cómo cruzan una mirada. De pronto, Rodrigo se pone en pie. Primero tantea al jefe sacudiéndole por el hombro, después lo empuja con el pie hasta hacerlo caer al suelo sin miramientos. Se desprende de la máscara con una sonrisa de triunfo en su cruel semblante. Whitemann introduce la mano en el ajustado buzo en busca del cuchillo oculto. Aferra el mango con fuerza al encontrarlo.

—Jefe, ha llegado el momento de relevarte del mando —dice sarcástico Rodrigo, mientras extrae una anilla de su cinturón. La toma con una mano y con la otra deslía de ella un cordón casi invisible.

Se arrodilla frente a un Guzmán totalmente desvalido. El otro mercenario, atento a los movimientos de su compañero, ha dejado de vigilarle. Whitemann aprovecha el despiste para extraer sutilmente el cuchillo de la funda. Rodrigo le quita la máscara a Guzmán y se gira hacia Whitemann imitando la sonrisa de su jefe:

—Él será el siguiente.

Whitemann, asustado, esconde de nuevo el cuchillo al recibir el impacto de la máscara que le ha tirado aquel miserable amotinado. Pero al ver cómo rodea el cuello de Guzmán, vuelve a aferrarlo con mano temblorosa, incapaz de tolerar aquel asesinato.

Guzmán tose y un hilo de sangre arranca de la comisura de sus labios cuando el energúmeno aumenta la presión en su cuello. Aquella visión provoca que la cólera destierre al miedo y, en el mismo instante en que Markus levanta el cuchillo dispuesto a intervenir, se escucha un disparo.

Rodrigo cae muerto sobre el que iba a ser su víctima.

Markus, aturdido, observa a Quivera, el conductor del blindado, con un arma en su brazo extendido. El vehículo sigue en marcha. El compañero de Rodrigo desiste de actuar al sentir el cañón del arma sobre su frente.

Quivera exige a Whitemann que socorra a Guzmán y, sin pensarlo, aparta el pesado cuerpo de Rodrigo. Luego tumba a Guzmán sobre el asiento, abrazándole por las axilas. Un anillo de sangre le circunda todo el cuello. Parece una herida superficial, aún respira. No será el cordón quien se atribuya la causa de su muerte.

El piloto se acerca y le pone un arma en la mano a Whitemann.

—Al menor movimiento, dispárale.

Acto seguido, señala con un gesto de cabeza la parte trasera del tanque. La bala no solo ha atravesado el cuerpo de Rodrigo, también ha abierto una brecha en la carrocería. El tanque, en su descontrolado avance, sufre un fuerte vaivén que casi hace que se le escurra el arma de las manos a Markus, justo antes de que el piloto retome los mandos. Una chirriante fricción en un lateral deshace literalmente parte del blindaje. Les está ocurriendo lo mismo que al primer tanque. Lo mismo que le pasaba al muro de hormigón de la presa. Lo mismo que a todos los coches que prácticamente se deshacen a su paso. Guzmán supo anticiparse, ahora Markus Whitemann comprende el porqué de los continuos golpes de Guzmán para verificar el estado del vehículo. Un haz de luz se cuela por la brecha, aún no ha caído la temida niebla. Pero pronto lo hará.

Y los aullidos vendrán con ella.

Capítulo 3

Complejo ARCA, Antártida

La doctora Allenda Witzel aguarda expectante a que John recupere la consciencia en el laboratorio del doctor McKee. Ha seguido con diligencia las instrucciones dictadas con cuentagotas por el profesor Friedrich desde la siniestra silla de Phil Rewer. Ahora, la semilla latente en la mente del chico empieza a germinar. Demasiado pronto según todos los parámetros, pero no han tenido otra opción. El capitán Acab, tras haberlo debatido con los supervisores, ha reunido a todo el grupo en la sala de comunicaciones. En estos momentos la estarán esperando, sabe que si se demora mucho más partirán sin ella. Lo que no parece comprender el engreído capitán es que si toma la decisión de abandonarla, estará firmando la sentencia de muerte de los treinta supervivientes.

Allenda, pese a todo, se niega a marchar sin despedirse antes de John. Todo el proceso se ha retrasado debido a que el profesor ha tardado más de lo previsto en recuperar la lucidez mental. En estos momentos, ha vuelto a perder su entidad y permanece postrado y arrinconado, justo en el mismo lugar en el que colocaba a Phil. La doctora, mientras espera a que John vuelva en sí, le retira la neurodiadema de la cabeza rapada y luego el resto de electrodos que marcan su pequeño y pálido cuerpo. El laboratorio se encuentra en unas condiciones deplorables. Tras la rebelión de los afectados nadie se ha molestado en limpiarlo. Gran parte del valioso instrumental está desperdigado por el suelo junto a cristales rotos. Las paredes muestran negras manchas de sangre.

—¿Dónde estoy?

La doctora, al escuchar estas primeras palabras del joven, se arrodilla con ternura ante él. Toma su delicada mano entre las suyas y le sostiene la mirada.

—Tranquilo. Estoy contigo.

John tarda unos segundos en reaccionar.

—¿Aún estás aquí?

—Si lo deseas, todavía puedes venir con nosotros —susurra la doctora con dolor de conciencia. Odia mentir.

—Pero eso no es posible… ¿verdad, doctora?

Allenda no responde, simplemente baja la vista.

—No te sientas culpable. La decisión también es mía. Quiero quedarme aquí, junto a mi madre.

La doctora niega con la cabeza.

—El señor Rewer te curó a ti, quizá pueda salvarla también a ella.

El rostro de Allenda se endurece. Su pelo ha terminado por tornarse totalmente blanco. Ya no hay rastro de aquel rojo fuego. El azul de sus ojos se ha vuelto más intenso. Un azul frío, penetrante, sabio…

—Si Phil despierta, debes alejarte de él. Tienes que prometérmelo.

—Hay momentos en que puedo sentir su presencia recorriendo estos mismos túneles. Como si ya hubiese vuelto con nosotros, como una especie de *flashforward*… Él nunca me haría daño —asegura John con cierto reproche.

—No con intención… Pero no debes olvidar lo que le ocurrió al doctor McKee. —La doctora no puede evitar volver la vista hacía el cuerpo inconsciente del profesor Friedrich.

Alguien llama con fuerza a la puerta; deben de ser los hombres de Acab.

—John, no hay tiempo. Tras el ataque, el Complejo se ha vuelto nocivo para el resto de inquilinos. Además, creo que soy de algún modo la responsable de todo esto. He de marchar con ellos o no tendrán ninguna posibilidad. El hecho de que estemos hoy aquí y podamos sobrevivir, creo que depende de que lo haga.

—Ya los has salvado una vez, lograste someter al ejemplar que capturaron en el exterior. Aunque no esperes su agradecimiento.

La doctora se pone en pie.

—Adelante —continúa John—, cumple con tu destino. Yo cumpliré con el mío y esperaré su llegada. No tenemos elección, ¿verdad?

—Doctora, salga o entraremos por usted. —Sobresale una voz de entre los golpes al otro lado de la puerta.

Allenda retrocede un paso, alejándose de John. Sin embargo, lo desanda para volver junto a él por última vez.

—John, ¿recuerdas el cable que te entregó tu padre antes de partir?

John no dice nada, una solitaria lágrima le resbala por la mejilla.

—Debes usarlo, John —le implora la doctora—. Si no lo haces, lo que te va a ocurrir a partir de ahora podría dañar gravemente tu memoria y tu conducta. Nos hemos precipitado y te pido perdón por ello.

—Estoy preparado —afirma John con voz segura.

—Nadie está preparado para asimilar lo que hay implantado en tu cerebro —asegura la doctora con gravedad—. ¿Lo harás?

John asiente.

Los golpes y gritos arrecian tras la puerta.

La doctora Witzel se acerca al profesor Friedrich y le ata meticulosamente a la silla antes de ponerle la máscara. Esa es su voluntad. Los arrebatos de violencia son imprevisibles y no puede correr riesgos. Al terminar, se aproxima a la puerta de salida y mira a John con tristeza.

—Ve en paz, yo me ocuparé de Phil, del profesor Friedrich y de mi madre —afirma John, asumiendo prematuramente su rol de hombre adulto.

Allenda asiente ligeramente con la cabeza y desaparece para siempre de su vida.

Capítulo 4

Ubicación desconocida

Kevin vuelve a estar en el exterior. Mismo calzado. Mismo traje aislante de neopreno y máscara. No ha obtenido respuesta alguna a sus mensajes de radio, pero confía en que hayan sido útiles para otros hipotéticos supervivientes. Tampoco ha recibido contestación por parte de Iben Jacobsen a su transmisión en la que informaba de los riesgos de su salida al exterior y lo pedido por Francisco. Teme lo peor. Durante estos años de reclusión en el búnker ha sido consciente y ha eludido los peligros de su prolongada soledad. Ahora es cuando se siente verdaderamente solo: sin Francisco, sin Iben, sin la Red… sin nadie. Ya no teme a aquellas desdichadas criaturas que vagan por la superficie; incluso las prefiere a la opresiva soledad.

Sigue un nuevo plan. Sale periódicamente en busca de supervivientes humanos en los edificios que aún se mantienen en pie. Siempre vuelve antes de la llegada de la niebla y de los aullidos que trae con ella. Ha reparado e instalado nuevas cámaras en el exterior y gracias a esos ojos ha podido observar y estudiar el comportamiento de los salvajes. Nunca salen hasta que cae la niebla. En una ocasión creyó reconocer un hombre consciente, mas aquellos seres iniciaron la cacería antes de que la niebla se disipase. Quizá debía haber intervenido, pero sabe que hubiese corrido su misma suerte. La soledad y el sentimiento de culpa le empujan a salir. Jamás pensó que necesitaría la compañía física de otras personas, antes que el aislamiento absoluto que él mismo eligió. Parece que su retiro de estos años sin la compañía de las voces de Internet le ha llevado al límite y, si no quiere perder la cabeza, debe relacionarse con otros. Pese a todo, no ha dejado de transmitir ni un solo día. Escuchar una voz, aunque sea la suya, le reconforta y le mantiene viva la esperanza.

Avanza unos pasos esquivando las grietas del asfalto. Su

objetivo son edificios todavía suficientemente sólidos como para poder cobijar a alguien. Ya ha revisado las calles cercanas a su refugio sin éxito. Los últimos días ha estado explorando una zona más alejada y, por tanto, asume un mayor riesgo en cada salida. No es un lugar elegido al azar, se encuentra cerca del punto señalado por Francisco y, a fin de cuentas, es una zona tan buena como cualquier otra para seguir con la búsqueda de supervivientes.

Un contundente estrépito metálico le hace detenerse. Levanta la vista, pero la cadena de vehículos acartonados que colapsan la larga avenida le impide ver tras ellos. Necesita unos minutos para encontrar un punto elevado y, desde allí, distingue en el horizonte una nube de polvo arrastrándose como un jirón de niebla. No puede ser. Mira el cielo y constata que no es la niebla. Todavía dispone de un par de horas antes de su caída. La nube que se ha formado va creciendo, y ahora escucha un sonido distorsionado que puede identificar con el de un motor.

Kevin consulta de nuevo el reloj y limpia el visor de la máscara protectora para tratar de distinguir lo que oculta aquella polvareda en movimiento. Imposible. Toma la decisión de acercarse a ella, cada vez es más grande y el sonido más intenso. Parece provenir de todas direcciones, como si rebotara en la amenazante niebla que todavía está por encima de su cabeza. Avanza deprisa, sortea las grietas más finas y atraviesa sin miedo las más anchas. Ahora es capaz de saltar más lejos y medir las distancias. Siente como si caminara sobre la misma superficie lunar.

De pronto, otro fuerte impacto y el motor deja de rugir. Sea lo que sea, lo tiene justo delante. Mira el cielo y consulta una vez más el reloj, deseando que no corra el tiempo. No dispone de más de una hora. Todo su cuerpo suda dentro del buzo cuando alcanza al mastodóntico origen de la nube de polvo. Está completamente recubierto por los gránulos en suspensión, mezcla de polvo y electricidad atmosférica, que durante su travesía le han quedado adheridos y ocultan su interior. Poco a poco, con una lentitud exasperante, la nube se va disipando y cree reconocer siluetas humanoides moviéndose en su interior. Se agazapa; otra vez no... Tiene que huir, nunca los había visto merodear tan temprano. Se gira dispuesto a correr para alejarse de ellos, pero reconoce el sonido de un disparo y se detiene con cautela. Aquellas criaturas jamás serían capaces de usar armas de fuego. Con una esperanza arrolladora y sin considerar el evidente riesgo de exponerse a otro tiro, corre contra el centro de la nube. Distingue tres figuras: una arrastra a la que supone es la víctima. La tercera apunta a ambas con un arma.

Kevin, al amparo de los vehículos abandonados, se aproxima aún más. Consulta por enésima vez el reloj y, por enésima vez, levanta la vista hacia el cielo. Todo su cuerpo se estremece con un frío temblor. No hay tiempo.

Escucha voces que no puede descifrar. Tiene que actuar, tiene que poner fin a aquello, y tiene que hacerlo ya. Además, este es su terreno. Desenfunda la pistola del cinturón. No ha sido capaz de emplearla contra las bestias carroñeras, ¿podrá usarla contra un humano?

Continúa aproximándose hasta que una grieta demasiado ancha le obliga a detenerse. Gracias a esa parada puede hacerse una idea clara de lo que está ocurriendo. Sin pensarlo dos veces, lanza un objeto hacia un lateral para desviar la atención y salta.

Antes de caer al otro lado, una nueva detonación quiebra el silencio. El hombre armado cae muerto mientras todavía puede escucharse en la lejanía el eco del disparo.

Sin mediar palabra, Kevin devuelve el arma al cinto y ayuda a la otra persona a cargar con el herido. Pierden un tiempo precioso al verse obligados a bordear la extensión de la grieta que acaba de saltar. El otro hombre le habla, pero Kevin solo puede concentrarse en el cielo y tirar de ellos intentando aligerar la marcha. La niebla casi les roza la cabeza. El avance es extremadamente lento; el hombre sano es incapaz de seguir su ritmo. Kevin carga el cuerpo sobre su hombro y le hace una señal al otro individuo para que lo siga. Sin mirar atrás, camina a grandes saltos en un épico esfuerzo, pero incluso soportando la pesada carga, cada vez se distancia más del desconocido. Con los primeros aullidos se ve obligado a detenerse para volver a buscarlo. Lo encuentra paralizado por el miedo en el centro de la vía.

Capítulo 5

Exterior ARCA, Antártida

El centro de trabajo de Iben Jacobsen se ha convertido en el único lugar lo suficientemente amplio y seguro que queda en el ARCA. Iben pasa revista a cada uno de los treinta supervivientes reunidos en la Sala de Comunicaciones, descubriendo en todos los ojos el reflejo de la gravedad que les amenaza. Solo el severo rostro de Acab detiene su mirada. Endurecido por los años, es una barrera que no deja entrever sentimientos, pero que transmite la seguridad, la autoridad y el amparo que necesitan los allí congregados. Aparenta controlar una situación que hace tiempo se le ha ido de las manos.

El gran espécimen de la tribu de salvajes capturado en el exterior despertó con sus aullidos un instinto asesino en los afectados por el *teriomorfismo* que había en la enfermería. Partiendo de allí, fueron atrayendo y sumando a su paso aliados que sucumbían a la primitiva llamada al esparcirse por todo el complejo. Desencadenaron una rebelión que ha destrozado la mayor parte del complejo con daños prácticamente irreparables.

Se rumorea por el complejo que no fue el capitán Acab quien logró subyugar al líder alfa capturado en el exterior, sino la doctora Allenda. La mayor parte de los disparos ultrasónicos de los brazaletes ya no son efectivos y contener a aquellas bestias en lucha cuerpo a cuerpo es prácticamente imposible. Por ello, para el propio Iben esa teoría de la intervención de la doctora es la que cobra fuerza.

Cuando volvieron a dominar la situación, el capitán y sus hombres no tuvieron contemplaciones. Ejecutaron de inmediato a todos los afectados por el mal de la Luna que fueron arrastrados a la rebelión, pese a que algunos habían dejado de ser peligrosos. También acabaron con los que discrepaban de sus métodos y aprovecharon la revuelta para intentar tomar el mando, llegando incluso a provocar una explosión en la zona del reactor durante el desconcierto. Una auténtica masacre para ambas partes, que también queda encerrada tras la adusta expresión del capitán.

Tras la carnicería, apilaron los cadáveres en la Sala de la Asamblea, otro de los motivos por los que se han refugiado en lo que llaman su *leonera*.

Iben estudia a su amigo Erik. El temerario y silencioso héroe de brazos cruzados y ojos cerrados que se prestó voluntario para morir en el intento de controlar el escape radiactivo provocado por los amotinados en el reactor. «Es parte de mi trabajo», argumentó. Sin embargo, el capitán fue capaz de arriesgar la vida de otros dos de sus hombres para protegerlo. Al parecer, Erik es ahora muy valioso para su nuevo plan, lo que agradece secretamente Iben Jacobsen.

Erik, su amigo, se encuentra apartado del resto, al menos todo lo que puede en aquella pequeña sala con tantas personas. Según ha podido saber, aquel hombre huraño y corpulento ha encontrado en el exterior algo que quizá pueda prolongar sus vidas por otro lapso de tiempo. Sin embargo, las caras de los refugiados a su alrededor son de temor y desasosiego, ya no cree que confíen en nadie y, mucho menos, que alberguen esperanza alguna. Se dejan dirigir bajo la rigidez del semblante del capitán Acab mientras esperan para marchar a la doctora Allenda, a quien temen tanto o más que al propio capitán. Según pasan los minutos aumenta el nivel de rumores, secretos e inquietud ante la desinformación. Están asustados.

Con caminar seguro y altivo, irrumpe por fin la doctora en la Sala escoltada por dos militares equipados con protección de campaña. Los murmullos de reconocimiento y temor desatados podrían acomplejar al mismo capitán. Ya no es la joven que entró al complejo. Iben, en nombre de todos, se pregunta quién da las órdenes ahora. Con el cabello blanco como la nieve y el penetrante azul que le cubre la casi totalidad del iris, es la única persona de todo el complejo que transmite seguridad real en sí misma. Sin un ápice de vacilación a su paso, atraviesa la sala con total inmunidad y confianza. Para todos, representa la única esperanza posible.

—En marcha —ordena Acab, fulminando a la doctora con la mirada, aunque sin atreverse a recriminarla.

El plan de evacuación establecido ha sido expuesto minuciosamente por el capitán. Existe un único ascensor y tendrán que utilizarlo en cuatro turnos. El camino hasta él está despejado de cadáveres y es practicable, según le ha asegurado su compañero Erik. No se pueden arriesgar a que cunda el pánico. El primer grupo parte con Acab y Allenda a la cabeza. Iben, a petición propia, irá en el último grupo, junto a Erik, que será quien cierre el Complejo. El capitán acompañará a cada grupo.

Poco a poco se va vaciando la sala. Iben sigue pendiente de los monitores, aunque hace mucho tiempo que no recibe mensajes nuevos, ni siquiera respuesta a las supuestas conversaciones con Kevin. Llegado el último turno de evacuación, se sobresalta al sentir una mano en el hombro. Es Erik. Su amigo le anima con un gesto a que le siga. Con sentimiento, Iben deja sobre la mesa la transcripción manual de parte del diario que lleva escribiendo durante todo este tiempo e introduce el localizador en el cajón. Guarda el otro localizador en la mochila y se pone en pie. No le ha comentado a nadie su pequeño plan. Sin embargo, Erik parece conocerlo y apoyarlo. Se ajusta la máscara y se carga la mochila a la espalda preparado para salir junto a los demás. Echa una última ojeada de despedida a aquella sala, algo le dice que jamás volverá.

En el exterior están todos alineados en filas de a tres y con su grupo termina de completarse la formación dictada por el capitán. A partir de ahora, la doctora Allenda y Erik irán a la cabeza y Acab en la retaguardia con dos de sus hombres. Iben mira a su alrededor. El exterior no le parece tan hostil como se imaginaba. Inspira aquel aire espeso, pero lo prefiere al viciado y ahora seguramente contaminado del Complejo. La claridad es perturbadora y se impresiona al ver con sus propios ojos el nuevo cielo del que ya le había hablado Erik. No quiere imaginar qué ocurriría si realmente aquella densa capa eléctrica llegase a caer sobre ellos.

Caminan a buen paso y sin incidentes. Algo ha cambiado en la gravedad, ya no sabe si en relación a la vivida en el Complejo o a la de la antigua Tierra. La hierba que pisan parece cubierta por una fina capa de moho. En ciertas zonas es de un verde intenso y en otras de un mustio marrón.

Erik les conduce directamente a una discreta oquedad abierta en la pared de un desfiladero. La tensión puede palparse en el ambiente conforme van entrando uno a uno. Antes de entrar, Iben vuelve a mirar el cielo blanco y juraría con temor que la niebla realmente ha descendido. Se encienden dos potentes focos para dar luz a unos corredores anchos y regulares. También portan antorchas, aunque desconoce si se usarán como alumbrado en caso de que se agoten las baterías o para ahuyentar a las bestias que pueblan la superficie. Los cortes de la piedra por la que desfilan parecen demasiado rectos y limpios para ser naturales y es evidente que hace mucho tiempo que están allí. ¿Cómo es posible? Grutas artificiales en el interior de montañas que han permanecido miles de años enterradas bajo tres kilómetros de hielo. Aunque sabe que no siempre ha sido así...

Avanzan con rapidez y decisión. Erik demuestra conocer la ruta y no duda ni una sola vez en la elección del paso ante los diversos túneles laterales o bifurcaciones que se abren ante ellos. Caminan durante horas sin apenas descanso. La fatiga aumenta y el aire se torna cada vez más difícil de respirar. En las breves pausas es cuando se les permite usar las reservas de oxígeno.

Al cabo de ocho horas desde que iniciaron la marcha, salvo por el cansancio, todo marcha bien. Iben ha observado ciertas marcas en las paredes, especialmente en los cruces de corredores. Quizá las ha usado Erik para orientarse en algunas de sus exploraciones previas, pero parecen antiguas, talladas en la piedra con gran precisión, como si se hubiese utilizado algún método abrasivo para grabarlas. Se abstiene de hacer comentarios.

Todo se complica cuando llegan a una zona en la que el corredor se ensancha y el techo se eleva de forma notable. El éxodo está agotando a los expedicionarios y el capitán Acab ordena un alto. Los hombres bajo su mando comienzan a instalar con diligencia un campamento. No necesitan mucho tiempo para tener lista una enorme carpa de aspecto militar y rodearla con un cinturón de antorchas a pocos metros, por el momento apagadas.

Una vez refugiados en el interior, cansancio y miedo luchan en el ánimo colectivo. Intentan acomodarse, aunque pocos serán capaces de conciliar el sueño. Acab ordena silencio. La falsa quietud que reina en la tienda se rompe cuando un aullido antinatural recorre el túnel y provoca que algunos hombres y mujeres reaccionen poniéndose en pie. Todo cambia desde ese momento. Erik y algunos hombres abandonan la carpa, y desde dentro pueden ver cómo empiezan a encenderse una tras otra las llamas de las antorchas para formar un luminoso círculo protector a su alrededor.

Cuando vuelven a entrar, se escucha otro aullido. A Iben se le hiela la sangre. El capitán les ordena que permanezcan tumbados, inmóviles y en completo silencio. La orden es válida para todos, excepto para Allenda, Erik y algunos de los salvaguardas que rodean el perímetro interior. Acab y Erik vuelven a salir mientras Allenda pasea alrededor de las hileras que forman los cuerpos tumbados, a quienes parece vigilar muy de cerca. En ocasiones, la doctora se detiene unos segundos frente a alguno de ellos antes de continuar con su incesante ronda.

Nuevos alaridos, más fuertes y cercanos, rompen el silencio.

En ese instante, dos hombres del grupo se ponen en pie bruscamente. Iben se encoge aún más mientras la doctora

Allenda se sitúa serena frente a ellos. Consigue apaciguar al primero con una mirada azul y profunda, pero el otro responde con un aullido aterrador. Dos vigías de Acab inmovilizan a este último hasta que la doctora consigue dominarlo también.

El silencio es absoluto. Es evidente que las criaturas que les acechan se preparan para un ataque e incitan con sus llamadas a que los miembros del interior se unan a él. Los dos afectados, tras haber sido controlados, son esposados de pies y manos y apartados del grupo.

Otra vez vuelve la tensa calma. Otra vez el miedo.

Un nuevo grito gutural es coreado por muchos otros alrededor de la tienda. Iben puede ver movimiento en el exterior y cómo las llamas de las antorchas empiezan a oscilar. Dentro se levantan otros cuatro como un solo hombre y se unen al coro. Allenda es incapaz de dominarlos a todos y algunos corren como fieras mientras los hombres de Acab tratan de reducirlos.

—¡Qué nadie se mueva! —ordena la doctora, mientras se encarga de someter a uno de los rebeldes. Su voz es puro hielo.

Dos son reducidos y amordazados. Los otros dos, abatidos por los vigilantes del interior. Los brazaletes no funcionan y han recurrido a porras, cuchillos y su entrenamiento para hacerlo. Se apresuran a sacar los dos cadáveres fuera de la tienda.

Allenda sigue paseando entre los que permanecen tumbados. Tras la lona de la carpa también hay lucha. Algunas antorchas se han apagado. La doctora les va obligando a que la miren directamente a los ojos en cada vuelta. Atravesándoles con su intensa mirada, parece que sea capaz de penetrar hasta sus almas.

Los siguientes gritos no provocan reacción alguna en los refugiados en la carpa, sólo en los amordazados que se convulsionan con inusitada violencia. La doctora susurra algo a los hombres del capitán y sale de la tienda con total tranquilidad, no sin antes lanzar una última advertencia:

—Pase lo que pase ahí afuera, que nadie hable o se mueva. Es la única forma de que puedan estar a salvo.

Iben se acurruca aún más. Puede ver la silueta de la doctora a través de las translúcidas paredes de la tienda. Separándose. No sabe si está más tranquilo con ella a su lado o sin ella. El frío de sus ojos hace que sea difícil no temer su presencia, aunque es obvio que de una u otra forma les está ayudando. Al alejarse de ellos, dos de las antorchas que estaban apagadas vuelven a cobrar vida y Erik entra cargando con un hombre herido.

Al amanecer, si puede llamarse amanecer al cese de los aullidos, el capitán exige al grupo que se ponga en pie. Levantan el campamento en un tiempo récord. Reanudan la marcha empuñando antorchas, como agarrándose a la vida, y abandonan cuatro cadáveres tras ellos en una improvisada pira funeraria. Sin medios para ofrecerles una sepultura digna en aquella dura roca, un pequeño grupo, al que el capitán no pone impedimentos, encuentra la forma de dedicarles unas palabras de despedida antes de prenderla. Aquellos que respondieron a los aullidos y que siguen con vida, caminan esposados y encadenados entre ellos. Nadie habla. Todos se limitan a avanzar en el mismo orden y a la misma velocidad que cuando partieron del ARCA. Cada cierto tiempo, alguno cae o desfallece y es de inmediato ayudado por sus compañeros para no retrasar la marcha. Iben descubre a uno de los integrantes del grupo escabullirse al amparo de la oscuridad de uno de los corredores laterales. Al igual que lo ha visto él, también otros se habrán percatado de la deserción. Nadie dice nada. Nadie se detiene. Es su decisión y la aceptan.

Cuando el grupo se encuentra al límite de sus fuerzas e Iben se resigna a pasar otra noche de pesadilla, el pasadizo desemboca en una enorme puerta de acero. La comitiva se detiene a unos metros de ella por orden del capitán. Erik y dos hombres se acercan cargados con abultadas mochilas. Poco después, comprueban que un láser rojo es incapaz de hacer mella en aquella puerta. El plan B es colocar una especie de cargas explosivas. Retornan a la carrera dejando un cable tendido en el suelo. Al alcanzarlos, todo el grupo retrocede hasta quedar al amparo del primer recodo del laberinto de galerías. El compañero de Erik usa el detonador. El sordo estruendo y el temblor le hacen pensar a Iben que terminarán sus vidas sepultados allí. Por fortuna, se equivoca.

No se les permite acercarse. Son necesarias dos explosiones más para conseguir abrir una brecha en la monolítica puerta. Todo apunta a que nadie sabe lo que les aguarda al otro lado, solo él puede intuirlo. Y Erik. Cuando le expuso la fantástica teoría de Kevin sobre la Antártida y la posible localización de bases secretas cerca del complejo, Erik pareció no darle crédito alguno. Más bien ni se inmutó, como siempre hace. Aunque sin duda avivó su afán de búsqueda. Mientras recorren los pocos metros que les separan de la puerta, Iben se replantea su reflexión y se pregunta si realmente sus indicaciones sirvieron para algo o si Erik conocía desde un principio la existencia de aquella puerta, tan estratégicamente cerca del Complejo ARCA.

Se trata de una base militar o de investigación llamada *Sigma-2*. Nada más entrar, el capitán y sus hombres aseguran la sala que los recibe. Una vez que confirman que es segura, sellan la grieta abierta en la puerta y les obligan a permanecer allí mientras Erik, Acab y Allenda se proponen inspeccionar el resto de la base. Antes de marchar, Erik le susurra:

—Debes volver a confiar en mí.

Pasa mucho tiempo hasta que los cabecillas restablecen la energía e Iben puede inspeccionar mejor el lugar en el que se hallan. Es una base norteamericana, al menos es lo que deduce del mobiliario e instrumental que les rodea. Pero al estudiar la construcción en sí misma, techo, paredes y suelo, algo le hace sospechar que es muy antigua. Que no se trata de algo construido por ninguno de sus gobiernos, sino de un lugar del que han tomado posesión y adaptado a sus necesidades. Sus desvaríos terminan cuando el capitán Acab y los demás regresan a la sala.

Capítulo 6

Ubicación desconocida

Una vez en la seguridad del búnker, Kevin deja caer con cuidado sobre el sofá cama al hombre que trae a cuestas y se desprende del traje de neopreno. Intenta socorrerle y, sin pronunciar palabra, le desabrocha el uniforme. La bala ha atravesado limpiamente el hombro. De pronto, el herido le arrebata la venda con la que trata de cortar la hemorragia y descarga sobre ella unas toses en las que se descubren restos sanguinolentos, como si tuviese afectado algún órgano interno. Kevin pide ayuda al segundo desconocido, interrogándole con la mirada. Aquel habla por primera vez:

—Los vómitos y las convulsiones no son consecuencia del disparo. Estuvo expuesto a algún tipo de gas nervioso que le está destrozando por dentro. Por desgracia, necesita un antídoto del que no disponemos.

Kevin suspira y vuelve a centrarse en los cuidados hasta que el herido se calma y se queda dormido. O inconsciente.

—¿Qué ha ocurrido? —pregunta Kevin, invitando al otro a que tome asiento.

—Hemos sido atacados por esas bestias —responde, mirando a su alrededor.

—Esas bestias no disparan balas —replica Kevin, sin querer presionarle demasiado.

Ambos se estudian. El visitante es un hombre de mediana edad, con pelo ligeramente rizado y canoso. Barba descuidada, también canosa, y rostro pálido y ojeroso. Kevin aseguraría que no ha sido siempre así. Sus ojos reflejan cansancio e impotencia, pero también inteligencia. Finalmente se explica:

—Sus propios hombres se sublevaron al descubrirle enfermo y débil. Nada pude hacer para evitarlo. —Saca un enorme cuchillo del interior de su buzo y lo deja caer al suelo con aprensión.

Kevin interrumpe el relato para levantarse y ofrecer algo de agua y comida a su invitado, que acepta, desarmado, su hospitalidad.

—Disculpe mis modales, hace años que dejé de relacionarme con otras personas. Y me refiero a mucho antes de que todo comenzara.

Kevin le permite comer y reponer fuerzas antes de buscar una respuesta a algo que ha empezado a rondar en su mente.

—Mi nombre es Kevin Wolve, usted es…

El hombre levanta la vista de la mesa.

—Markus. Markus…

—Whitemann —le interrumpe Kevin con una sonrisa cansada, para sorpresa del aludido.

—¿Cómo sabe mi nombre?

Kevin niega con la cabeza. Ocupa su sillón en el Centro de Mando y las pantallas de los ordenadores cobran vida a su alrededor.

—Tenemos un amigo en común. Se suponía que usted acudiría a salvarme… —dice sin sentimiento ni esperanza.

—¿Un amigo en común? —pregunta Whitemann con interés.

Kevin busca cierta información antes de responder:

—Francisco Russo. —Al verle levantar las cejas, añade—: Leslie…

—Leslie —repite Whitemann—. Siempre Leslie Dean…

De pronto sus ojos recuperan el brillo y pregunta con vehemencia:

—Entonces debe conocer Ciudad Amurallada. El Rascasuelos. Puede darme alguna información relativa a Anderson, Irwin…

Kevin acompaña cada nombre negando con un movimiento de cabeza.

—Lo lamento mucho. El cambio de ruta… Su nueva misión no solo consistía en salvarme a mí. Allí ya no queda nada ni nadie —añade con pesar—. Y mucho me temo que todo aquel que se aproxime a los malditos muros de Ciudad Amurallada se expone a un grave peligro.

En ese instante, cambia el contenido de las pantallas ubicadas frente al sofá de Whitemann. Este se concentra en ellas.

—Como puede ver, todo lo que le he contado se deduce de la información facilitada por nuestro común amigo: Francisco Russo.

Capítulo 7

Base Antártica Sigma-2, Antártida

La doctora Allenda percibe algo al entrar en aquella supuesta base militar. Todo su cuerpo se estremece ante la poderosa llamada que la reclama. Y todavía siente algo más. ¿Ha estado antes allí?

Le susurra unas palabras al capitán Acab y este lo dispone todo para la exploración de la base. Allenda quiere que solo el personal imprescindible se adentre en ella. Presiente algo y teme que no esté deshabitada, como parece a simple vista.

Los potentes focos de Erik, junto con la vigilancia de Acab, registran hasta el último de los recodos de los túneles y las salas que transitan. Corredores de elevada pendiente, algunos tan estrechos como para ir en fila de a uno y otros tan amplios que devuelven el eco de sus pasos. La forma y disposición de los laberínticos pasadizos se apartan de lo esperado. Unen grandes salas, todas semiesféricas. El amplio diámetro de algunas de ellas no permite que los focos alcancen la bóveda. Según avanzan, la doctora Allenda asimila la forma tridimensional de la estructura que forman aquellos recintos y la relaciona con las inquietantes simetrías que aparecen desde hace décadas en campos de maíz de todo el mundo. La entiende como algo mucho más complejo al ser espacios geométricos encerrados en la misma roca viva. La doctora No tarda en comprender que aquella gruta natural ha sido adaptada para la base americana, y no al contrario.

Ahora le resulta evidente que el túnel por el que han accedido es muy posterior y se ha construido con métodos rudimentarios. La gruta original, por increíble que le parezca, no tiene ningún punto de entrada o salida. Ojalá estuviese John allí. ¿Es posible que encierre su forma algún tipo de mensaje? ¿Puede ser una forma de construcción desconocida? O quizá simplemente están inspeccionando una caverna natural forjada con esmero a través de millones de años por la caprichosa erosión de agua, hielo y otros elementos propios de la naturaleza que, en ocasiones, se expresa con formas increíbles. Basta con admirar la estructura de un átomo o la perfecta belleza de un copo de nieve.

—Sin duda se trata de una base experimental relacionada con el proyecto espacial. Evacuada. Dejaron solo el personal mínimo de contingencia. —La molesta voz del capitán distrae por un instante su concentración.

¿Espacial? Es cierto que algunos aparatos pueden recordar a cascos o ensamblajes de sondas o naves espaciales, pero no es eso lo que a ella le interesa.

—¿Qué hacemos con los cadáveres? —pregunta Acab.

—Desháganse de ellos —responde Allenda, sin apenas haberles concedido atención.

Erik y Acab se apresuran en apartar un par de esqueletos humanos. La doctora les espera impaciente. No quiere perder el tiempo con minucias. Siguen avanzando y explorando. El dibujo es cada vez más nítido en su mente, pero no logra descifrar su significado, si es que significa algo. Se mueve de forma ágil y cómoda. Sin miedo. Al contrario que sus dos acompañantes, para quienes la cautela y el recelo guían cada movimiento.

—¿Qué buscamos? —pregunta Erik.

Ese hombre silencioso y eficiente es mucho más sagaz de lo que aparenta. Pero Allenda no necesita contestar gracias a la oportuna intervención del tosco capitán, aunque la pregunta evidentemente no iba dirigida a él.

—Comprobar que la base es segura y restablecer la energía.

La doctora prosigue sin apenas prestar atención a las palabras y acciones de sus compañeros. Tampoco a los objetos o al material de la base. Los dos hombres buscan un propósito y una posible utilidad a todo ello. Ella no. Ni siquiera detiene sus pasos cuando Erik consigue restablecer parte de la energía y todo se ilumina débilmente.

Al llegar a una puerta grabada con lo que podrían ser marcas rúnicas, les hace un gesto inequívoco para que esperen tras ella. Allenda Witzel, estudiosa de la vida desde hace años, identifica por fin los recintos que recorren. Son el reflejo exacto de la estructura molecular de un «ladrillo de la vida», de un aminoácido. Y parece que van a desembocar en el átomo de carbono central. En el C alfa.

La puerta está cerrada por dentro. Erik necesita forzar su apertura. La doctora Allenda entra sola. Es una sala amplia y parece vacía. Parece, pues ella sabe con seguridad que no lo está. La doctora, pasados unos segundos, les permite acceder para que dirijan hacia arriba los potentes focos. Algo cuelga de una cadena a unos diez metros de altura. Es un cuerpo humano pendido boca abajo, colgado por los tobillos. Al seguir la cadena que le sostiene, descubren un rudimentario sistema de poleas que debió de haber usado él mismo para tratar de ponerse a salvo. Al menos esa es la deducción de la doctora, aunque entiende que sus compañeros piensen en otras posibilidades.

—Descuélguenlo —ordena Allenda.

Erik tarda poco tiempo en vencer el mecanismo que controla la polea y hacerlo descender poco a poco. Parece otro cadáver esquelético. «¿Cuánto tiempo habrá pasado colgado como un vampiro por su propia seguridad?», se pregunta la doctora Allenda.

—Con mucho cuidado —exige la doctora, que de inmediato añade—: cuando esté en el suelo eviten mirarle a los ojos.

Capítulo 8

Complejo ARCA, Antártida

John, otra vez sentado en la fría silla, no puede discernir si han pasado meses o años desde la partida del grupo de habitantes del Complejo. Con ellos se fue también la doctora Allenda, su madrina. Su madre, por el contrario, sigue con él y parece estar superando el comportamiento animal y violento. Es el objeto de su dedicación y no puede hacer más que observarla, consumiéndose poco a poco en su urna.

En estos momentos se alisa el largo cabello negro con las manos, lo hace la mayor parte del tiempo que la acompaña. ¿Realmente ha pasado con ella todo el tiempo? John sabe que la ha estado cuidando, alimentando y que ha tratado de hacerle recuperar el entendimiento. La ha estado acariciando con la mirada para apaciguarla durante, mucho o poco, todo lo que recuerda de su empeño. Pero no puede saber con seguridad cuánto ha sido. Lo que han liberado en su mente le está transformando. Experiencias y recuerdos ajenos a él fagocitan los suyos. Apenas consigue comprender lo que le está siendo revelado. Solo en los momentos en que recupera su verdadera personalidad, tiene la certeza de que visita y atiende a su madre, como intentó hacer con el profesor Friedrich hasta que dejó de ser necesario al haber quedado en estado catatónico. Siente como si alguien tratase de injertar varias vidas diferentes en la suya a través de recuerdos. Dolores de cabeza, ataques y pérdidas de conocimiento son constantes. No sabría hacer una estimación de los periodos que pasa inconsciente o conectado. Tampoco se atreve a explorar los nuevos recuerdos implantados cuando es él mismo. Todo su ser los rechaza. Los teme.

Es el día. John, con una recuperada determinación, se pone en pie decidido a salvar a su madre.

Espera a establecer contacto visual con ella, solo entonces abre la puerta de la urna que la encierra sin desviar la mirada. Isa Dean, dócil, se levanta y avanza despacio hacia él. John retrocede de espaldas por el pasillo seguido por los lentos movimientos de su madre, siempre con las miradas enlazadas. Unos pocos metros y parece cansada por el esfuerzo. Su ropa desencajada, sus pasos vacilantes y su rostro revelan síntomas de desnutrición; quizá la ha dejado sola mucho más de lo que creía.

John continúa sin necesidad de volverse hasta el laboratorio del doctor McKee, cuyo cuerpo postrado no se molestan en mirar. También les abandonó hace tiempo. John aparta los cristales del suelo para evitar que los pies descalzos de su madre resulten heridos, pero sigue haciéndola andar para llegar al laboratorio anexo, y después avanzar por el estrecho pasillo hasta la última celda.

Abre la puerta.

Al otro lado se encuentra el único ser que puede salvarla. John la obliga a entrar. Las piernas de su madre tiemblan a cada paso, pero consigue mantenerse en pie apoyándose en la pared.

Ya llegan. Desfallece.

John ayuda a su madre a caer de rodillas frente a Phil Rewer, frente a lo que queda de Phil Rewer.

—Phil, tienes que ayudarla —implora John.

Los ojos negros de Phil están abiertos. Pero no hay vida en ellos. Tampoco la hay en las azuladas venas que surcan su cuerpo momificado.

—¡Phil! ¡Es mi madre! ¡Todavía somos humanos!

John sostiene el cuerpo de su madre reiterando la súplica incluso cuando esta se desmaya entre sus brazos. Phil no hace absolutamente nada, como intuía. John ha retrasado ese encuentro hasta el límite, pero sabe que el huésped de ojos negros todavía permanece en letargo.

Al sentir el primer pinchazo en la sien, John tumba el cuerpo inconsciente de su madre en el pasillo y cierra con llave la puerta de la celda. La toma en brazos y sale apresuradamente de los laboratorios.

—Ya no es necesario que estés aislada. Phil te ha curado. Ahora volverás al camarote con papá y conmigo —miente John con lágrimas en los ojos mientras suben en un ascensor.

En su caminar, la mente se le vuelve a inundar de pensamientos que no son suyos. Trata de rechazarlos. Lucha contra ellos concentrándose en su antigua vida. En la granja. En Rayo, su caballo preferido. Pelea hasta que el dolor de cabeza se vuelve insoportable. No comprende quién es toda esa gente que grita en su interior. Tampoco comprende sus palabras, actos o conocimientos.

Llega a su camarote sin fuerzas para dejar a su madre sobre la cama. Cae con ella al suelo y lucha por arrastrarse agónicamente hasta el cuarto de baño. Allí le espera el viejo ordenador portátil de su padre con el programa de Francisco funcionando. Mientras se convulsiona en el suelo, tantea con la mano hasta encontrar el extremo del cable. John ya no es John, pero su mano, movida por la experiencia, describe un rápido movimiento balístico inconsciente para lograr conectarse los afilados colmillos a la parte posterior de la rodilla. Cuello, espalda, piernas, manos y dedos se tensan con violencia. Todos los músculos sufren espasmos. Un instante después se relaja y entra en un profundo sueño que no recordará cuando despierte.

El drenaje neuronal ha comenzado.

Capítulo 9

Ubicación desconocida

El trabajo codo con codo junto a Markus Whitemann durante estos últimos años recibe la recompensa de encontrarse al lado de una mente brillante. Un espíritu eremita como el de Kevin jamás pensó que podría encontrar tal correspondencia en la compañía humana. Lamentablemente, Guzmán, el malherido compañero al que también acogió, falleció a los pocos días de su llegada. Nada pudieron hacer por él. En cierta forma ambos llegaron a admirar a aquel visionario guerrillero. Respetaba la vida bajo una perspectiva idealista, no temía a la muerte y no vaciló ante su encuentro.

Gracias a los archivos enviados por su amigo Francisco Russo y los conocimientos del propio Whitemann descubrieron que la pieza de metal recuperada en su primera salida al exterior formaba parte de los restos de un satélite de comunicaciones norteamericano. La parte reblandecida se endureció poco a poco hasta recuperar su estructura original, lo que les impidió establecer conclusiones serias sobre aquel estado nunca antes visto. Por otra parte, el análisis de diferentes muestras de las retorcidas raíces que proliferan en la superficie describe la acción de algún tipo de parásito. Una mutación provocada o despertada por la nueva atmósfera. Todavía no saben con certeza si el parásito es nuevo o ya existía en estado latente y se ha desarrollado gracias a las nuevas condiciones medioambientales. Lo que sí saben es que se reproduce mediante esporas que se dispersan exponencialmente cuando la niebla cubre la Tierra. Una plaga que reducirá a polvo todo vestigio de civilización en pocos años si no consiguen erradicarla. Siglos de evolución se borrarán con el efecto de aquella especie de planta carroñera. Catedrales, museos, obras de arte, el propio Rascasuelos... Hasta el acero será devorado lentamente. El zarcillo se apodera de todos ellos e infecta su interior como una enredadera.

Han revisado con detalle cada uno de los archivos que facilitó Francisco antes de perder la comunicación con él, desmenuzando los entresijos del llamado plan NOE. Un plan que pretendía evitar el actual desenlace catastrófico, pero que al mismo tiempo lo contemplaba como el escenario más probable y casi se podría decir que lo propiciaba a la hora de establecer las defensas para soportarlo.

Durante estos años han abandonado el cobijo del búnker en algunas ocasiones y han instalado nuevas cámaras de vigilancia exterior. En ninguna de esas contadas salidas han hallado rastro de otros seres humanos conscientes. Sin embargo, algo está cambiando ahí afuera en los últimos meses. Pese a que la niebla cada vez cae antes, la presencia de las bestias humanoides se ha reducido de manera notable. Recientemente han podido observar siluetas estilizadas e inmóviles entre la bruma que no son atacadas por las otras bestias. Incluso parecen alejarse de ellas, como si su mera presencia hubiese provocado su retroceso.

Aunque nunca las han visto moverse, estas nuevas apariciones parecen aumentar en número y Whitemann asegura que se les están aproximando, como si estrechasen un cerco a su alrededor.

Capítulo 10

Complejo ARCA, Antártida

John abre los ojos. Necesita unos segundos para ubicarse y recordar. Se encuentra, como siempre, en el aseo de su camarote. Necesita unos segundos más para que los músculos respondan a las órdenes de su cerebro y poder ponerse en pie.

Levanta a su madre del suelo y la recuesta con cariño sobre la cama. Nunca la debieron arrebatar de su lado. Abre el armario y le elige un uniforme nuevo de despedida. En una esquina del armario encuentra un colgante y una cajita de joyería con unos pendientes en forma de fino de luna. Sigue un estudiado ritual para que se encuentre compuesta y elegante, como a ella le gusta mostrarse. Solo resta alisar su cabello con el cepillo con el que Isa, su madre, dilataba las horas. Deja por fin que un mechón rebelde cruce su frente.

—He de reunirme con ellos —le dice como única despedida, aunque no hay necesidad de palabras.

Es consciente de que debe cumplir su cometido. El poder de la llamada es intenso, ineludible. Antes de salir, vuelve la vista para admirar por última vez su dulce y serena belleza. Ahora está preparada para recibir la sanadora visita de Phil cuando despierte.

Cierra la puerta y avanza en pos de su destino. Todo sigue tal y como lo dejaron antes de que el resto de habitantes del ARCA marchara. Durante todo este tiempo, él no ha sido más que un fantasma vagando por aquellos corredores metálicos. Exactamente igual que ahora. Camina hacia el ascensor lanzadera que le llevará al exterior sin prestar ni la más mínima atención a lo que le rodea.

Un gran objeto rompe la espesa niebla que le recibe en la superficie. Flota a pocos metros de él, aguardándole. Miles de pequeños destellos luminosos revelan una superficie circular coronada con una forma ligeramente convexa. Totalmente uniforme, sin puertas ni juntas, parece una única pieza. Una sensación, una atracción en el interior de John le conmina a entrar en ella. Al aproximarse un paso más, parte de aquella aleación dorada y perfectamente pulida parece burbujear. La atraviesa como si de una ligera lluvia se tratase. Sus pulmones pronto se colman del fluido respirable y sensitivo que ocupa el interior, el mismo elemento que percibe con el tacto y el mismo de la carcasa que ha visto centelleando antes de penetrar en la nave, como si cambiase de estado para acogerle. Le resulta muy similar al que usan en la Sala Blanca.

Inmerso en aquella sustancia, todos sus sentidos se fusionan con aquel artefacto. Percibe todo lo que le rodea en los 360° del exterior con un nivel de detalle que los ojos humanos serían incapaces de alcanzar. En un instante, cambia la visión y atraviesa la densa capa blanca que ahora cubre la Tierra ocultando su antiguo y esplendoroso azul. Se aleja del planeta, que empequeñece rápidamente mientras el universo que lo rodea cobra esplendor.

Al volver en sí, solo hay estrellas distantes a su alrededor. En un punto concreto del vacío sideral se distorsiona el brillo de parte de ellas. Según se aproxima lentamente hacia él, aquel punto se va revelando como un cúmulo de esferas transparentes unidas por finas líneas de luz. Forman algo similar a una enorme estructura molecular. Algunas de las burbujas brillan con diferentes tonos y el suave transparente de las curvas superiores se torna iridiscente, como enormes pompas de jabón liberadas en el espacio profundo. Puede ver a través de ellas.

La nave curva grácilmente su flexible borde al atravesar una para quedar fundida en su interior. Instantes después, John se encuentra flotando en el líquido dorado que forma un estanque circular en la base de la esfera. Al ponerse en pie, expulsa el fluido de sus pulmones espirando lenta y prolongadamente una y otra vez. La atmósfera de aquel lugar es respirable, si realmente está respirando. Es un aire húmedo, siente su frescor en los pulmones. John se introduce por el único corredor que une aquella esfera con las demás. Contempla extasiado los millones de estrellas que le rodean, es como si caminase por el mismo espacio, aunque sus pies no llegan a tocar el invisible suelo. El pasillo de luz comunica con otra esfera que se encuentra vacía y, aunque la caída es considerable, John salta con decisión. Dondequiera que se encuentre, la gravedad es mínima. Flota en el interior y consigue alcanzar otro corredor con la simple inercia de su impulso. Avanza. Los corredores y las burbujas se tornan más amplios. No hay nadie. No hay nada. Aquella especie de estación espacial irreal parece abandonada. Ahora unos débiles haces de luz de diferentes tonos cruzan en paralelo y a media altura los pasillos y la esferas. Cada línea de color parece seguir o marcar una ruta diferente. La base de algunas de las esferas exteriores aparece cubierta del mismo líquido dorado en el que se ha convertido la nave que le ha llevado hasta allí; otras parecen vacías.

Sigue avanzando. No importa si por voluntad propia o si sus pasos están dirigidos. Ahora es arrastrado en horizontal, conducido por uno de aquellos haces luminosos. En su vuelo atraviesa indistintamente volúmenes esféricos y conexiones entre ellos. Algunas burbujas están vacías y otras rellenas con una espesa niebla eléctrica o quizá con diferentes fluidos. Sigue sin encontrar a nadie, pero en todo momento siente presencias que no puede ver. Su recorrido termina en una esfera ocupada en su totalidad por un fluido rosado que gira en una gran corriente sin principio ni fin. Accede a ella a través de una fina cortina formada por el mismo fluido ondulante que no se derrama. Al cruzar la puerta líquida es arrastrado por la corriente interior. Gira y gira como en un remolino de agua hasta que su cuerpo queda suspendido e inánime en el centro de la esfera líquida.

Solo consigue verlos en el momento que sus pulmones dejan de respirar aire. Quiere comunicarse, gritar, pero es incapaz de articular palabra. Los habitantes de aquella estación tienen un aspecto humanoide. Su piel, carente de vello, es muy pálida, blanquecina y acuosa. Casi transparente. No se cubren con ropa y, aunque parecen asexuados, presentan rasgos fisionómicos que los diferencian.

John pronto comprende que desde allí puede ver y estar en cualquier punto de la estación. Puede seguir a aquellos seres, moverse entre ellos. Incluso entender conversaciones de un lenguaje desconocido. Parecen ignorarle y no consigue captar su atención. Son como espíritus. Su forma de desplazarse es grácil y calculada. No andan, flotan. Se dejan llevar por las vías de luz y, para variar la dirección o la velocidad, se ayudan con la mirada y sutiles movimientos de manos y pies. Más que flotar, parecen nadar en aquel aire húmedo. Al fijarse con más detalle, John descubre que los dedos de manos y pies están unidos por una fina membrana interdigital. No pasa desapercibido por completo, algunos de ellos parecen reaccionar ante su presencia, incluso se giran a su paso. En sus ojos no hay pestañas ni iris, en su lugar presentan una especie de membrana nictitante. De pronto se encuentra entablando perfecta conversación con algunos de ellos. Aunque emite vibraciones y silbidos desconocidos, sabe que la comunicación no depende únicamente de ellos. La acústica de las ondas que intercambian no se reduce al arco que capta el sentido del oído, más bien es como si sus mismos cerebros interpretasen «cantos de ballena» para comunicarse. Algunos le saludan con un movimiento que ningún otro ser humano sabría interpretar, pero él sí. ¡Incluso pronuncian su nombre!

—¿Cómo conocéis mi nombre?

—Tú mismo nos lo dijiste.

Varios responden a coro, pero pronto pierden el interés y siguen su recorrido sin concederle importancia a su presencia.

—¿Quiénes sois?

—Somos el futuro y el pasado de la humanidad.

John sigue vagando como un espectro entre ellos, cada vez encuentra a menos de aquellos seres según se aleja del centro. En algunas de las burbujas exteriores, el líquido dorado se solidifica y objetos como el que le ha traído hasta allí abandonan la estación. La llegada de naves es muy inferior. ¿Pero cuánto tiempo lleva observando este proceso? Nadie parece entrar o salir de ellas. De pronto, siente que ocurre algo importante. Algo que debe presenciar. Un grupo de alienígenas se introduce en una esfera líquida de un tamaño muy superior a las demás y, tras la solidificación, la gran esfera dorada abandona la estación cargada de pasajeros.

—No hay tiempo, John…

Ahora lo ve con claridad. No es él el espectro, sino ellos. La estación sigue desierta. Está presenciando algún tipo de grabación de lo que sucedió en tiempos remotos. Si es así, ¿cómo pueden percibir su presencia? ¿Cómo pueden conocer su nombre y comunicarse con él?

—¿Por qué me habéis traído hasta aquí?

—El Ciclo se repite. Habéis cometido los mismos errores que nosotros. Hemos fracasado. No fuimos capaces de salvaros. Quizá tú puedas ayudarnos.

—¿Salvarnos?

—Dejamos nuestro legado en la pirámide lunar.

—¿Sois los constructores a los que se refería mi bisabuelo?

—Noooooo… —El coro de voces retumba en su cabeza.

—¿Dónde estáis?

—Hace eones que abandonamos esta estación, pero lo sucedido permanece presente en su realidad. La abandonamos condenados, sin esperanza. La falta de diversidad genética corrompió nuestra raza. Quizá sea mejor que nunca lleguemos a encontrarnos. Nadie podría predecir, ni siquiera aproximar, lo que somos ahora.

—¿Y esta estación?

—En ella permanecimos los Vigilantes. Tardamos siglos en aceptar que los antepasados de vuestra especie fuesen los elegidos y nosotros los condenados. Quisimos impedir que volviera a ocurrir en el siguiente Ciclo.

—¿Los *ORCH*?

—Vuestra evolución fue muy lenta, y nuestra degeneración muy rápida. Están programados para que seguir operando después de que los Vigilantes perezcamos. Simplemente recaban información para nosotros aguardando el momento en que estéis preparados para recibir nuestro legado. Nuestro propósito es romper la hasta ahora inmutable Teoría de Ciclos.

—¿Estamos preparados?

—No.

—¿Fue Sobol quien construyó la pirámide lunar?

—Nooo...

Otra vez multitud de entes corea la respuesta desde diferentes tiempos. Ahora sabe que está dialogando con consciencias de seres ya extintos. La respuesta común debe pertenecer a la programación de una máquina biológica inteligente sustentada por las consciencias de los que se llaman a sí mismos Vigilantes, y que permanece en continua evolución por la información recabada por los *ORCH* que aún siguen en funcionamiento.

—Sobol es y será, pero jamás construiría nada material. Creemos que su insaciable curiosidad nos convierte en lo que somos.

—¿Qué es realmente la Luna?

—Un escudo...

—¿Un escudo? —interrumpe John—. ¿Nos protege de Sobol?

—Nos protege y al mismo tiempo, cuando permite su visita, nos ensalza y dignifica al derramarse en nuestro interior. Es la llave de la evolución. Los constructores debieron darse cuenta de ello. Es su gravedad quien nos acuna y protege hasta que llega el momento oportuno para su vuelta. Vosotros, como nosotros, quisisteis acelerar ese retorno. Craso error.

—¿Quiénes son los constructores?

—Lo desconocemos…

—¿Alienígenas?

—Nooo…

Las voces parecen no soportar sus preguntas desconcertadas e ingenuas. John puede sentir la exasperación en la mayoría de las respuestas que recibe, como acusándole de que no es capaz de comprender lo que se le revela. Que no es capaz de entender nada.

—La combinación de vida e inteligencia es mucho más antigua que lo que vuestros sabios quieren reconocer. Vuestro planeta aún vivía en la ignorancia de la juventud. Los doscientos o trescientos mil años que os atribuís, buscando el origen que os certifique su propiedad, corresponden solo a una parte de vuestro Ciclo. Sabed que durante millones de años toda forma de vida ha estado sometida a la Teoría de Ciclos de nuestro universo.

—¿Cómo puedo ayudar a los supervivientes de mi planeta?

—Esa nimiedad… No puedes. —Suenan mil voces desesperanzadas—. No entiendes… No es esa tu misión…

»Tu mundo sigue vivo y comienza un nuevo Ciclo. Todo continúa recuperándose de un ocasional contratiempo. —La inquietud en el espíritu de John está fuera de sitio para el entendimiento comunitario de su consejo interlocutor—. Solo ha fracasado el nuevo brote de desarrollo. No ha sido la primera vez. Hizo falta mucho tiempo hasta que se recuperaron las condiciones. Como en otras ocasiones, la especie elegida se ha desviado, se ha adelantado y se ha alejado definitivamente de las demás y ha puesto en peligro la evolución conjunta, lenta, armónica, previsible, uniforme, plácida y eficiente. En unos años habría malogrado el equilibrio de la vida sin saber cuidarla, sin entenderla.

»Ellos mismos se han condenado, Al igual que hicimos nosotros. Precipitándose, creyéndose los mejores de entre los suyos.

»Se creyeron el culmen de la creación. Confundieron el sentido del regalo de la vida. Lo robaron y se atrevieron a decidir por él.

»No debes preocuparte por los descartados, sino alegrarte por los elegidos. Los herederos del nuevo Ciclo que, como en otras ocasiones, escalan un peldaño.

Gran parte de aquella información, de alguna manera, John ya la sabía. La podía anticipar. Se hallaba incluida en el compendio de la pirámide lunar y que ahora recupera en sus recuerdos. Un conocimiento muy superior al de su época. John se cuestiona por un instante si no está hablando consigo mismo, con su nuevo yo. Con el nuevo conocimiento que crece en su interior. ¿Ha realizado realmente el viaje a aquella estación espacial o permanece tumbado en el suelo de su camarote? ¿O... en la celdilla de la Sala Blanca?

—Pero mi misión no termina aquí...

—No...

—¿Qué debo hacer?

—Cumplir con tu embajada. Lo sabes perfectamente. Mira en tu interior, ahora eres uno de nosotros.

—¿Un Vigilante? ¿Para qué? Ya es demasiado tarde...

—Lo serás para el siguiente Ciclo. La conjunción de las tres pirámides quizá logre romper los ciclos. El camino sería mucho más rápido. Nada de volver a empezar...

—¿El camino hacia dónde? —pregunta John con temor.

—Hacia nuestro destino. Hacia Sobol.

Año 2028

Capítulo 1

Hospital Estatal, Austin

Less acude puntual a su cita diaria con el futuro, ¿o sería mejor decir con el pasado? Antes de entrar, contempla una Luna que apenas asoma por el horizonte bajo un cielo con nubes tintadas de lluvia. Dos letras del neón empapado de la puerta de urgencias parpadean sin ganas; casi han dejado de funcionar.

La sala de espera le recibe con relativa calma. En las hileras de asientos sujetas a las paredes todavía quedan varias sillas sin ocupar. Siempre que puede, elige una frente a la puerta de acceso, como hace ahora, y consulta brevemente el reloj de bolsillo antes de acomodarse, dispuesto a otra noche de espera.

Las agujas avanzan llenando el vestíbulo. Reconoce a algunos parroquianos, pacientes habituales del hospital estatal. Nada especial, de momento todo transcurre con la misma rutina de otras noches. Sin embargo, hoy va a ser distinto. Hoy se va a cumplir la profecía hace tantos años pronunciada por un niño. Todo ello lo deduce Less al descubrir la mirada del nuevo paciente que observa la sala de espera desde el umbral de la puerta. No es la primera vez que se enfrenta a ella. La negra profundidad que encierran los ojos parece augurar el principio del fin.

El ulular de las ambulancias se dispara como un negro presagio justo cuando el recién llegado se sienta a su lado. Lo ve entrar empapado en agua y su cerebro se inunda por el cúmulo de recuerdos que arrastra su presencia. Inclina ligeramente la cabeza para darle la bienvenida y las palabras del pasado que permanecen grabadas a fuego ahora pugnan por salir.

—Accidente de tráfico —escucha Less como un lejano murmullo.

Abandona poco a poco su abstracción y vuelve a lo que ocurre a su alrededor: los llantos de un bebé, los cuchicheos, los quejidos de dolor, las constantes llamadas de la oronda enfermera… Su tanto tiempo esperado compañero de asiento no le reconoce ni siente cómo, con disimulo, está siendo estudiado. ¡Cómo ha cambiado! No siempre fue fácil el trato, pero siente un arrebato de ternura recordando al niño que obligó a crecer en una aséptica y solitaria burbuja de cristal. ¡Cómo no alegrarse de volver a verlo!

Observa el rechazo y la preocupación que produce en él la precipitada entrada de un joven, aparentemente apuñalado, para ser atendido de inmediato. Ahora, por fin, su niño ha salido de la pecera, ahora se enfrenta al mundo real y a algo mucho más oscuro que crece en su interior.

—Es el segundo caso de herida por arma blanca en lo que va de noche —le comenta Less, antes de consultar de nuevo el reloj de bolsillo.

Usa aquel viejo reloj como un refugio, como un talismán capaz de congelar retazos de tiempo y capturar el momento cada vez que lo mira.

No obtiene respuesta.

—El mundo se está volviendo loco. No tiene esa impresión, ¿caballero? —insiste Less, buscando entablar conversación.

—Cierto —responde el joven con una sonrisa, algo desconcertado.

Es evidente que no tiene intención de hablar, y Less respeta su decisión. Quedan en silencio. Hombro con hombro, pero separados por un abismo. Hay mucho de lo que quisiera hablar, pero opta por mantenerse al margen, como lo ha hecho durante estos años con la esperanza de que todo hubiese sido un mal sueño. Less permanece inmóvil en su asiento, sin apenas prestar atención a lo que ocurre a su alrededor. Ya lo ha visto muchas veces y, además, probablemente esté rodeado de cadáveres que luchan por prolongar sus condenadas vidas unos días más, ajenos a su inevitable destino.

—Voy a tomar el aire —dice el joven, su viejo amigo.

Less le guarda el sitio, dejando el sombrero sobre el asiento. Una vez que ha salido de la sala, suspira con pesar mientras empieza a dibujar en su mente los siguientes movimientos para poner en marcha el plan que hubiera deseado enterrar.

La doctora de cabello rojo y ojos azules se fija en él al acudir para atender personalmente la nueva urgencia. Less, con el mismo movimiento de cabeza, la saluda. La doctora no tarda en reaparecer para hablar con él.

—¿Otra vez usted? —le pregunta con falso pesar.

—Misma hora, mismo sitio, señorita —responde con amabilidad.

—¿Tampoco puede dormir esta noche? —le amonesta cariñosamente.

—¿Y quién puede? ¿Acaso puede usted, señorita?

La doctora le mira con sorpresa, dubitativa. Las manos le tiemblan.

—Disculpe mi atrevimiento, solo quería despedirme.

—¿Despedirse?

—Ya no volverá a verme. —Y añade con un guiño—: No al menos en esta sala.

La doctora no le cree. Puede leerlo en su cansada mirada.

—Entonces, ¿hoy es el día? —bromea la doctora.

—Luche, señorita. Lo hace usted muy bien. Su presencia es un soplo de aire fresco en este viejo hospital.

—Muchas gracias. Lamentablemente he de dejarle por hoy, el deber me llama —replica con una sonrisa.

—Luche, señorita. Luche por lo que ha de venir. Sé que cuidará hasta el final a ese paciente... —susurra Less, mientras la observa alejarse.

En ese instante, entra Phil Rewer. Less retira el sombrero de la silla y le invita a tomar asiento. Phil se lo agradece con una leve inclinación de cabeza.

¿REM?

Un interminable desierto gris se despliega ante él, como un mar de polvo salpicado de oscuras rocas y cráteres a la deriva. El *ORCH* que lo ha llevado hasta allí se ha posado sobre el manto de estrellas que brilla hasta el mismo filo del horizonte. Entre ellas destacan dos soles rojos. No tiene noción de temperatura. Llena los pulmones con aquel fluido vacío y se concentra en el sonido de su propia respiración. Suena artificial. ¿Está respirando?

Conoce perfectamente lo que le aguarda a su espalda. Quisiera continuar contemplando el horizonte, pero no es posible renunciar a su destino. El juego de luces y sombras que forman los anillos de piedra ofrece desde distintos ángulos unas inesperadas simetrías concéntricas. Puede observarlo como si estuviese encima de él. Escucha la melodía en la que deviene el efecto de la vibración de las columnas al describir órbitas de 360° a su alrededor, según le dicta una partitura universal.

Consigue detenerse antes de atravesar el primero de aquellos místicos anillos. Está viviendo el sueño que le ha perseguido durante todos estos años en el ARCA y, como en el sueño, siente un total rechazo a atravesar esa primera muralla de afiladas estalagmitas. Erguidas, inmóviles, pero emitiendo en armonía una reverberación que le inunda el espíritu y que ahora por fin es capaz de descifrar.

RUBÉN AZORÍN

Para su sorpresa, son dos las siluetas humanas que le están esperando unos anillos más hacia el centro. Siempre había sido una. La forma, como reminiscencia de su vida anterior, carece de sentido en aquel lugar y con aquellos seres. La llamada es tan intensa que sería inútil ofrecer resistencia. Hoy debe ocupar el espacio que el tiempo le tiene reservado. Así claman los ecos de miles de voces desde el fondo de la música de estrellas que atraviesa su mente. Los terrores nocturnos que experimentaba en esta parte del sueño quedan anclados en su lejana infancia, sin sacrificio, puesto que la responsabilidad de su cometido está por encima.

Ahora las dos figuras están frente a él. Ya no son ni su padre ni su abuelo, aunque así se manifiesten. Muy pronto él también dejará de ser John Dean. La realidad no tiene sentimientos y no hay necesidad de palabras. El poder que irradian es casi físico, magnético. Tratan de darle la bienvenida, pero los vestigios humanos que quedan en él las rechazan desde lo más profundo de su ser, no así su nueva dimensión. Lo que hay ante él son solo máscaras, posibles proyecciones probabilísticas futuras de lo que una vez fueron.

Se desliza junto a ellos sin necesidad de guiar sus pasos ni su voluntad. Nada puede hacer para evitarlo. Las figuras permanecen inmóviles tras cruzar el umbral del último de aquellos anillos. No le acompañarán en los metros finales hasta el pozo piramidal de oscuridad que se abre en el centro geométrico. Algo que ya sabía y temía. Los últimos metros tendrá que ganarlos él solo.

Está frente al cuadrado de vacío. La oscuridad no permite ver el fondo. Solo resta el último salto que el torbellino de voces exige cruzando su razón. John cierra los ojos y obedece. Se lanza apretando los ojos y desciende aferrado al conocimiento para sobreponerse a viejos e instintivos temores humanos. Es capaz de dominar la velocidad de su caída, se siente ligero. Pronto se convertirá en uno de ellos. Pronto las tres pirámides entrarán en conjunción y la tríada interestelar se completará.

Cuando percibe que ha dejado de caer, abre los ojos. Debería estar en el vórtice de la pirámide, pero lo que encuentra es un espacio de atmósfera blanca, húmeda, eléctrica y luminosa. Sin límites. Solo un nicho hexagonal en la pared blanca a su frente. John camina hacia él, despierto y consciente. Casi puede sentir la presencia de la doctora Allenda a su lado, ahora sin el efecto de las drogas que le suministraba.

Pronto consigue llenarse del éter níveo y respirar. Florece así con ímpetu desbordante un nuevo conocimiento que desplaza por completo su antiguo yo. La luz y la música de estrellas que le acompañaban estallan en un delirio de exaltación.

El proceso se ha completado. Las tres pirámides están en consonancia formando una única consciencia.

El todo se ha hecho uno.

Año 2055

Capítulo 1

Despertar

Ojos de personas esparcidas por todas las fronteras del planeta se abren con los de Phil Rewer. Apenas son un tres por mil de la antigua población mundial. Phil puede sentirlos uno a uno. El despertar de sus hermanos es el suyo propio y forma parte de él. Sus ojos ahora son miles y percibe simultáneamente la información que todas aquellas retinas derivan a una visión tetradimensional común. Ahora se encuentra inmerso en una psique colectiva.

Su cuerpo está atado a una silla y amordazado en el interior de una celda. Pero siente libertad y grandeza. Las cadenas materiales son en este momento insignificantes ecos del pasado. Como los ecos de todas las personas que habitaron en aquella tumba y que percibe como si todavía estuviesen allí presentes.

Todo ha cambiado. Inquietudes y anhelos son lejanos recuerdos que se desprenden con cada segundo que pasa. Toda atadura pasada se desvanece, salvo una voz no extinguida que es incapaz de relegar. Algo que pertenece en parte a la vida anterior, pero que siente a su lado y no puede ignorar.

Allenda.

No concibe el interés por un único individuo. De pronto, destella una de sus múltiples visiones mostrando la carne sin voluntad de la madre del niño cuya presencia ha sentido durante estos últimos años y cuyos fantasmales pasos aún escucha. ¿Por qué esa obsesión en aferrarse a la vida material? Recuerda la promesa silenciosa que le hizo antes de despertar. Una promesa es una atadura mucho más fuerte que las cadenas materiales. Es un vínculo. La cumple, aunque nada puede hacer por ella. Aunque el chico ya no la necesita.

Su nuevo yo no desprecia a su antigua raza, simplemente la ignora. Como ignora el cuerpo que yace ante él. De la misma forma que ellos ignoraban vidas microscópicas fuera de su dimensión.

Allenda transciende la esfera de su especie. Está viva. Ha estado siempre junto a él, desde el principio y hasta el final. Puede sentirla, pero no consigue conectar con su esencia. No es uno de ellos. El lazo que les une es lo único que le hace considerar a la subespecie condenada, en contra de lo que le dicta la consciencia común.

La razón le grita que un individuo no es nada, tan solo una parte despreciable del todo que es ahora. Aun así, su voluntad le conduce hasta la Sala de Comunicaciones.

Hasta el espejo.

Es ofensiva la sensación de ver su cuerpo y casi un sacrilegio exhibirlo ante el resto de sus hermanos. Verse reflejado le hace vulnerable. Despierta sentimientos antiguos, ególatras. Les hace vulnerables a todos. El Yo ha dejado de existir y sin embargo se encuentra reflejado en aquel espejo. Todavía debe hacer algo antes de desprenderse del pasado. Siente que ese deber despierta su duda y la de Todos.

Se introduce en aquel objeto de perversión. Bucea en la profundidad de sus ojos para cumplir también su compromiso con la doctora en aras de aquel vínculo. Pues nada ni nadie, ni siquiera en su nuevo estado, puede cambiar lo que ya ha ocurrido.

Capítulo 2

Base Sigma-2, Antártida

Durante estos años, todos han trabajado bajo las órdenes del capitán Acab para convertir aquella especie de base experimental en un lugar habitable. Pese a que ya no disponen del antídoto contra el mal de la Luna, los nuevos casos de afectados se han reducido drásticamente. Lo que fuese el origen de la pandemia ha remitido. Iben no aprueba los métodos aplicados por Acab, y consentidos por Allenda, para tratar a los afectados por los últimos brotes. Aunque reconoce que gracias a la fortaleza de aquellos dos líderes todavía quedan veinte con vida de los treinta que partieron del Complejo ARCA. Y han vivido en relativa tranquilidad.

Iben había vuelto a recuperar la esperanza de que con el tiempo encontrarían una estabilidad y podrían pensar en el futuro. Pero hoy ese ideal ha quedado frustrado cuando el capitán Acab ha tocado a generala y afirma que ha llegado el momento de volver al ARCA.

En los monitores contempla la concentración de prácticamente la totalidad del grupo de supervivientes en la misma sala que les dio refugio hace casi cinco años.

Iben no comparte la decisión tomada por el capitán. Se opone drásticamente a ella. Durante las últimas semanas ha estado observando el comportamiento del capitán. Por la forma en que se aprieta las sienes cuando está solo, teme estar viendo los síntomas de un afectado. Pero ese inusual comportamiento solo puede verlo él a través de los monitores que centralizan en su sala de trabajo todas las filmaciones de las cámaras de vigilancia repartidas por la base. El primer objetivo de aquellas cámaras fue detectar posibles nuevos afectados antes de que pudieran causar daños.

No hace mucho, buscó la ocasión y encontró el valor para preguntar al capitán por aquellas jaquecas. «No son jaquecas, es la llamada», fue todo lo que obtuvo. Por supuesto, no se atreve a trasladar sus inquietudes a la doctora Allenda. Aquella mujer es ahora una incógnita. Pero aquellos gestos del capitán, tal vez de desesperación, tal vez de locura, le atormentan ahora más que nunca. Cabe la posibilidad de que todos estén encomendándose a los designios de un desequilibrado. Y solo él lo sabe.

Su amigo Erik ha cuidado todo este tiempo del material que trajeron del ARCA y últimamente está haciendo acopio de todo lo que les pueda ser útil para volver a poner en funcionamiento el Complejo y subsistir de nuevo en él. Los líderes actuales viven anclados en el pasado, y esta vez no piensa seguirlos en su empresa. Él ha decidido permanecer allí, a sabiendas de que todo su mundo puede cambiar desde el momento en que vuelvan a volar la puerta de entrada para abandonar la base Sigma-2. No es el único. En los monitores puede ver hasta otros cinco miembros de la comunidad que no han acudido a la convocatoria del capitán. Parece que esta vez la «misericordia» de Acab les permitirá seguir respirando aunque no le sigan.

Al mirar de nuevo los monitores, una fuerte impresión le hace ponerse en pie de un salto y separarse de ellos. El individuo que ha permanecido «muerto» y aislado en la cama del cuarto restringido durante todo este tiempo, está ahora en pie y mira directamente a la cámara. No solo mira la cámara, de alguna forma puede comunicarse con él. Siente que reclama a la doctora Allenda. Iben retrocede intentando razonar y buscar una explicación. Se aleja aún más de la imagen, pero sigue sin poder despegar la vista del monitor de vigilancia que domina aquel que todos consideraban cadáver.

Tal vez víctima de un estímulo simpático, se encuentra llevándose las manos a las sienes. ¿Está él mismo siendo víctima de sus propios temores?

—¿Ocurre algo? —La voz consigue liberarle del influjo de aquel espectro que ha sido capaz de permanecer con vida, sin aliento y sin necesidad de agua y comida durante años.

Es Erik y está en el centro de la habitación. Su poblada barba y ojillos rasgados se han dispuesto para significar una reprimenda a su actitud rebelde.

—¿Por qué no estás con los demás? —tartamudea Iben.

Erik da un paso hacia él.

—Iben, tienes que volver a confiar en mí. ¿Recuerdas cuando te visité en tu despacho de Alemania?

Iben asiente.

—Al igual que entonces, no permitiré que mueras aquí, compañero.

—¿Morir? La muerte nos espera ahí afuera. ¿Por qué tanto interés en el ARCA?

—El mundo ya no nos pertenece, asúmelo —dice Erik con decisión, hilando más palabras de las que suele utilizar al cabo de los días—. El ARCA no es solo un complejo, es lo único que puede mantenernos con vida.

—¿No nos pertenece? Y entonces, ¿a quién? ¿A esos primates con forma humana? ¿A los lobos?

Erik, paciente, niega con la cabeza mientras Iben Jacobsen da rienda suelta a toda su indignación, rabia y miedo. Espera a que se desahogue mesándose la barba con la mano. Después, señala con un movimiento de cabeza al monitor que Iben no se atreve a volver a mirar.

—Avisa a la doctora y marchémonos de aquí.

Iben comunica a la doctora la repentina «resurrección» del posible paciente cero y se vuelve hacia Erik.

—Lo siento, amigo. Esta vez nuestros caminos se separan.

Erik le observa sin pronunciar palabra. Sabe que el groenlandés no se rendirá tan fácilmente. De pronto, Iben, alertado por una fuerte sensación de desasosiego, aparta la mirada de su colega e inspecciona la sala. Conmocionado, se deja caer de rodillas. Erik, imperturbable, tarda unos segundos en girarse.

El resucitado que hace unos segundos estaba en el monitor, ahora se encuentra en el umbral de la puerta.

La doctora Allenda recibe la llamada de Iben mientras se dirige al cuarto del invitado que han mantenido oculto todo este tiempo. Su presencia se ha vuelto mucho más intensa y no necesitaba ser avisada. Ha llegado el momento de enfrentarse a él, ¿podrá dominar su voluntad como hizo con el cabecilla de los hombres lobo, o acabará como el doctor McKee? La doctora no conoce las respuestas, pero no alberga ninguna duda de lo que ha de hacer. Este es el momento culmen de su estancia en aquella base. Para vivir este duelo partió del Complejo ARCA abandonando al joven John. Mientras camina, el eco de una detonación vibra más en su pecho que en su oído. La base se estremece. El capitán ha cumplido su palabra y va a salir puntual con los que hayan querido unirse a él.

Esta vez ella no formará parte del grupo. Devuelve el mando no deseado a Acab. En cierta forma está segura de que él, infeliz peón, agradecerá que así sea. Sin ella volverá a asumir el control y no a fingir que lo conserva frente a los demás.

La puerta está abierta. Quien la espera al otro lado sale a recibirla con un solo paso, lento y ajeno al suelo que le sostiene. El cuerpo, desnudo y sin vello, está surcado por venas tan pronunciadas que parecen traspasar la débil piel. Allenda permanece quieta, evita sus ojos mientras espera a que se le acerque lentamente. Al poco, aquella mutación de lo que fue un humano levanta con parsimonia el brazo hacia ella. No hay necesidad de palabras en la conversación que sucede a continuación. La comunicación que se desarrolla entre ambos a partir de este momento no está basada en palabras. Allenda se siente caer en la profunda oscuridad de los ojos que la llaman para llevarla a ningún lugar y a ningún ahora.

—¿Qué quiere?

—A usted —responde el interior de la cabeza.

Allenda lucha por mantener la consciencia. Se siente liviana, incorpórea como un espectro.

—Ahora no debe temerme, doctora. Fue en otra ocasión cuando le dije que no era buena idea asomarse aquí adentro. ¿Recuerda?

No hay maldad en sus palabras, todo lo contrario. Intenta mostrarse humano para no asustarla y ella lo percibe.

—¿Quién eres? —pregunta la doctora, conociendo la respuesta.

—¿No me reconoce? Para usted soy un paciente. Su paciente nocturno. Rewer, Phil Rewer.

Los sentimientos de la doctora provocan un desfallecimiento de su cuerpo físico, que cae al suelo con lágrimas en los ojos.

—Phil, ha de salvar…

—¿Por qué tanto interés en mantener la vida de esta primitiva subespecie condenada por sus propios actos?

—Por favor… La raza humana no es tan mala. No está tan degenerada… Sálvela. Seguro que también rozó en su vida sentimientos nobles y universales que no deben morir. Sálvelos. Solo usted puede hacerlo. Prométamelo… Por favor, dé otra oportunidad a la raza humana.

Allenda siente una digresión de frío y soledad donde antes había calidez. Hay una lucha en el interior de Phil. No es solo él quien decide.

Su atracción por aquel hombre sigue viva. Sintió compasión desde aquel primer día en la escuela. Compasión y amor. Aún puede verlo solo junto a la verja del patio, apartado de los demás niños. Lo veía allí todas las mañanas, día tras día, hasta que se decidió a hablar con él para prestarle su desinteresada ayuda. «…Todos me llaman Ally… ¿Quieres jugar?», como solo puede hacerlo un niño. Lo siente como si lo estuviera viviendo justo ahora. Luego sus caminos se volvieron a cruzar en el hospital estatal de Austin.

Siempre ha sido él.

¿Cómo no pudo reconocerlo? Quizá una parte de ella siempre lo supo. Era diferente a los demás, había un vínculo entre ellos dos: algo más fuerte que la amistad, que la compasión o incluso que el amor. Era el destino el que movía las fichas.

—Doctora, ¿por qué me pide una cosa que ya está hecha? He cumplido su voluntad.

Allenda no responde.

—Hemos de darnos prisa, no hay tiempo —insiste

confundida.

—¿Tiempo? No hay tiempo para ellos... Sí para nosotros. El tiempo es un continuo fluir en una única dirección para ellos, no para nosotros. ¿Por qué se empeña en alterar lo que no puede ser alterado?

—Por favor... —solloza Allenda.

—¿Es que aún no lo comprende? Usted los salvó. Justo ahora. Acaba de hacerlo. Todo esto ya ha ocurrido. Por eso estamos aquí. Puedo mostrarle el desenlace si no lo cree.

La doctora Allenda se siente desfallecer en el profundo y negro vacío de los ojos de quien fue Phil Rewer. Cuando abre los suyos, descubre que se encuentra en otro lugar.

Capítulo 3

Ubicación desconocida

En el búnker se sintieron a salvo por poco tiempo. Kevin y Whitemann sabían que los elevados niveles de radiación en el exterior y las escasas reservas de oxígeno serían su sentencia de muerte. Debían abandonar aquella zona e intentar llegar a otra más segura según el mapa de Francisco Russo. Quizá fuese un plan suicida, pero no peor que permanecer allí cruzados de brazos. La idea era conseguir poner en funcionamiento un vehículo no contaminado y desplazarse los días necesarios hacia el este. Si no fuera posible usar un medio de transporte, lo harían andando. Prepararon trajes, víveres, agua, baterías...

Pero el día antes de la fecha de partida, descubrieron la presencia de una de aquellas nuevas apariciones frente a la puerta de salida. Y allí permanece desde hace meses. No hace ningún movimiento, excepto mirarlos cuando la observan a través del monitor. El resto del tiempo fija aquellos negros ojos contra la puerta reforzada de acero. Kevin teme que pretenda desintegrarla con la mirada, al igual que aquel otro hizo con una parte de los restos del satélite caído. No muy lejos hay otros dos más. Parece que les están impidiendo la huida. Sin embargo, su compañero Markus Whitemann asegura que de alguna manera los están protegiendo. Insiste en que puede sentirlo en su mirada a través de la pantalla.

En más de una ocasión Kevin se ha visto obligado a separarlo de la pantalla. Aquel ser lo mantiene como hipnotizado. Markus se niega a razonar, enrocado en que han de esperar un poco más, hasta la fecha prevista por Francisco para el fin del apogeo lunar. Hoy es el día. La fe de su compañero es ciega, asegura que todo lo que está ocurriendo puede formar parte del plan de su maestro, Leslie Dean. Un plan que no ha dudado en sacrificar las vidas de miles de personas. ¿Por qué habría de ser diferente con ellos?

Kevin ha esperado, pero mañana abandonará el búnker con la compañía de Markus Whitemann o sin ella. No hay nada que le lleve a pensar que el maldito plan de Leslie realmente se esté cumpliendo. Desde hace al menos dos años no reciben respuesta por parte de Russo, del ARCA, del Rascasuelos o de cualquier otro ser vivo consciente.

—Kevin, debe ver esto —le reclama Whitemann.

Kevin se acerca con cautela al Centro de Mando. Un mensaje flota en el azul de los monitores.

«El ARCA ha sido abandonada», lee una y otra vez en silencio.

Siente un vacío en la boca del estómago. Parece la respuesta a una transmisión realizada por él mismo hará más de cinco años. Aunque las transmisiones de Iben nunca eran tan escuetas.

—¿Y bien? —Pregunta Whitemann, con una leve sonrisa.

Kevin no sabe qué responder. ¿Es realmente posible que hayan abandonado el ARCA durante este tiempo y ahora hayan regresado? ¿O simplemente es que el mensaje ha tardado años en llegar y es ahora cuando están fuera del Complejo ARCA? Kevin no es capaz de dar lógica al mensaje que acaban de recibir en este momento del tiempo.

—Kevin, ¿no lo ve? Es la prueba de que todavía pueden estar

vivos. Aún hay esperanza.

Kevin tarda unos segundos en responder.

—Aunque así fuera, jamás podríamos llegar hasta ellos.

—Eso es cierto. El ARCA no se concibió para salvar a toda la humanidad, sino a una selecta parte de ella. Al igual que la bíblica Arca de Noé.

Una sensación de desasosiego, nunca antes sentida por Kevin, hace que los dos se giren simultáneamente. El vigilante que ha estado todo este tiempo al otro lado de la puerta, ahora se encuentra dentro del refugio. Kevin, paralizado, contempla cómo su compañero, más audaz, da un paso hacia él.

—Kevin, quédese detrás. Ha venido a por mí.

¿Cómo ha logrado atravesar la puerta? El visitante, inmóvil como una esfinge, la ha dejado atrás sin necesidad de abrirla y Kevin advierte además que tiene atrapado e hipnotizado con la mirada al irreflexivo Whitemann. El cuerpo de su compañero se estremece al tiempo que, cautivo, da otro paso lento y torpe hacia el intruso.

Sobreponiéndose al miedo, Kevin no deja de examinar con animadversión el escuálido cuerpo del extraño, tantas veces observado a través de los monitores. Rehúye con todas sus fuerzas la vista de su rostro. Durante unos instantes no es capaz de reaccionar, pero cuando parece que aquel ser trata de moverse, vuelve la atención hacia Whitemann y se arma de valor para detenerle sin calibrar el riesgo de su acción. Durante unos segundos los tres quedan inmóviles como estatuas.

De pronto, su compañero Whitemann extiende rápidamente el brazo y le aferra con fuerza por la muñeca. En ese instante le inunda un presagio de vacío, de oscuridad. Y de luz.

La sala vacía se llena con la voz rota de Louis Armstrong.

Capítulo 4

Complejo ARCA, Antártida

Un destello flamígero recorre los vértices del pentágono dispuestos para recibir a los encargados de dirigir el rumbo de la nave, los encargados de construir el Nuevo Ciclo.

Cheng Hao despierta en un lugar que no reconoce. No hasta que una agradable voz metálica le da la bienvenida.

—Bienvenido a su hogar, señor Hao.

Cheng mira a su alrededor y descubre la Sala de Comunicaciones del complejo que él mismo diseñó. Está muy deteriorada y parece abandonada, pero sigue operativa. Le da un vuelco el corazón cuando ve la espalda esquelética del hombre frente a un enorme espejo. Las pronunciadas venas que serpentean por su extrema palidez le horrorizan.

—No debe temer nada, señor Hao —continúa la voz metálica.

El insigne y reputado arquitecto e ingeniero japonés tarda unos segundos en hacerse una composición de lugar y serenarse.

—¿Y mi familia? —pregunta con el alma desgarrada.

—Su familia no es necesaria, señor Hao.

Las lágrimas resbalan por sus mejillas.

—¿Por qué yo? Ya tomé mi decisión de permanecer fuera y ustedes la aceptaron.

—Usted ideó este lugar. Su presencia es necesaria, contamos con su generosidad para que muchos otros puedan vivir.

Iben y Erik recobran el conocimiento en el interior de la Sala de Comunicaciones del ARCA. Iben, desconcertado, mira a su alrededor. Se encuentra de nuevo en su antigua sala, y no están solos. Hay otro hombre a quien no conoce, y también uno de esos cadáveres vivientes inmóvil frente al espejo.

—Bienvenidos al ARCA, caballeros —saluda la voz metálica

del ordenador central del complejo.

Iben se fija en que Erik saluda con un ligero movimiento de cabeza al desconocido de raza oriental.

—Señores Akku y Hao, han de trabajar de inmediato en la reparación del reactor nuclear. Su tiempo es escaso. Y usted, señor Jacobsen, deberá permanecer en esta sala —ordenan los altavoces. Pero Iben sabe que no es el ordenador quien habla.

Sin dudarlo, Erik carga con su mochila y, con una amistosa palmada, anima al oriental a seguirle. Iben quiere gritar. No quiere quedar a solas con aquel cadáver viviente. Pero no es capaz de articular una sola palabra.

Kevin se encuentra rodeado de gente que no conoce y en un lugar que no conoce.

—No tema, nos encontramos en el interior del ARCA —le susurra al oído Markus.

—¿Cómo…? —Kevin deja la pregunta en el aire ante el significativo gesto de su compañero.

—Señor Whitemann. —Se escucha de nuevo la voz—. Su amistad ha traído a un nuevo Compañero cuya resiliencia le capacita para asumir la responsabilidad que le espera.

Kevin, conmocionado, acepta la ayuda de Whitemann para incorporarse. Le acerca hasta…

—Iben, es usted. ¿Entonces es cierto? —Casi tartamudea Kevin al reconocer en persona la voz que le devolvió la esperanza.

Iben le rodea con los brazos. En ese momento todos empiezan a sentir una vibración bajo los pies.

—Doctora Allenda, usted debe sembrar la Sala Blanca. —En ningún momento las instrucciones que reciben parecen órdenes—. Nos veremos más tarde en el exterior.

Iben observa cómo la doctora, de blanco cabello con reflejos nacarados y ojos azul brillante, se destaca majestuosa de entre los demás desconocidos para organizar el pequeño grupo que debe seguirla. Encarga al resto a retirar los cadáveres del

Complejo. Iben busca sin éxito al capitán Acab u otra cara conocida entre aquella gente que ha ido apareciendo. Evidentemente, los que marcharon a pie desde la base Sigma-2 junto al capitán no han podido llegar al ARCA. Al menos necesitarían un par de días para alcanzarla y no se cuenta con ellos. Ahora cree entenderlo, los ahora presentes son los verdaderos inquilinos para los que se construyó el ARCA desde un primer momento. Para ellos y para Phil Rewer. Nunca para el primer grupo de doscientas cuarenta y cinco personas que entró en ella.

En el momento que Allenda entra en la Sala Blanca, los corpúsculos luminosos que impregnan la neblina juegan con su cuerpo y cabello al vuelo. La doctora se impulsa para alcanzar la extensa pared blanca, cuna de cientos de celdillas hexagonales. Una de ellas está sellada por una membrana palpitante. La observa desconsolada durante unos instantes, antes de sembrar el resto. De su viabilidad depende que no se corrompa aquella pequeña selección de la raza humana por falta de diversidad genética. Se toma todo el tiempo necesario hasta que la última de las celdas se encuentra protegida por la membrana. Para finalizar, deja a la computadora central a cargo de velar por su desarrollo. Sabe que no hay tiempo dentro de aquel espejo.

Visita la sala de La Asamblea. Algunos hombres arrastran los últimos cadáveres hasta ella. Al volver a los corredores, verifica que otro grupo de voluntarios elimina los restos de sangre y violencia por todo el ARCA.

Allenda, al entrar en el camarote asignado a la familia Dean, encuentra a Isa, la madre de John, tumbada en la cama y el viejo ordenador portátil encendido en el suelo del baño. Una sensación de ahogo la invade. No es justa toda la carga que ha soportado John desde su infancia y lamenta no haber podido ayudarle. Ella misma traslada los restos de Isa a la fosa común. Pronto se desharán de ellos.

La doctora Allenda y Phil Rewer se encuentran en el prado exterior del Complejo ARCA. La densa niebla lo envuelve todo. Pero eso no hace más que potenciar la visión común del resto de sus hermanos a través de sus ojos negros. La tierra se abre con un torbellino a pocos metros de ellos. Mientras la estación emerge de aquel caos, Allenda y Phil se toman de la mano con la mente, último vestigio de un pasado que no pueden reprimir. El enorme artefacto compuesto por cuatro círculos tubulares se eleva solemnemente. Los corpúsculos de la atmosfera al converger con la rotación del casco dejan una inmarcesible estela lumínica. Por un instante, a través de sus miradas, toda la nueva raza se concentra en aquel espectáculo material. Phil transmite esperanza a Allenda, aunque sabe que lo que están presenciando ya fracasó en otros Ciclos.

Miles de consciencias en una sola se preguntan si la próxima vez estarán preparados.

Si la próxima vez no tendrán necesidad de huir.

Miles de consciencias en una sola se preguntan si la próxima vez estarán preparados para volver a recibir a Sobol.

Si estarán preparados para recibir el don de la evolución.

FIN

SOBRE EL AUTOR

RUBÉN AZORÍN ANTÓN nació en Alicante a mediados de los setenta, en las postrimerías de la carrera espacial. Obtuvo la Licenciatura en Ciencias Económicas y la Diplomatura en Ingeniería Técnica Informática por la Universidad de Alicante al tiempo que la estación espacial MIR acababa sus días, a finales del siglo XX. Actualmente, se encuentra finalizando la Licenciatura en Administración y Dirección de Empresas, espera completarla antes de que China conquiste la Luna.

Trabaja desde 2002 en NEXUS A&C, compañía líder en e-commerce y marketing online, de la que es socio fundador, y empresa madre de NEXUS Game Studios, dedicada a la producción y desarrollo de videojuegos.

Apasionado del cine y la lectura desde niño, dedica a estos intereses sus horas de sol y vigilia, sintiéndose en su ático como en la biblioteca de la abadía. La ciencia ficción ha sido la piedra de toque que le ha lanzado a la aventura literaria con APOGEO, su primera obra y la que parece ser el comienzo de una atractiva carrera. Con una ciencia ficción creíble, cercana y que, sin duda, será del gusto de muchos lectores.

La obra sigue viva en:

www.lunaapogeo.com
Booktrailer: bit.ly/lunabooktrailer
@rubenazorin
facebook.com/lunaApogeo